陆涛 著

作家出版社

目　录

第一章

我们都不缺少贪婪的欲望，真正的强者才拥有控制欲望的能力。这是爸爸走那天说的话，我记住了。我对爸爸说：恨的世界人人有责，爱的世界又有谁会不参与呢？因为我们都相信自己是最善良的。我的话不知道爸爸记住了没有？

爸爸走了以后，我把这句话写进作文里，老师说就凭这句话给了我 100 分。我美翻了，这是我从小学到第二次上高三作文唯一的一次 100 分，老师看着我，大声说："别美了，作文满分是120 分！这是高考模拟，不过你能写出这句话来已经是奇迹了！赶紧回家吧，你爸爸有消息了！"

爸爸有消息了，妈妈激动地哭起来。爸爸春天就走了，一直没有消息，我总问妈妈爸爸去哪儿了？妈妈说："你爸爸在为银城做事，忙着呢！"我就问："爸爸是飞走的吗？"妈妈愣了一下，"飞？对，九爷飞走了！"话音未落就听见妈妈哇的一声哭起来，我赶紧哄妈妈："妈妈没关系，我爸爸一定能飞回来的！"

我是在安慰妈妈，还好妈妈没看出来。爸爸会飞，银城的人都知道，我骄傲，也想飞，说：“爸爸，让我也飞吧！”爸爸总是摇摇头，叹口气，说：“儿子，人是直立动物，站直了，好好走，别趴下！”

站直了，好好走，别趴下，我记住了。可对于我来说这真是一件不容易的事，我站不直，也不能好好走，每次摔倒都赶紧骨碌一下爬起来，爸爸看见总是很欣慰，说：“儿子，好样的，这就对了！”

爸爸说人从地上爬到能够直立着行走经过了上万年，也许更长。谁知道呢，反正进化到直立行走就要好好走，可我怎么也想不到爸爸会飞，九爷会飞。我上小学六年级的时候爸爸就飞过一次了，在天上飘来飘去，然后一下飞走了。这个春天爸爸又飞了，这回一定飞得更高，飞得更远，飞过了甘家旺，飞过了甜水湾，再往西，没准一口气就飞到了黄河的源头，我不知道那是哪儿，爸爸回来会告诉我的。

千禧年就要来了，为迎接人类纪元的二〇〇〇年，千禧年，银城到处张灯结彩。老师总说银城二十世纪这一百年走得并不快乐，幸亏有了最后的二十年，银城才真的是欢天喜地，才有现在的喜悦心情来迎接二十一世纪。不知道爷爷的先祖是怎样迎接二十世纪的，一定没有现在的银城这样喜气洋洋，我家也有喜，爸爸有了消息，我高兴得想哭。

爸爸走的时候枫叶还没有红，可桃花开了，四月里那一片美丽的桃花，银城就像一幅图画，彩色的，爸爸走进了彩色里。我小时候的银城是黑白的，像铜版画，线条粗犷又硬朗，光秃秃的山，到处是烟囱，一年四季都冒着黑烟，让人知道银城还活着。

黑烟让银城到处飘逸着黑色，我生下来以后第一次见到就给吓坏了，大声说："爸爸，银城太黑了！"我爷爷听见了，说："孙子，下雪就好了！"妈妈说："他爷爷，瞧你说的，现在是六月，夏天怎么会下雪呀？"爸爸点点头，肯定地说："六月雪也是有的，老戏里就有，就叫《六月雪》，银城没下过，如果有一天老天爷非下不可，那也拦不住。"

妈妈着急地说："那我可受不了！六月雪也太惊奇了，戏里乱唱，一定是瞎编的！"爷爷这才明白过来我爸爸说什么，瞪起眼睛说："六月下雪？没屌的听说过！我倒是见过银城九月份下雪，你可别骗我！"

爸爸笑笑，说："九月下雪？才不会呢！"

爸爸说不会的事就一定不会，我只相信爸爸。为了不让爷爷生气，爸爸哄着爷爷，也管他叫爸爸，说："爸，不骗你，银城没有树，烟囱老冒黑烟，为控制污染，烟囱将来都是冒白烟，远远看上去跟雾似的，缭绕，要相信，相信银城早晚有一天会是彩色的，别着急。”

不着急，反正我不着急，可爷爷很急，怕是这辈子看不到几次雪了，何况还是六月雪，爷爷说他还想看他小时候的九月雪，怕是看不到，银城的九月怎么会下雪呀？不管下还是不下，反正我这辈子有的是时间，有的是时间看雪，不管是几月，雪越大越好，越美丽，银城一定会好美丽，更美丽。

我不知不觉中就长大了，银城不知不觉中也有了彩色，而且越来越浓，一九九九年的这个秋天银城已经非常灿烂了。只是还没有下过雪，连气势恢宏的雨也没下过几次。爸爸不在家，我把这个夏天给丢了，妈妈连秋天也丢了。时间越长我越想爸爸，老怕爸爸忘了我，妈妈说不会的，“不会的，你爸爸那么爱你！”

当然不会的，爸爸那样爱我，还总说对不起我，我想呀想，想了好几天终于想明白了，我是怕忘了爸爸。

怎么会呢，我爱我爸，不可能忘了爸爸。老师也说银城不会忘了九爷的，然后又大声补了一句：“我是说‘也许’。”

爸爸要回家了，到处喜气洋洋，一定是迎接九爷。好多人都管爸爸叫“九爷”，认识爸爸的人都管他叫“九爷”。老师说不是，银城的喜庆跟九爷没有关系，大家在欢天喜地地迎接二十一世纪。

千禧年就要来了，妈妈在鸭绒厂不拔鸭毛了，工厂也改成了公司，搬到西面去了，快搬出银城了，离甘家旺近了，也离甜水湾近了。

甘家旺是爸爸的老家，再往西一点的甜水湾是妈妈的故乡。妈妈总说太幸福了，不幸的人们才会越发展离自己的家越远，而妈妈离老家越来越近，所以幸福，有爸爸妈妈才幸福，跟我一样。我知道，知道妈妈爱她的甜水湾，爸爸爱他的甘家旺。我开始长大了，知道了人有一个总是惦记的地方真好，我只惦记爸爸，银城也不会忘记九爷的，我相信。

爸爸终于有了消息，我好激动，进门看见了一屋子的人在我家，像是在哄着妈妈，劝着妈妈，别太激动了，爸爸有消息了妈妈怎么会不激动呀？我看见妈妈激动得泪流不止，甚至站不稳，真的是太激动了。我激动不激动都是站不稳的，使劲想着爸爸的样子，爸爸走之前一下老了许多，好像一夜间就更老了，一觉醒来突然变了，可还是没有银城变化快。

爸爸说过，秋天里枫叶红了的时候会跟我一起好好看看银城，爸爸说话算话，我高兴得也想哭。从来没见过妈妈这么大声哭过，我也哭才对，可我不知道该不该哭，要不要哭，因为爸爸说过，爸爸说：“是男人，就别哭！”

我是男人。很早以前就是了，十八岁学校给我主持过成人礼，不是我一个人，全校高三的同学都集合起来在广场上看升旗，银城一中为我们举行的成人礼是升国旗。国旗旁边还有一面小一点的旗帜，也同时升起来，那是骄傲的银城一中的校旗，上面绣着一片枫叶。

我第一天走进银城一中的时候，看见校旗中间的一团白色，还以为是被鸟儿在天上拉屎把旗帜给弄脏了，校长说不是，银城一中校旗上的是一朵雪花。银城是一个爱雪的城市，可那朵雪花需要解释，不解释我就不知道是雪花。

银城人向往雪，向往洁白，校长一说我就懂了，旗帜上那片不太规则的白团团是雪花。银城爱雪，一中就把雪花绣在了旗帜上，我懂了，日本人爱吃烧饼就把武大郎的烧饼画在了旗帜上，还叫国旗，日本国把武大郎的烧饼弄到旗帜上做国旗了，我的小学班长说的，班长说等他看过海以后要到日本国去看看当地国旗上的烧饼，大烧饼。我这样一说一中的校长也懂了，夸我聪明，对我进一中一下就放心了，亲切地说："你尿的太棒了！"

上到高中的时候校旗上的雪花没有了，变成了枫叶，一片红红的枫叶。老师还说这枫叶是九爷给绣上去的，我就问："谁是九爷呀？"老师惊讶了好半天，看了我好一阵子，瞪着大眼睛说："你爸爸呀！"

我的爸爸叫九爷，而且会飞。可我老记得举行成人礼那天，瘦得像猴子的班长说“成人礼”学校应该给我们男生发套套才对，我不知道什么是套套，瘦猴班长说问九爷去，你没有弟弟妹妹就是让套套给套住了！

我回家就问爸爸什么是套套？爸爸说：“这孩子。”妈妈也说：“这孩子！”我放不下这件事，到学校又问老师：“老师，什么是套套呀？”老师怔了一下，上上下下看着我，叹口气说：“你再长大一点就知道了！”然后又补充了一句，高中的语文老师总是爱补充，说：“你肯定比别人用上得晚，不过对你来说早点晚点都不重要，没准这辈子都用不上呢，知道套套做屌！”

不重要的事我就没有必要关心，何况还有可能一辈子都用不上，可我总觉得“套套”很诡异，我问谁谁都赶紧躲开，我就问小英子，说：“小英姐，什么是套套呀？”小英子的脸唰的一下就红了，她盯着我看了好半天，然后严肃地说：“你好好准备考上大学吧！要不然你一辈子都不知道什么是套套！”

我懂了，同学们都想上大学，上大学原来很重要的一件事是要知道什么是套套。可老师居然不让我参加高考，校长说：“为了感谢九爷让一中有了灯光球场，晚上也可以打篮球了，学校做点牺牲是应该的，让他考屌的吧！”

我参加模拟考试，都说我是银城一中的奇迹，数学、语文、英语加起来也没到120分，老师说我连“成教”都考不上，她都快哭了。我不知道什么是“成教”，是像瘦猴班长说的“成人礼”上该发套套代表成人了吗？成人这一天可以用套套了呀？我又问小英子，她没生气，从小学三年级就知道跟我生气没有用，那是自己给自己找气受，扬起她漂亮的手，摸着我的脸说：“你别惦记套套了，我看你这辈子也用不着的！阿甘，你别惦记了好不好？”

一叫我阿甘我就不惦记了，可我惦记爸爸，这个没有人能管得着。看着好些个人来到我家，叔叔们不动声色，阿姨们跟妈妈一起喜极而泣，她们都高兴地一起哭，因为爸爸有消息了。不知道这回九爷又为银城做了多大的事，一定累坏九爷了，大家才又是高兴又是难过吧，妈妈才会止不住地哭。人难过要哭，爸爸有消息了妈妈高兴也哭，我知道了人在喜悦或悲伤的时候都会用眼泪来表达。

妈妈抖着身子穿上了外套，爸爸最喜欢的妈妈的红外套，原来爸爸不回家来，是接妈妈和我去什么地方看爸爸，太好了！

不知道到哪儿去看爸爸？九爷一定太累了。叔叔阿姨们都不说话，各个表情都很凝重，爸爸这回一定是为银城做了更大的事儿，所以才走了这么久，我越想越激动，去看爸爸还有这么多人陪着，他们都喜欢九爷，我知道。

妈妈和我被簇拥着下了山，妈妈像我一样开始走不稳，人太激动了也是走不稳的，谁要是能走稳就是没有真正的激动过。我是一个激动不激动都走不稳的人，会让人以为我老是激动不已呢，我想向人解释，爸爸说：“别解释，很多事一解释就更复杂了，自己知道就行了。”我听爸爸的，不解释。

下到山底，看见了停在坡下的面包车，我和妈妈第一次坐上了让银城骄傲的面包车。他们说这辆面包车也是九爷为银城赢得的，没有九爷就没有车身上喷着“全国文明城市”的面包车。都说九爷为银城赢得的这辆面包车很贵重，国家赠送的，从北京开来的。

爸爸没见到这辆车，春天里面包车开进银城的那个黄昏爸爸走了，拉面还没吃完就跟着两个人走了，妈妈追出去要给爸爸穿上外套，爸爸说：“不用了，外套上有我的气息，你留着。”妈妈说：“不，我怕你冷。”爸爸说：“那地方很暖和，别担心，照顾好儿子，你也照顾好自己。”陪爸爸的人也说：“真的很暖和，春天了，放心吧，冻不着九爷的。”

我拉着妈妈的手，高兴地说：“妈妈别哭了，我们看九爷去！”一个哭肿了眼睛的阿姨说：“这孩子，你怎么也管你爸爸叫九爷呀？”我不高兴了，说：“你们叫得，我凭什么叫不得？”

没人说话了，他们都哑口无言。我上了车，坐在最前面，妈妈被叔叔和阿姨围坐在后面。妈妈不哭了，眼睛直勾勾地看着外面，怀里抱着春天里没能给爸爸穿上的外套。

不知道到哪里去看爸爸，没准是机场，那里才有真会飞的东西。银城机场离银城很远，老师说银城能有机场也少不了要感谢九爷。爸爸又不会开飞机，也不会开推土机，大家好像都习惯了夸九爷，我知道。

不管去哪里见爸爸，坐在喷着醒目红字的面包车开进市里的时候，我看见了第一片枫树林。

我上小学的时候银城还没有这么大，银城的树全加起来也没超过我和爸爸的手指数，现在银城到处都是枫树，枫叶红了，银城好漂亮，小英子说该叫“震撼”才是。她才震撼呢，去年作为银城高考状元被中国人民大学录取了，读法律专业，她走的时候说将来要当检察官，查查银城的枫树林是怎么来的。

枫叶红了，银城更美，更年轻。妈妈说爸爸越显老银城就越年轻，大家也都这么说，他们说老了九爷年轻了银城。有人说银城该种银杏树才对，所以叫“银城”，爷爷说下雪才对，大雪把银城覆盖才叫美，那一个美，才叫银城。爷爷要是活着，从甘家旺高高的山上往下看，一定会说银城几千年来都没有这样美过，望不尽的血红枫叶，一定比爷爷说的下雪更美。

妈妈又哭了。妈妈想爸爸，还不知道爸爸长什么样的时候就决定跟爸爸结婚，我后来知道的。妈妈爱爸爸，老师说银城人都爱九爷，还有人说没有九爷就没有银城。爸爸一听到这话就摇头，表情怪怪的，我就问爸爸，别人夸你干吗老是难为情的样子呀？爸爸总会拍拍我的头，说：“儿子，他们太夸张了，爸爸什么都不是！”我说：“可大家都叫你九爷呀？”我记得爸爸当时眼泪就掉下来了。

爸爸不爱哭，喜欢笑。

第二章

爸爸有两只可爱的眼睛，两只眼睛一样大，一样的可爱，一样的像一朵花和另一朵花，就是两朵花了，爸爸一笑，眼睛就像两朵花一样在脸上绽开了。我写作文就是这样写的，我就写了爸爸的眼睛好可爱，好可爱好可爱哟，老师说不能这么写，没有人形容男人的眼睛可爱，何况九爷的眼睛也不像花。

她傻乎乎的居然看不出来。老师把妈妈叫到了学校说这事，期待着妈妈同意，妈妈就同意了，说:“你爸爸的眼睛怎么像花呢?我看更像两个没有发育好的葱头。”我哇的一声就哭了，老师可怜兮兮地看着我，妈妈大声说:“好了好了，你爸爸的眼睛不像葱头。”我就不哭了，妈妈又说:“可也不像两朵花！”我又准备好了哭，妈妈叹口气，朝老师难为情地笑笑，拽起我的手，“阿甘，别哭。”

一叫我阿甘，我就不哭了。

这时候该有笑声。果然就有了，总是班长带头笑起来，班长的笑声又大又脆，不像高中的班长瓮声瓮气的，他的笑声能撞到黑板上，再从黑板上弹回来蹦得满屋都是，然后大家一起笑，大家喜欢阿甘，崇拜阿甘，就笑阿甘，一起拍桌子，一起跺脚，有节奏地喊："阿甘！阿甘！阿甘！"连叫三遍。小英子告诉我，重要的人要喊三遍。

现在我可以直直腰，挺挺胸，跟妈妈回家了。回到家妈妈说："他爸，给阿甘改个名字吧！"爸爸不同意，说："何必呢？"我也不同意，说："何必呢？"爸爸抚摸着我的头，"就叫阿甘。"妈妈就同意了，像爸爸一样热乎乎地看着我，然后摇摇头。妈妈每回提议给我改名字都以爸爸不同意结束，妈妈每回都摇头同意了。摇头表示同意，跟我已经取得的一些经验不一样。

我知道了，摇头不一定表示不好，也有同意，没准还有赞许呢。

过去无论谁叫我阿甘，都不见笑声，现在开始有了，那就是一件值得高兴的事，我是阿甘我高兴。后来爸爸好不容易让我明白，大家喜欢的阿甘跟我没关系，大家喜欢另一个阿甘。就是说，还有一个阿甘。我就问："哪个阿甘？爸爸，是你吗？"

要是爸爸也不错，我们家就有俩阿甘，大家都会笑。我喜欢生活里有笑声，没有笑声的日子叫什么日子呀。爸爸说："儿子，那个阿甘是个美国人。"我知道了，那个碰巧也叫阿甘的是个美国人，腿像我一样不好使，后来就非常好了，跑得像兔子一样快。

我也准备这样，可以参加学校运动会，到时候一定跑得比兔子还快，就像爸爸了。我说："爸爸，我要跑，你教我跑吧！"爸爸说："儿子，再长大一些。"爸爸跟我的想法一样，就是再长大一些。长大需要一些时间，我有时间长大。

爸爸在我这个年龄的时候特别能跑，从甘家旺一口气跑到银城的城关镇，就是在我现在的小学读书，再从城关镇跑回甘家旺，像飞一样快，每天追要下山的太阳。"像一只雄鹰在地上狂奔。"爷爷说，爷爷那时还没死，把大老鹰说成是在地上跑的动物，跟所有人的经验都不一样，那就差不多到了要死的时候。我说："爷爷，大老鹰不是在天上飞吗？没有人说雄鹰在地上跑，我爸爸又不是田鼠，田鼠看见了黄鼠狼才会在地上狂奔呢！"爷爷说："你懂什么？你爸爸没翅膀，不飞。"

这涉及了知识，没翅膀是不能飞的，可妈妈养的老母鸡有好大的翅膀也不飞呀？我又问爷爷："爷爷，那大母鸡有翅膀怎么也不飞呀？"爷爷说："你傻不傻呀？母鸡是下蛋的！"我笑了，哈哈笑，"爷爷你才傻呢，我妈养的母鸡也不下蛋！"

这个我知道，妈妈买回来一只母鸡后，每天都趴到鸡窝往里看，从来没看到过母鸡下蛋。爷爷很生气，"你妈会下你这么个傻蛋就行了！"爸爸不高兴地说："你干吗呀？"爷爷说："我不干吗。"我就笑爷爷，告诉爷爷我妈妈养的大母鸡今天突然就会下蛋了，“哈哈！爷爷，妈妈的母鸡一夜下了九个大鸡蛋！”

妈妈还不信，说这只老母鸡要么不下蛋，一下怎么就下出来半斤呢？爸爸说：“你什么眼神呀？九个大鸡蛋一斤二两呢！”爷爷把胡子吹得老高，瞪着爸爸说：“香火要断！我有个傻孙子全屎的怪你！”爸爸就不吭声了，两只眼睛像妈妈说的那样跟两个葱头似地看着我，然后伸出手，疼爱地摸摸我的头。

一到这时我就超幸福，心里热乎乎的。

爷爷说：“我小时候白参加革命了！还好解放了银城，咱们家祖祖辈辈传下来的品性就是不自私自利。”我有些不明白，问：“爷爷，人家都说你当年是飞奔革命，爷爷怎么就能飞呀？”爷爷吹着胡子说：“那是形容！形容！就跟你爸爸不可能从甘家旺跑到城关镇一样，回家也追不上太阳，可他老是追！现在想起来是比你还傻！聪明人屎的都自己留着，傻才遗传！怪不得别人！”我就看着伤感的爸爸说：“爸爸，没关系，等我再会跑了，我帮你追太阳！”爸爸好高兴，高兴地说：“太好了！有一天爸爸看不着太阳了，你就自己继续追！这就对了，我儿子就是要追太阳！”

爷爷不关心我会不会像爸爸那样追太阳，陷入了沉思里，然后吹得胡子在嘴前飘着，说：“我年轻的时候是不是太屎得操蛋了？养的后代才一个比一个傻！”爸爸不同意，说：“什么呀？你当着阿甘怎么能这么说呢？”

我也不同意，而且不明白，就问爷爷，“爷爷，你老说你当年是飞奔革命，可你没有翅膀怎么能飞呀？”爷爷又把胡子吹了起来，愤怒地说：“那是形容！我的天哪，你怎么连形容都不懂呢？”我笑了，“哈哈，你当了排长也是形容的吧？”爷爷差点从床上掉下来，一到我把他当年的职务弄低了就不高兴，十分恼火，瞪起眼睛说：“阿甘！我是连长，爷爷是连长！跟你说了多少年了，你个臭孙子怎么老给我说成是排长？”爸爸说：“儿子，你爷爷是副连长。”

爷爷就不说话了，显然这比较精确，那就是副连长了。“想当年，哼！”爷爷从一个像他一样老得没了样子的军壶里喝了一口酒。爷爷的老军壶里不装水，只盛了酒的，喝一口以后就又要想当年了，“想当年！”这时候我就说：“我知道，你是被我爸爸的爷爷给打出甘家旺的！你气人，气死祖宗了！”爷爷脸都白了，一到这时候气得就要打个酒嗝，他立马就打了一个酒嗝，歪着头看爸爸气急败坏地说：“这孩子他妈的太傻！都怪你，现在都叫你什么？九爷？我他妈的还没死尿的呢，你当什么爷！”

爸爸就不说话了，疼爱地看着我，脸上有笑容，不是好看的那种。妈妈说：“他爷爷，大家叫他九爷跟辈数没关系的，只是个形容。”爷爷把军壶使劲地摔在炕桌上，“形容？这尿的世界不就是给形容坏的吗？”

妈妈想了想，说：“要说也是啊？可那也不能怪九爷呀！”爸爸摇摇头，“时候不早了，都快睡觉吧！”妈妈说：“等一下，我去给你打水，洗洗脚。”爸爸说：“干吗每天都要洗脚呀？”妈妈说：“让你洗脚不是好好睡，而是好好走！”爸爸说：“你老担心什么？我干吗不好好走呢？”妈妈说：“借你去政府办上班，我右眼总跳，老怕你犯错误！”爸爸说：“不会的，媳妇儿你放心吧！”

从我记事开始，是爷爷爱犯错误，跟爱喝酒有关。爷爷在部队的时候听说县里把祖传下来的土地给甘家旺村里的人分了，很高兴，复员回来后又合作化了，集中起来归公社了，爷爷正好当上了甘家旺人民公社的书记，真好，还是爷爷管，只不过已经属于国家了。人都是国家的，离不开土地，都由政府收了管了，真是太好了，钟一响一起出工上地，太阳落一起收工回家，洗了手一起到村食堂吃饭，幸福得当当响，爷爷敲钟总是最后吃，基本上没的吃了，那爷爷也高兴。

当年跟爷爷出去的二十多个人只回来了三个，三个革命残废军人，爷爷能多照顾就多照顾。后来不一起吃饭了，到了一九六〇年甘家旺的人差不多饿死了一半，爷爷就给王县长打电话，说：“快送粮食来！”王县长说：“同志，勒紧裤腰带吧！”爷爷嚷嚷着：“那就送裤腰带来！”

这事传出了甘家旺，爷爷一下就成了银城名人，在爸爸之前。我们家三代单传，每一代都有一个姓田的男人，而且都出名，我第一次写作文就有名了。爸爸生在甘家旺，甘家旺的山很高，我就写了甘家旺的高山，要问那山有多高呀？一个婴儿生下来不小心掉下去，牙都长出来了还没掉到底呢！老师看到我的作文快哭了，捶胸顿足地说：“阿甘！有你这么个学生真是倒霉呀！我又拿不到奖金了！”

回到家，我把作文给爸爸看，爸爸跟老师的反应不一样，爸爸那时还在教六年级的语文，比教二年级语文的老师水平高得多，看了我的作文手舞足蹈地说：“儿子，你太有才了！我们阿甘将来肯定能考上银城一中！”能让爸爸高兴别提有多高兴了，我拍着那条一年级打了一针以后怎么也不长肉的细腿说：“太好了！我能上一中！”

爸爸怕我把自己拍太疼了，搂住我，教我如何写好作文，说：“阿甘记住了啊，作文是要有主题思想的，主题思想就是要构建一个中心，那个中心在作文里叫灵魂，没有灵魂的作文就不是好作文。什么是作文的灵魂呢？就是无论写什么内容的作文里都要有文化品质，要构建出文化品质。光有文化品质还不行，要有精神走向，什么是精神走向呢？就是要写出作文以外的东西，才是好作文。”我听不懂，说：“我听不懂，六年级的语文太深了！”爸爸笑笑说：“不深，我给你举个例子啊，比如人长牙干吗呀？”我说：“吃饭，还吃人。”爸爸吓了一跳，“干吗还吃人呀？”我说：

“老师讲鲁迅了，吃人！我爷爷不是也说过一九六〇年甘家旺差点也吃人吗？”爸爸眼睛连葱头都不像了，像踩瘪了的葡萄，“阿甘呀，鲁迅说的是旧社会啊！”我懂了，点点头，“我懂了，那就吃社会！”

爸爸又愣了一下，抚摸着我的头，说：“儿子呀，也不能吃社会，社会才吃人呢，如果不好好走的话就会被吃了。”我高兴地说：“我不走，要像爸爸那样跑就谁都吃不着我了吧？哈哈，太好了！”

爸爸没笑，快哭了。爸爸肯定是在思量我什么时候能再跑呢？因为我上一年级第一学期的时候是会跑的，像爸爸一样。爸爸从小就很能跑，而且从我爷爷开始，爷爷当年就是跑着参加革命的，可爷爷老说是飞奔。爸爸小时候从甘家旺到城关镇来上学，早晨顶着月亮跑，下午追不上太阳就顶着星星跑，从省城师范学校毕业回到城关镇小学当老师以后才不用跑了。我不会跑了，是因为城关镇医院的阿姨往我屁股上打针一针就给打坏了，打到了神经上。

我总算说明白了，我原先是会跑的。我不喜欢学校开运动会，总是看着别人在操场上跑来跑去，体育老师让我扔铅球，还说腿不好的人胳膊都发达，可那玩意儿老砸疼我的脚。

我要跑，城关镇自从爸爸到政府办上班就有了非常好的马路，不像过去那样尘土飞扬。城关镇也改成城关区了，我要用我软绵绵的脚在软绵绵的柏油路上飞奔，爸爸很高兴，说：“儿子，你行的！”

我行，这很重要。那时候美国的阿甘还没有来，什么事到银城总要晚一些，国家不让银城对外开放，外国人坐火车到银城是不能下火车的，除非在北京上火车前经过同意才行，要不然只能再往前坐，到头的地方是省城。火车从北京开过来要两天两夜，美国的阿甘就是被装在铁盒子里用火车送到银城来的，爸爸很吃力地让我弄明白是美国的阿甘来了。

爸爸让我弄明白一些问题总是很吃力的，那天好不容易把美国那个阿甘快解释明白了的时候，我就问：“爸爸，他也是七个月生出来的吗？”爸爸点点头说：“可能是。”妈妈说：“肯定不是。”爸爸就告诉我说：“电影里没说，美国阿甘肯定五个月就出来了。”我好高兴我比美国阿甘在妈妈肚子里多住了两个月，我是七个月出生的，那个傻阿甘早早溜出来干吗呀？

我这样一说，爸爸和妈妈都皆大欢喜，夸我聪明，我又问：“那个阿甘也发高烧得过大脑炎吗？”爸爸摇摇头说：“可能没有。”妈妈点点头说：“肯定没有。”我拍着手开心地说：“太好了，我得过，他不如我！”

爸爸和妈妈就不说话了，一到这时候他们就不说话。爸爸和妈妈不说话的时候就是准备好了闹意见，于是就闹起意见来了。一般都是妈妈先说，妈妈说：“那次你要不是陪着张处长去下棋，能把阿甘烧成大脑炎吗？”爸爸说：“那是闹流感，都没想到还有大脑炎，可怪不得张处长啊！”妈妈说：“我没有！怪人家张处长干吗？我怪你，那再往前说，你要是不同意孙书记叫你去接受什么采访，我大着肚子到医院去看他爷爷，会一跤把阿甘给摔出来了吗？”

这就是我的出生经历，比美国阿甘在妈妈肚子里多住了两个月的原因。因为爸爸被从学校叫走去接受采访，我出生了。爸爸又被从学校接去陪北京来的张处长下棋，我得大脑炎了，还一针给打坏了。妈妈抱怨，转过身去，开始抖动肩膀。

爸爸站在我和妈妈中间，向左看看，向右看看，我知道往后发展的结局，就是要看手表了。爸爸就看了一眼手表，说：“坏了，我表停了，现在几点了？”我看了一眼挂在墙上的表，晚上九点，不一定要告诉爸爸，机会是妈妈的。爸爸说：“他妈，现在到底几点了？”妈妈说：“你不会自己看？”爸爸说：“不行啊，你还不知道？没有媳妇儿你我可是一事无成！”

这正是妈妈笑一笑的时候，妈妈果然就笑了，说：“你就跟我虚头巴脑的吧！看表呀？那不九点了吗？”妈妈被爸爸肯定的时候总是很高兴，也有理由笑一笑，就忘记了历史。

我开始知道，历史总是在关键时候被提到，并恰到好处地根据不同的需要进行解释。历史是武器，从来不像大人说的那样是镜子。可我老觉得历史是月亮，在天上挂着，爸爸一被政府办的刘主任叫走，妈妈就说古人不见今日月，今月曾经照古人。就是说，银城的月亮照过我爷爷，也照过我爸爸的爷爷。

爷爷总说八国联军怎么打到北京就不往西进了，让甘家旺的古人没有机会把尿屎驴日的列强们打到吐血。爸爸说银城离北京太远了，大鼻子们不想到西北来，怕大风沙给屎的们刮跑了，要不就喂了狼。

妈妈一笑爸爸就高兴了，爸爸一高兴就得意忘形，妈妈就用我的历史让爸爸无话可说，“阿甘成了这个样子都怪你！”妈妈只要刺激一下爸爸，爸爸就会呆呆地愣一阵子，然后铺好床，给妈妈打来洗脚水，要给妈妈洗脚，妈妈就等这个时候呢，好给爸爸洗脚，爸爸变得无力反抗，怕妈妈再生气，我就可以到我的床上睡觉了。

我们家有教室的一半大，用黄土做的房子，叫“干打垒”。干打垒的房子是在山上的岩石上铺上黄土，黄土是从山下运上来的，一层一层铺，四个人用大石礅子砸。石礅子上有四根绳子，四个光着膀子的人同时使劲把石礅拽起来，高高扬起后重重落下，咚的一声，盖房子。

嗨哟，我们砸
用黄土砸出一个家
住进去才知道啊
房子不是家

家在哪里呀
住在你的心疙瘩

在咚咚声中，用一层一层黄土盖出来房子，北山人的家都是在号子声中砸出来的。男人的歌，银城的歌，粗犷彪悍，比住在山下人的家是用砖头砌的房子动静大，有响声。

多少个夜晚总是这样，爸爸打好洗脚水，把妈妈做的布帘拉上。布帘在屋子中间，爸爸妈妈住里边，我住外面。爸爸一拉上帘我家就是两间了，这时候我总能听见爸爸说："我给银城洗脚，好跑得快一点，现在我要给媳妇儿洗脚。"

妈妈不同意，说："不对，你是给银城洗脸的，你是银城的洗脸工。"

"洗脸工？哈哈，那好吧，你说洗哪儿就洗哪儿！"爸爸好开心，笑着说："我是银城的洗脸工！"

"又错啦！"妈妈又改了，"你是九爷，银城三陪！"

"真难听！"爸爸不服气，"你怎么把我给说成三陪了？"

"你不是吗？"妈妈大声问，很亲切，"好好想一想，是不是呀？"

"好吧，我是，陪领导，陪来银城检查的人，主要是陪来银城投资的人！"爸爸也大声说："不过我在家是双陪，陪好你，还有儿子。"

"你还是做好银城三陪吧！"妈妈说，"我看市里的领导不要你陪的，除了刘主任，你也要陪好你自己，九爷。"

妈妈和爸爸闹意见总因我起，马上就会好，爸爸一般不让它过一天，或者一晚，一直到下次闹意见为止，周期长短不一。我总想，爸爸和妈妈一定是好到了非闹意见不可才决定结婚的，开始明白能在一起过日子的两个人应该都是很有意见的，所以才隔着一条街、一座山、一条河或一个城市辛辛苦苦地住到了一起，这样闹起意见来比较方便。

隔壁的黄叔叔就跟隔着三条街的第二个黄阿姨好到了要闹意见才住到一起的，黄叔叔跟第一个黄阿姨没啥意见，所以第一个黄阿姨不吭一声地就走了。

第一个黄阿姨在银城刚有卡拉 OK 不久就走了。都管黄叔叔叫

“007”，文化局文化科文化办的文化管理员，是银城有了歌厅以后第七个离婚的人，所以叫了“007”。

007 黄叔叔喜欢跟爸爸站在院子里隔着墙说话，说国家终于决定让银城对外开放了，外国人到银城可以随便下火车了，不用经过批准才能够到银城来。银城是国防建设基地，东西南北全是山，山里有外人进不去的神秘工厂。银城大部分人都是在山里上班的，那些没有厂名只有数字代号的工厂不属于银城管，管它们的在北京。

爸爸说银城人民政府是全中国最好的政府，真正的“服务”，也只能是一个“服务型”政府，过去主要服务于大山里搞国防建设的人们，现在也开始服务自己了。爸爸有这种认识水平让政府办公室的刘主任很高兴，人人都知道国家允许银城开放好日子就来了，好日子就是要唱起来。

有了卡拉 OK，这一唱就唱出了银城离婚交响曲，离婚都排到五百多号了。我表姐也是一个，表姐是城关镇最漂亮的人，跟表姐夫都在红旗电影院上班，表姐夫是放电影的，表姐是检票的，还为电影开演来晚了的人用手电照着找座位。

表姐有一天就照到了一个一见光就灿烂的人，那个人把同一部电影三天连续看了三遍。第三遍一个人来却买了两张最后一排座位的票，开演以后才来，表姐打着手电帮他找座位，那人坐下就拽住了表姐的袖子，表姐用手电照亮了那个人的脸，那人一见光就灿烂，笑得好灿烂，说：“我都看你两天了，今天是第三次，专门来看你，买了两张票，快坐吧！”表姐说：“我不坐。”那人说：“你坐吧！别让放电影的人发现，我一闹你老公准屌的知道了！”表姐就坐了，真怕被放电影的表姐夫发现了，可不久后还是跟表姐夫离了婚，跟那个人去了广州。

表姐跟表姐夫离婚都说跟银城的发展有关，离婚排在第二百零三号，所以都管表姐夫叫“203”。表姐夫当过兵，爷爷死前还为这个生气，说 203 是他们老团长的代号，现在的人可真不像话，管放电影的都敢叫“203”！

新表姐夫带表姐去了广州，才知道那人原来是卖袜子和雨伞的，到银城卖丝袜和雨伞的。我挺想表姐的，可做梦从来没有梦到过表姐，不知道是我把她忘了还是她把我给忘了。我爱表姐的红唇，小时候表姐总给我洗澡。去广州前表姐抽空来看我，妈妈的车间正好来了一批鸭子，已经不叫厂长改叫总经理的人非要叫妈妈去，星期天爸爸也被刘主任叫去了，正好表姐照顾我。我小时候表姐就喜欢我，她很会照顾人的，非要像我小时候那样在家里再给我洗一次澡，把我脱光了。我以为她还会像小时候那样给我洗的时候悄悄含住我的小鸡鸡亲一会儿，可是没有，表姐看到我两条已经粗细不一样的腿哇的一下就哭了。

还是说黄叔叔吧，第二个黄阿姨不再到谁都可以进去唱一阵子歌的地方上班后搬进了黄叔叔的家，这样黄叔叔跟黄阿姨闹起意见来比较方便，我半夜里经常被黄叔叔家砸锅摔盆的声音吵醒。

我又被吵醒了，听见妈妈说："老黄家又怎么了？"爸爸说："那女人怕又被'007'侦察到什么目标了，银城开了二十多家歌厅了。"妈妈说："老黄的女人晚上不爱睡觉，中午才起床，天黑后就哪儿都找不着她，老黄生气了。"

这时候锅又被摔了一次，爸爸笑着说："老黄总让我想起一九五八年大炼钢铁那会儿，家家都砸了锅炼铁。"妈妈笑了，说："他砸他的，咱下咱的，我还要，再来一盘。"

我大声说："你们干吗老在床上下棋呀？爸爸下棋还老是呼呼地喘气，像火车，我都听见啦！"妈妈在里面说："这孩子，吓死我了，你没睡着呢？"爸爸说："阿甘咋还没睡着呢？"我说："我被一九五八年给吵醒了！"

不知道妈妈是什么表情，肯定钻进被窝里，声音发闷地说："以后不能跟你下棋了！"我说："那看电影吧，爸爸带我去看阿甘！"爸爸拍了一下脑门，要不就是大腿的声音，"坏了儿子，明天我得去火车站接人！"妈妈说："你别去接了，带阿甘去看电影吧！"爸爸说："不行啊，北京来的，中央的，我不去不行！"

妈妈坐起来了，拉开灯，不明白，开始问："我说九爷啊，你怎么凡是北京来的就认准了是中央的呢？你斗棋那回的张处长也是中央的？人家张处长说他是骑自行车上班的，中央哪儿有骑自行车上班的呀？”

爸爸说：“有哇，张处长就是。”

妈妈不太明白了，说：“人家张处长说自己是农业部下面一个局的，局再下面一个处的，最小的处长，跟中央没那么近。”爸爸说：“哪儿是我说的呀？我领导说的，刘主任。”

妈妈语重心长地说：“赶明儿真来个中央的我看你该怎么办？陪人家斗棋还是唱歌跳舞？北京有那么多部队歌舞团，谁到银城来让你陪着瞎唱乱跳呀？再说了，你要唱得不地道九爷不就栽了？刘主任指着你的贡献当市长呢！”爸爸说：“副市长。”

传来咚咚咚的声音，“007”不砸锅了，黄叔叔用头撞墙。黄叔叔砸了锅以后，爱用脑袋撞把我们隔成两家中间的那堵墙。

第二天早晨黄叔叔头上裹着纱布站在院子里刷牙，我们两家中间的墙很低，他边刷牙边问我爸：“九爷，现在早就不兴下棋了，你陪北京来的人该干啥屎子的了？”爸爸笑笑说：“该干啥屎子干啥屎子呗，又不是为了自己。”

“你行，做啥屎子都不白给！”黄叔叔把嘴里的白沫子吐了，说：“我爷爷就会拉屎子板胡，像哭丧的，要像你爷爷会斗棋该多屎的好！”

第三章

爸爸还没有出名的时候，他的爷爷，也就是我的太爷在甘家旺就是很有影响的人。爷爷说如果我太爷活下来会是人人恨的“地主”，可甘家旺的人都管我太爷叫“东家”，还好，东家一下死了，不是病死也不是老死，不是被国民党枪毙也不是被马步芳杀了，不是被共产党崩了也不是被贫下中农给扒了皮，愣是被山外新兴的现代土匪活生生给宰了。

爷爷还说，甘家旺的人都为老东家的死痛心疾首，跟我课文里学的说法不太一样。太爷被人抹了脖子，爷爷说眼睁睁看着中华人民共和国成立了，有一天村里大喇叭铿锵有力地宣读毛主席对死人的看法，说有的人死得重于泰山，有的人死得轻于鸿毛，提到了一个叫张思德的人，这人爷爷不认识爸爸不认识我也不认识，为了砖头牺牲了。为砖头死了张思德让人痛心疾首又扼腕叹息，爷爷说还好张思德不是甘家旺的人也不是银城的事，原来银城外也有奇人奇事。

甘家旺的人都猜测老东家必是为一副象棋死了。我猜想太祖父死的那一天，甘家旺一定有人看到了一根鸿毛飘出了山外，轻于鸿毛，像《阿甘正传》一头一尾都出现的鸿毛，也许是鹅毛、鸭毛或鸡毛，电影里没说是什么毛，我也看不出来是什么毛。结尾时那个老奶奶对阿甘说人生就像巧克力，不吃就不知道哪块是什么味的，可妈妈知道，妈妈说我太爷、爷爷和爸爸就是三块怪味巧克力，而且都是苦的。

我知道，妈妈是说爸爸不会斗棋就好了，不斗棋就不用去政府办，爷爷不因斗棋就不会被太爷用一根枣木棍打出甘家旺，太爷没有祖传的翡翠象棋也不会死。太爷是甘家旺所有死去的人里死得最窝囊的人，最让人憋气的死法，被人一刀给抹了脖子，连最后一句话都没有说出来，指着抹太爷脖子的人脖子上冒着血泡，让甘家旺的人痛心疾首，因为甘家旺死了久负盛名的“老棋王”。

甘家旺的人打量完飘出山外的一根毛之后，知道了太祖父没能把据说已传了百年的翡翠象棋留下来。

爷爷和爸爸都没见过那副翡翠象棋，确信老爷子被人抹了脖子跟那副从不离身的象棋有关。爷爷说杀人的人可以得到它，却不一定能摆弄得好它，就跟甘家旺的人分到了土地又被合作化收为国家的变成人民公社之后弄不出多少粮食一样。爷爷小时候也不会种地，但对我太爷斗棋的能耐早已心领神会。

爷爷说从他记事开始，甘家旺一过年就要“斗棋”，在家里的大宅子设局，那叫一个壮观，十里八乡会下棋想斗棋的人都来，太爷还管饭，不管哪儿来的，认不认识的，有没有身份的，或老或少，会斗棋的都可以来斗它一斗。这是甘家旺过年的一个乐子，幸福事，决出来的第一名就可以跟我太爷挑战了，太爷才会穿着亮晶晶的丝绸衣服隆重出场。

太爷是“老棋王”。还要请来戏班子在甘家旺唱七天七夜的戏，有酒喝，有肉吃，就是说过年有七天七夜的开销都是太爷出的，每天开戏前在龙王庙前斗棋。爸爸说我爷爷当年可不是“飞奔”革命的，是被我太爷用一根枣木棍子打出了山外，因为发生了一件事，太爷输了一盘不该输的棋，是我坏爷爷干的。

这就要说到甜水湾，甘家旺往西十里有一个叫“甜水湾”的村庄，那里是妈妈的故乡，当年也有一个老棋王。甜水湾的老棋王向太爷挑战，我爷爷给那人支了一个阴招儿，因为爷爷看上了那人的女儿，想提前讨未来岳丈的欢喜，让太爷输了一盘不该输的棋。太爷怒火万丈地把我爷爷打出山去革命了一阵子，第二年夏天没人给收麦子的乡亲们往地里送肉吃了。太爷郁闷死了，又想念爷爷，最后悔的是就不该头年麦收的时候让爷爷去买猪。

一九四八年仲夏的一个早晨，爷爷骑着驴出了村，到集市上去买猪，每年麦收都要赶三头猪回来请人杀了，做给抢收麦子的乡亲们吃。爷爷喜欢唱山歌，夏天也站在山头唱歌，爷爷唱得并不豪迈，关于家，有些粗犷，我长大后再回味还有些悲凉。

也有人说爷爷站在山顶唱歌是看天气，老天爷为了让甘家旺的人不要失去勤奋，每当麦子熟了的时候肯定要下雨，还会下冰雹，眨眼的工夫就能把麦子全砸在地里，村里的人就只能跟太爷一起哭了。看来太爷不仅过年的时候请人有吃有喝地斗棋听戏，夏天抢收麦子的时候也舍得买猪炖肉，爷爷唱完山歌后骑着驴往集市去买猪。

卖猪的人都认识爷爷，因为爷爷从不讨价，挑最肥的猪给乡亲们吃，都说爷爷是个好后生。集市上把头的一看见骑在驴上的爷爷来了就会奔走相告，卖猪的都把自家的猪用棍子打得嗷嗷叫，因为爷爷不光是挑肥的，还要挑叫得响的，这样的猪让乡亲们吃了更香更有力。

爷爷喜欢马，打小就喜欢，老想骑马，可爷爷只能骑驴，马在甘家旺是没用的。因为山里跑不起马来，只有驴中用，什么畜生干什么活，没有好不好，只有中用不中用。爷爷那天在集上看见了一匹马，喜得两眼放光，下了驴把驴押上要跟贩马的人斗棋。爷爷想赢得马，可贩马人知道甘家旺骑驴来的这小子斗棋好生了得，有祖传的斗棋能耐，想骑着大马赶猪回家真是痴心妄想。

爷爷非斗不可，输了认了，就是赢了驴也不要了，反正一定会骑大马赶猪回家。后来人们都说十八岁的爷爷其实是看上了来自甜水湾水汪汪的大姑娘，爷爷叫嚣着说：“不斗也行！你要是舍不得马，那就斗你闺女吧！”爷爷直奔主题要他想要的，那人一听就急了，骂道：“我把你个尿屎驴日的！你他奶奶的啥屎子眼神？那是我妹！”爷爷说：“那就斗你妹！”

贩马人红了眼，脖子上暴起像长虫的筋来，指着我爷爷说：“你屎的调戏我妹？我灭了你驴日的全家！”爷爷说：“行，让你妹跟我走，我全家好灭，就剩我爸一个人了！妹子，快上马吧，做我媳妇儿，搂着你睡一夜就是我媳妇儿了，没人会再要你，让你哥摆棋吧！”

当然没斗成，爷爷被马贩子抽了三马鞭骑上驴跑了，爷爷老说听见了那妹子哭得哇哇的，爸爸不信，妈妈不信，我也不信，爷爷挺直了踮起脚还没驴高呢，谁相信甜水湾漂亮的大姑娘会为爷爷哭泣？还是号哭？

过年的时候，大年初三，贩马人的爸爸来了，原来是甜水湾的老棋王来到了甘家旺。爷爷在集市上把他闺女给刺激了，回家后老说要嫁给骑驴的，她喜欢那头驴，五条腿儿，还有一条短一点，当啷在胯裆。老爷子是为闺女雪耻来了，哪是斗棋，找我爷爷斗命来了。

可轮不到爷爷，爷爷上不了阵，因为太爷还活着。甘家旺的老棋王跟甜水湾的老棋王挂了赌，谁输就割出谁家五十亩地。太爷上当了，那人哪有五十亩地呀，他儿子王贵贵夏天到集市上卖的马是借的，原来是带着妹子打掩护侦察形势呢，是要带解放军从甘家旺打进银城，太爷可真是上了王贵贵的当。

爷爷老惦记着甜水湾的大闺女，为有可能的老丈人支了一个阴招儿，甜水湾的棋王赢了我太爷，爷爷就被打出了甘家旺，输了五十亩地。王贵贵的爹看到地契乐得当时嘎嘣一下就死尿的了，在甘家旺挺了尸，为这个王贵贵恨死了我爷爷。

村里二十几个小伙子追随爷爷兴高采烈地出了山，带着象棋，预感到我太爷活不了太久了，跟着爷爷一路斗棋，期待爷爷也走出一步臭棋也弄点土地，谁能保证不走步臭棋呢？可爷爷有把握，他们加一块儿也斗不过的，到了银城觉得不好玩，兵荒马乱闹得慌，就出了银城到了黄河边。

在黄河边摆了棋，还没斗就被国民党给抓了壮丁，要他们一起打过黄河去，运送炮弹。爷爷说："有马吗？"一个国民党军官说："要马做尿的？"爷爷说："给我匹好马，上马平天下，下马定江山！"军官大笑，指着爷爷说："这尿好，有气势！来呀，把驴给这尿牵来！"

爷爷爱马，可骑的还是驴，带着二十几个兄弟上战场，黄河没过去，天没亮就被我中国人民解放军给俘虏了。俘虏爷爷的竟是王贵贵，王排长，爷爷一下就认出来了，问："你妹子呢？"王排长有肚量，不计较，问爷爷："你回家，还是革命？"爷爷想了一下说："不屎回家，先革命吧！"王贵贵拍了拍爷爷的肩，说："好！聪明！记住，打仗带枪就行了，别带着象棋，等革命胜利了你再去斗棋吧！"爷爷说："好的！"王贵贵说："什么好的？咋那屎肉麻呢？赶紧拉车，给前线送炮弹！"还是送炮弹，爷爷四下看了看，没有驴，问："驴呢？"王贵贵坏笑了一下："你说呢？"

爷爷知道驴在哪儿了，自己就是，二话没说拉起了炮弹车。王排长后来是连长，精于算计，转业后成了甘县的王县长，就是一九六〇年要爷爷勒紧裤腰带的王县长，可他怎么算也没法让甘家旺的人吃饱肚子。那天他牵了匹大马上山，考察地里长了多少麦子，算计着每亩可以打多少粮食，人均产量多少，好好考核一下甘家旺是怎么回事，不知怎的马发了脾气，一蹶子把王贵贵给踢到山下去了，死了手里还攥着算盘呢！

爷爷棋下得再好，无缘的人也是在不了一起的，何况多年以后在县里开会再见到王贵贵的妹子，才发现她竟是个麻子。爷爷青春期荷尔蒙反应强烈眼神不济也是有的，幸亏没娶她，老说打仗的时候在梦中要了她好多次。她在新中国成立后做了甘县的教育科科长，说我爷爷打小就不正经，也就下得一副好棋。

爷爷不服气，说你们家才不正经呢，当年押地斗棋骗人，你们家根本就没有土地，穷得叮当响，家里就一个水坑，里面还没有水。王科长就哭了，说她爸爸就是被我爷爷给害的，一想到这儿爷爷总会叹口气，同情地说："土地可真害人哪！"

爸爸摇摇头，"别说了！你欠甜水湾的，你的情我来还，你的账我还上。"爷爷把胡子吹了起来，说："我说你非找个甜水湾的媳妇儿呢！敢情为这屎事儿？你给我记住了啊，我谁屎的也不欠！革命不是请客吃饭，更不带娶媳妇儿的！"爸爸说："跟你说不清楚。"爷爷咽了口唾沫，耿耿于怀地说："反正你小子有福气！还真娶了甜水湾最漂亮的大闺女，比我强！日他屎的，怎么会一代就比一代强呢？我这是造了什么孽，一代更比一代傻！"

爷爷总结他的一生，是"斗棋"让他参加了革命，算是因祸得福，要不肯定当不了甘家旺的公社书记。当年如果不是被太爷给打出甘家旺，爷爷不被国民党杀害也得被共产党给枪毙了。一九六六年爷爷还是被银城的红卫兵给收拾了，爸爸给关在牛棚里面的爷爷送饭，没有牛的牛棚里面关着爷爷，还有孙书记。爷爷教会了银城市市委孙书记下棋，也教会了爸爸，希望有一天我爸爸也能"斗棋"斗出个什么奇迹来。

奇迹果然出现了，我刚上小学一年级北京的张处长来了，爸爸出马跟张处长下棋，一切都改变了。

第四章

北京来的张处长到银城检查工作，晚上吃完饭后无事可做，那时的银城还没有这么多乐子，“007”黄叔叔还在文化馆搞朗诵和办文学小报呢，最大的乐子就是下棋。

张处长爱下棋，跟刘主任提了一句，刘主任马上向王市长汇报，王市长就怕客人没要求，何况是北京的，一听就欢喜，摆了一盘，没几步就死了，便叫刘主任出马。

刘主任是政府办的高手，斗棋喝酒洗桑拿、唱歌跳舞斗地主，就没有不行的，上去应招儿，结果连输三盘。还是京官厉害，王市长以为客人会高兴，哪知张处长赢棋并不高兴，很不高兴，要寻一个能称得上对手的人大战几个回合才痛快。

王市长思来想去，就想到了我爷爷，亲自给甘家旺打电话，让镇长把我爷爷送到银城陪张处长斗棋，哪知道我爷爷已经到了银城，刘主任就到城关镇医院去接。刘主任走进医院的时候，听见爷爷正在病房里唱歌，爷爷唱道：“雄赳赳气昂昂，跨过鸭绿江。”

刘主任站在病房门口等爷爷过完江了，进了屋，爷爷翻过身去，这是不爱搭理他，他生气地说："你翻身干尿的？不想见我？"爷爷嘘了一下，说："嘘，别吵吵，我要回地球了！"

刘主任更生气，"你不是过尿江呢吗？还翻过身去，躲浪呢？"爷爷说："你才浪！还傻！录音带 A 面放完了该放 B 面了，这尿都不懂？"刘主任说："懂你个尿！地球有什么好来的？还听着歌来！还听完 A 面翻过去听 B 面！"爷爷伸出手指着刘主任，说："是 B 面的 B，读'毕'！不是'逼'，你尿的从甘县调到银城政府办还牛逼了？不就会写讲话稿让王市长念吗？他一个结巴磕子你尿的写再顺他也念不顺溜！"

刘主任就不说话了，一脑门子的火，郁闷，有火跟爷爷发不出来，谁跟疯子较劲呀？那就是自个儿疯了，疯子疯的时候杀人都不偿命呢！陪同到病房的城关镇医院胡院长摇摇头，说："刘主任啊，这个老田头老以为他去抗美援朝了，就没尿的回来！你别生他的气，这家伙在部队的时候斗棋连团长都敢赢，让尿的复员了，又经过'文革'受刺激了，他尿的怕是斗不了棋了！"

爷爷噌的一下坐起来，"斗棋？跟谁？"胡院长说："北京来的，你尿的行吗？"爷爷说："尿的北京来的还要我出马？让阿甘他爸去吧，闭着眼就办了！联合国的来银城才够得上我出马！"胡院长说："刘主任啊，看来银城对外开放都尿的知道了，老田头都想到联合国了！"

刘主任阴着脸说："谁是阿甘？他爸干尿的？"胡院长说："干

屎教育的，小学老师，城关镇小学六年级教语文的。”刘主任冷笑了一下，“教屎语文的会下棋？开玩乐！”胡院长说：“还是刘主任行，那才有文学风范，开玩笑不说开玩笑，说成开玩乐，大家！将来一定是大家！”刘主任弹弹衣服，“将来？”胡院长说：“现在！现在就是！刘主任马上进市委常委了，都知道，下届能当市长了！哎呀！我天天屎的在城关镇跟屎的一帮傻子疯子挣扎度日月，也傻屎的了！不过刘主任我跟你说，老田头跟田老师老在病房斗棋，这屎的爷俩斗棋奇怪的是没有象棋，拿嘴斗，老田头说炮二平五，小田头就说象三进五，搞不懂！”

“呀！”刘主任惊了一下，不小心露了情绪，政府办主任做什么都是不动声色的，尤其看王市长和孙书记斗法的时候，现在一下明白了父子二田这是下盲棋呢！

高手过招还真就不需要摆上象棋，用嘴就可以下，刘主任立马坐车到学校去接正为六年级一班冲刺补课的田老师。我上一年级，那天正发烧，好冷，坐在教室等爸爸补完课好带我去买罐头，我每次发烧一想到打针就立马不烧了，爸爸总会买罐头带我回家。可今天刘主任非要接爸爸走，爸爸不去，刘主任板着脸说是要爸爸代表银城出战，赢了北京来的张处长张处长才欢喜，“这是政治任务！”刘主任冷冷地说，看上去比我还冷，一九八六年的这个春天有点冷。

爸爸一听“政治任务”脸都绿了，哪敢再说不去，赶紧让人去叫也加班正在拔鸭毛的妈妈来接我，妈妈很晚很晚才来接我，我在教室里都睡着了。妈妈带我去了城关镇医院，进了诊室看见女护士正在着急系裤腰带，胡院长慌张地站在窗前向外看，说：“月亮好大呀！”妈妈说：“胡院长，哪有月亮呀？”胡院长转回身，“有！只要你心里有就有，大月亮！”

我知道了，每当夜晚都要有月亮，没有也得有，在心里，还得是个大月亮。“给阿甘用好药，一看就是发烧呢，这脸蛋快有他妈妈的红了！过来坐下，我给你们娘俩一起看看！”

妈妈说不用了，不知道如何是好，“都怪他爸！不带阿甘来医院，跑哪儿去了！”胡院长说：“不可以抱怨，再说田老师是为银城的发展做事情，你脱了！”

妈妈吓一跳，脸更红了，“什么？”

胡院长挠了一下头，说：“看我，习惯了！小刘呀，带阿甘去打针，我一会儿给你补尿的！”他还笑了笑，只眨一只眼，“补处方！用庆大霉素！我带她去看看老田头在地球上着陆了没有！”

妈妈向窗外看，不是找心中的大月亮，是奇怪进来时正看见上个星期还在车间里跟妈妈一起拔鸭毛的阿姨紧张地系裤腰带，还真的调到城关镇医院来当护士了？还要给我打针。

阿姨带我去另一间屋子里，让我脱裤子，我还没脱掉，她的裤子唰的一下就掉了，刚才一紧张皮带没有系好，里面居然什么也没有穿，两条大白腿中间一片乱蓬蓬的黑草都飞起来了。我哈哈大笑，她这地方的毛比“007”黄叔叔的头发还多，还黑又密，乱龇着。

她生气地提上了裤子，拍了一下我说：“阿甘！不许胡说呀！你看了不该看的东西要是说出去会长大针眼的！”

“我不想长大针眼，也不想打针！”我哆嗦着说，“阿姨你要是不让我说，你就趴在床上让我给你打吧！”

“那不行！快点！”她一下拽掉了我的裤子，看着我下面，我躺在床上往上看，她又贴近了一些，说：“我靠！你还撅起来了？像你爷爷！你们祖孙三代都不正经，一个个的装傻！”

我看见了她衣服里面的奶，大白奶，上面还有红手印，里面什么也没穿，白大褂也没穿，要不就是刚脱的，都准备好了不知道要干吗，妈妈就带着我来了。真好，我说：“阿姨，真好，我看见你的奶啦！”

她说：“真缺德！”

我把她弄乱了，活该她一针打下去我就不会好好走路了，还查出来有大脑炎，让妈妈后悔一生，爸爸说会后悔三世。

爸爸不在场，爸爸为政府出马了。这次出马很重要，改变了爸爸的命运，也有人说还改变了银城的命运。我不知道，因为我正在医院里发抖，打完针以后更是抖个不停，爸爸也不知道。

妈妈看完爷爷以后知道爷爷顺利降落了，降到了地球上。爸爸还买了马恩列斯毛的画像贴在了病房的墙上，让爷爷相信没有降错地方，是爷爷的家，爷爷总说没有马克思、恩格斯、列宁、斯大林和毛主席画像的地方就不是家。妈妈摸了一下我的头，“怎么更烫了呀？瞧头烫得都可以摊鸡蛋了！”我沙哑着说：“拿鸡蛋来！”妈妈叹了口气，“像你爷爷！你们家三代可真是都有传统！”

刘主任带爸爸没有马上见北京来的张处长，先去了百货大楼，银城百货大楼总经理也从家里赶来了，刘主任要为爸爸找身得体一点的衣服。小学老师的眼镜上爱贴着胶布不说，身上还都是粉笔末，这形象怎么能代表银城陪北京来的张处长斗棋呢？爸爸身高只有一米六，刘主任要为一米六的中山装操心了。

下了班的百货大楼灯全打开了，找不到一米六的成人男装。总经理忽然想起库房里有压了几年卖不出去了的中山装。刘主任说要的就是中山装，让总经理赶紧带着进他地下室开了库房。总经理亲自爬到铁架子顶上拽下来一个大包，大包落下来差点把正举头望的刘主任给砸着，幸亏他闪得快。刘主任真灵活，又机敏，闪得好快。

总经理一下从高架子上跳了下来，不怕摔死差点被吓死地说：“这咋尿整的！刘主任没砸着您吧？”刘主任说：“没砸着。”总经理懊恼不已，“吓尿我一跳！”刘主任安慰着，“别说了，打开看看有没有一米六的小人穿的中山装？”

总经理歪头看着我爸爸，“你咋屎长的？个子这么低？让政府委屈了，竟让刘主任操心！”刘主任说：“这又不怪田老师，没屎关系，鲁迅才一米五八。”总经理说：“鲁迅咋屎的那么低呀？”刘主任生气地说：“你咋屎说话呢？拿破仑才一米五五，差点征服了欧洲！”总经理拍了一下脑袋，然后竖起来大拇指夸赞地说：“高！刘主任就是有水平！田老师呀，你瞧瞧你福气有多大？刘主任这是把你屎的往伟人上推呢！”

刘主任拍了拍爸爸的肩，说：“小田同志，银城要发展，不能让北京来的领导小瞧了我们，你懂吧？这就跟有钱人似的，有钱人都跟有钱人交往的。”总经理说：“那是，就跟干部都跟干部交往一样！刘主任呀，你能亲自来我们这里，可真让银城百货大楼蓬荜生辉啊！”刘主任很舒服地笑笑，说：“这仓库里可不全屎的是灰嘛！”

总经理说：“我说的是‘辉煌’的‘辉’，可不是‘灰尘’的‘灰’！这咋屎整的，没砸着刘主任吧？”刘主任说：“你咋屎的又绕回来了？没砸着，你可别成了小公务员之死了，别屎的放不下！”总经理说：“我哪是屎的公务员啊？倒想着进政府呢，还靠刘主任有机会多多提携了！”刘主任摇摇头，“当公务员有什么好的？操不完的心！银城人现在大多数人都准备上床睡觉了，我这小公务员还得钻屎仓库。”总经理说：“刘主任可不是小公务员，看银城这发展速度，你早晚要当市长呢！”

刘主任一下严肃了，表情庄重，宛如已经是一个市长了，弹了一下并没有灰尘的中山装袖子，说：“银城发展了，每个人都能得到好处，这就是发展的硬道理。”总经理说：“是啊，现在是摸着石头过河，可没说石头是㞞谁的呀？”

“高手在民间啊！”刘主任笑了，拍了拍总经理的肩，感慨了一下，“先摸着过吧，石头是谁的等㞞以后再说！记住一个道理，什么事情全说得清清楚楚以后反而不好做了，你好歹也是银城第一的百货大楼总经理，这个道理懂㞞的吧？过河摸石头每个人都有好处就是了，要不银城发展干㞞的？是不是？”

总经理说：“主任说得极是！早就能当市长了，水平就是不一般，几句话就把银城的发展目的和意义说㞞透了！”

刘主任说：“快找㞞的中山装吧，别让北京来的领导等㞞太久了！”总经理说：“这北京领导要干㞞啥呀？市里头还安排见小学老师？咋不睡觉呀？”刘主任又拍了拍总经理的肩说：“这是政府办的事情，别瞎㞞打听，我也不会跟你说的！你以为京官容易呀？还能到点就睡？多少国家大事得操心，看到我们银城发展这样快，心里欢喜，人心里一欢喜也是睡不着的！”

赶紧加快了找，居然从一个中山装的大包里真找到一件一米六五穿的最小号中山装。总经理说过去中山装好卖的时候，十大包里才会有一件最小号的，简直就是天意。可爸爸穿上还是显得太大了，刘主任说：“没屌关系，正好让张处长知道，亲眼看看我们银城还有很大的发展空间！”

爸爸佩服不已，刘主任不愧是政府办的主任，果然有水平。

“小田呀，”坐在小轿车上，刘主任跟爸爸说：“前年孙书记还当市长的时候，接待一位北京的大领导，你知道孙书记是怎样做的吗？”

“不知道，刘主任。”

爸爸哪能知道呢？好紧张。爸爸见过最大的领导就是银城教育局的局长了，年底被评为银城优秀教师的时候，还老不敢看局长，因为局长是个斜眼，爸爸怕跟局长的眼睛对不上，相互聚不了焦。

“孙书记让司机专门走颠的路，把领导颠得好难受，心好疼，改革开放了，银城搭上了末班车也开放了，领导回京就给银城拨款批钱修路！”刘主任敬佩又感慨，说：“陪领导是一门大学问，有时候要让领导舒服了，有时候要故意让领导不舒服，要会迎合，还得有不怕掉脑袋的壮举！”

爸爸吓坏了，出了一头汗，说：“刘主任呀，我还要脑袋呢，可别！”

“我这是形容，是指乌纱帽！”刘主任说：“领导没有了乌纱帽比掉了脑袋还难受，你哪屌的会懂！”

“我可不想懂，刘主任！”爸爸眨巴着眼睛说：“赶紧让司机停车，别浪费国家的汽油，我下车走回去！”

“你可真是狗屎上不了台面！”刘主任生气了，“好好斗棋，不是为了你自己！”

“不行呀，刘主任，我这都吓出来一身汗了，哪还敢斗呀！”

“必须斗！必须赢！”刘主任瞪了爸爸一眼，“为了银城，必须让张处长不舒服，不，是舒服了！”

“要不我抱着张处长颠一颠吧？”

“啥屎的？抱着张处长颠一颠？你想干屎啥？”刘主任打了一个嗝，“吓屎死我了，吓屎死张处长了！张处长是管农业的，不管修路！你可别害我呀田一秒！我会让办公室到教育局去查你档案，田一秒？一听你这名字就够吓人的，一秒，枪毙弄死人的子弹呀！”

“那就是过去的档案没有改过来，”爸爸擦了一下汗说：“刘主任，我改了，把‘一秒两秒’的‘秒’改成了‘渺小’的‘渺’。”

爸爸到了银城宾馆，没让进屋，王市长把孙书记请来正在里面斗呢。刘主任从里面出来，怕中山装是白买了，有点心疼，歪着头，冷冷地看了爸爸好半天，又怀疑了，说：“你屎行吗？”爸爸赶紧说：“不行！我得去医院，阿甘他爷爷又住院了，他老说要飞，以为自己是鸟呢！”刘主任更不爽了，说：“那屎以为自己是外星人呢，要不就以为自己是屌的蹿天猴自己点着就窜上去了，正往下飞着掉呢！让屌的飞吧，我在问你斗棋行不行？”

爸爸说：“不行，我得去医院，阿甘也发烧呢！”

刘主任恨铁不成钢恼恼地说：“我看你们家全屌的是阿甘，一个比一个傻！美国阿甘能成功，他是在追求个人主义的美国！一个屌的闹自由主义的国家！你不能一点觉悟都没有吧？还老师呢？怎么当的老师？还年年评上先进？你屌的怎么娶上老婆的？她在哪个单位？也你这屌样的不是内心里的真进步？你说家重要还是银城发展重要？”

爸爸说：“当然家重要了！要是家不好，银城就是发展到天上去又有鸟用？刘主任说是不是？”刘主任真火了，“你怎么这么不开窍？家家家，就知道家！银城要都是你这样发展个屌呀！”

爸爸好难过，低下头，知道错了，“我错了，刘主任，对不起，我不想影响到银城发展，回头我写份检查。”刘主任说：“检查？检查就不用写了！”爸爸说：“那好吧，听刘主任的，那我走了啊？”

刘主任跺了一下脚，指着爸爸说：“还说走？真没见过你这屌样的！马上穿衣服！”爸爸吓了一跳，“刘主任，我穿着衣服呢吧？哎呀，刘主任啊，你都把我给吓出汗来了，吓糊涂了，我这不是穿着衣服呀！”

“我让你换上中山装，陪领导得像点人样！”

“刘主任呀，我不像人样吗？”

刘主任扑哧笑了，然后又绷起脸，说：“听说你们家有田氏棋谱？”爸爸说：“九套棋谱，我爷传下来的，都在脑子里。”

刘主任说：“那就好，你必须赢了张处长！北京干部就是不一样，居然想输棋，那叫一个什么样的境界！真尿搞不懂，要能搞尿懂，我早去北京了！你先别进去，换上这身衣服，孙书记亲自上了，要是赢不下来你尿的再上！”

第五章

爸爸换上了中山装，在院子里等候，孙书记要是赢了张处长就不用进去了，那就好了。爸爸没想过有一天不是见而是会领导，还是北京的，还要斗棋，还得赢，对着夜空拍了好几下脸，看见星星了，还是那么大，没变化，没像爷爷那样老以为自己升天了，又跺了一下脚，地还在。在地上真好，踏实，一步登了天的人，登天以后才知道在地上多好，多么的踏实。

刘主任接爸爸的时候，王市长亲自到孙书记家去请了孙书记，王市长知道自己该这样做。孙书记用牙线剔了牙，温水洗了脸，抹了大宝，披上了呢子大衣，喝了两口龙井茶，穿上皮鞋出门的时候在家里买的自动皮鞋机清洗轮上蹭了蹭，算是出来了，看见是王市长亲自开车来的，批评道："有规定，领导不能自己开车，你王市长撞死尿的银城发展我指谁呀。"

"孙……孙书记马上要当副省长了，银城发……发展当然还得指您呀，上车！"王市长为孙书记拉开车门，放低了声音，很神秘地说："张处长手里有项……项目，老到，下棋能看出来五……

五六步，你……你把他杀痛快了，咱们不仅能拿到农业部的国家项目，你……你离开银城上任之前还……还能去趟以色列！”

“好说！”孙书记点点头，“杀他个农业部的小处长有什么费劲的！要不是你来我才不出马呢！听说那个张处长跟你是同学，也是清华的？”王市长说：“是，比我大……大一届，人特好，孙……孙书记一准儿赢张处长！”

孙书记当市长的时候，是没人不知道的象棋高手，一个人同时跟六个人斗过棋，赢三平二输一，可是不简单，王市长不放心爸爸才亲自去请了孙书记，没想到还请动了，满是欢喜。

中山装裤腿太长，爸爸给挽了起来，袖子也挽了。他蹲在挑着红灯笼的池子边看金鱼，全是脑袋顶上一团红球的金鱼。刘主任又出来了，点了根烟，对爸爸说：“这鱼叫红运当头，你看看有好处，事情做得好自然有红运，好处多多。孙书记要是败下阵来就看屎你的了，你可要经受得住组织上的考验！”

爸爸心里有数。他从未穿过中山装，尽管不合身，不重要，重要的是爸爸来了。爸爸什么都还没做呢，穿上了政府送的衣服，从没想过有一天会跟政府这么近，下好这盘棋，赢了张处长。

这不仅是组织上对他的希望，更是责任，是荣光。

月亮又挑高了一些的时候，传来王市长的咳嗽声。刘主任伸出手，跟爸爸庄严地握了握，爸爸心里一热，知道刘主任的期待，肩上的担子比让六年级全都考上银城一中还重。

爸爸从窗外往里看了一眼，见孙书记与张处长正襟危坐。孙书记非常了解自己的车、马、炮，很早就掌握“弃车保帅”的奥秘。他更早些年也当过政府办主任，下过的每盘棋该赢的都赢了，该输的也全都输了，总是令人欢喜的结局。

都知道孙书记当主任时办公桌上有一个文件筐，上面是中央文件，下面是棋谱。后来当了副市长，都说他跟省委组织部部长下棋在输与赢之间没有比他拿捏得更好的人了。

省委组织部是选拔干部的。银城是一个最尴尬的市，从工业来说银城所有的大型企业都归中央管，七八七，九一三，八八五，全是只有代号的国防企业，属于银城自己的也就是百货大楼、鸭绒厂、工农浴池以及菜市场什么的，还有一个财贸革新厂，生产可以提起来压下去打酱油的机器，还真是典型的“服务型”政府，有这样一位“懂服务”的人当市委书记上上下下都放心，也舒心。

刘主任对孙书记当时就要上任市委书记很上心，银城宾馆改造的时候专门留了一个与大院隔开的小门，建了金鱼池，养了红运当头。孙书记上任书记后更多时候并不在市委大楼上班，而到刘主任安排好的花园式庭院办公。北京来了领导的时候，他的生活才能够自理一些，会走路了，也会自己端茶杯了，还会自己披大衣，但对来自农业部的人有些不屑，因为银城是国防工业城市，过去不对外开放，连火车站都不叫“银城”站而叫了“甘家旺”站。

孙书记对“农业”的关心只有在每年传达中央“一号文件”的时候，大家都知道。好多人还知道孙书记办公桌上有一个文件筐，上面是中央文件，下面已改成《桥牌攻略》了。

都说孙书记要当副省长了，他开始攻桥牌，还练了网球。桥牌网球两手抓，两手都要硬，因为省里很多领导都在学桥牌，期许有一天打进中南海。练好网球很重要，中央首长有喜欢打网球的，作为挨着黄河的银城市市委书记，靠这些进不了中南海，但是到靠海的省当个省长也是应该的，因为中国迟早会走向海洋。

孙书记今晚没住在银城宾馆的办公室，因为他老婆过去老“痛经”，现在忽然“绝经”了，不到五十就绝经，走极端的女人总是有的。他老婆在他去省城上任副省长之前非要跟他讨论一下妇女问题，浪漫的女儿到了法国没钱了，可别走向浪漫的极端。

所以孙书记今晚其实心情真的不太好，完全是给了王市长的面子，他又输了一盘，把鼓出来的鱼泡眼翻了几下，看了一眼张处长，问：“几点了？”张处长摇摇头，说：“不知道，我不是银城人。”

王市长立马笑了，“哈哈！张处长真幽默，北京领导都幽默！”孙书记白了王市长一眼，王市长重重地拍了一下自己的脸，“瞧我这说啥屎呢！走嘴了，张处长别见怪，走棋！”张处长抬起手，极有风度地说：“孙书记请。”

孙书记架上了当头炮，他知道张处长瞎咧咧，天下哪有下棋是求输的？王市长观阵头上冒出汗来，没过十八步孙书记再输了。孙书记决定赢两盘，他忘了一点，“下棋”如同七年后的夫妻“做爱”一样，男人哪能说行就行呢，所以才有“七年之痒”一说，何况张处长非等闲之辈，干净利落地又赢了两盘。

尤其最后一盘，让王市长印象深刻，张处长将孙书记杀得只剩下一兵一马一老将，斩了兵杀了马之后将孙书记的老将在棋盘上推起磨来，让孙书记好不羞臊。张处长推累了，才一下将死了孙书记，一脸不高兴地说不玩了。

孙书记红着脸，非要再来一盘，结果才走几步棋，竟被张处长用炮给打了一个“闷攻”。下棋的人最恨的就是不小心让对手用炮给闷了，输在这步棋上最让人憋气又搓火，就跟城市建设局局长亲自检查工作，刚在马路上走了几步就忽然消失了一样，原来是掉井里了，爬出来后大声嚷嚷着：“是不是河南人到银城了？他们里有人专门偷井盖！”这话传到孙书记耳朵里很是生气，孙书记和爱人都是河南人，为支援大西北到银城来的。他让纪委查一查城建局局长，一查还真有事，从局长家搜出了录音机、照相机，还有一个谁都没见过也没有听说过的一个叫微波炉能做饭的小铁匣子，当晚就给双规了。

刘主任出来了，庄重地握了爸爸的手，爸爸明白了庄重的任务：杀了张处长，让京官输开心。

张处长输棋才身心愉快，让所有人大惑不解，京城的干部就是不一样，这便是一个活生生的证据。爸爸小心地在张处长对面坐了，孙书记的脸像猪肝一样成了紫色，白了爸爸一眼。

这一眼让张处长看到了，他和蔼地看着怯生生的爸爸，笑着问："你是银城高人？"爸爸说："哪儿呀，我是银城最低的人！"张处长听后哈哈大笑，喜出望外，夸赞刘主任，说："小刘呀，这就是你请来的田老师？可真是一个高人！"

张处长难得一笑，爸爸头一句话就让张处长高兴，四下看看，王市长笑了，刘主任笑了，孙书记没笑，爸爸不知该笑还是不该笑。刘主任趁热说："张处长才是高人呢，把银城杀得片甲不留！"王市长抬轿道："唉，张处长是把银城映得金碧辉煌！"张处长说："得嘞，还真有金币，我回部里给你们立个项目，用上以色列的农业技术，银城人就可以吃上小西红柿了，叫圣女果，一斤几十个，春夏秋冬都可以种，想什么时候吃按你们银城话说就吃屎的！"

刘主任喜悦地说："张处长，真好！"王市长说："唉，张处长真是太好了！"爸爸知道也得添把柴，赶紧说："中央的张处长可是好屎得不得了哇！"张处长指着爸爸，笑弯了腰，"你个田老师啊，还中央的张处长？我就是一个骑自行车上班的老张！"

爸爸还没斗棋就已旗开得胜，为银城迎来了圣女果，果然治大国如烹小鲜，官场的道道就是捧、吹、涮。王市长兴奋地拍了爸爸的肩一下，大声说：“小田，把你的真本事露出来吧！让张处长开心，知道我们银城有高人！”

爸爸知道考验自己的时候到了，虔诚地看着张处长。张处长问：“田老师，我先跟你盘盘道，你说中国象棋是什么？”爸爸看了一眼刘主任，刘主任说：“张处长问你话呢！”王市长说：“唉，小刘，别把田老师弄紧张了，张处长这话可深了，答得出来就答，答错了也没屌关系，张处长不怪你的！”孙书记这时才开口，不咸不淡地说：“小学老师上阵，怪我银城缺人才啊！张处长要是在教育部就好了，银城不要圣女果，要大学，抓教育，给银城批所大学才好屌的！”张处长说：“您别高抬，老张我不管那一摊子。我刚从以色列回来，引进以色列的高科技农业技术！”

爸爸好紧张，孙书记这是在棋外将张处长的军呢，倒不知该不该说话了。王市长和刘主任都闪了，一个倒茶，一个摆棋。张处长不动声色地看着他，目光深邃，原来农业部的一个处长也这般儒雅，只要不放肆地从美国引进转基因技术，中国的农业就有希望，中国就有希望。

没有支援，真的没有。路要自己走，上马就得自己走，无论深渊或浅滩，有政府信任，往前冲就是了，活下来是英雄，死尿了是烈士，何况刘主任在下面踩了一下他的脚，让他回张处长的话。

“张处长，我说说您听听看对是不对？对了您抬举，错了您斧正。”爸爸坐直了，敬重地看着张处长，说：“象棋是中华传统文化的一种，楚河汉界两边都一样，公平。我觉得下棋的本质有输赢，可核心不在于输和赢，品味的是智慧，可一斗棋就要论输赢，变成生生死死了！所以，张处长，我认为中国棋道的最高境界是和！我更喜欢和，和为贵。您到银城不是为了论输赢，是为寻发展的和谐而来。”

刘主任扶了一下眼镜，对爸爸重新看过，王市长溢出喜悦来，亲自为爸爸倒了杯茶，只有孙书记不高兴，冷冷地说：“你尿的是下和棋来了？没人让你和，张处长太厉害了，你想和也和不了！”张处长没搭理孙书记，指着王市长却看着刘主任说：“你们是后发制人哪，果真留了一手，把高人留在后面！”

爸爸小声说：“张处长啊，我不是高人。”张处长开心地说：“好吧，咱这儿一屋子都是俗人，姓张的，姓王的，姓刘的，书记姓孙你姓田，虽然不是大姓也还是俗！有本事姓爱新觉罗，姓叶赫那拉，姓欧阳姓司马也成！”爸爸说：“张处长啊，我姓田挺好的。”

张处长说：“当然好！你教语文是吧？战国时有一个叫田文的，齐国大臣，号孟尝君，战国四君子之一，可了不得！你田老师也了不得，你说的‘和’可不是和棋的‘和’，是楚河两界的一种境界！我大中华壮大发展就是和为贵！高贵的和！厉害！”

孙书记的脸更紫了，王市长露出满心欢喜，刘主任递给爸爸一支烟，爸爸双手伸向张处长。棋子未动心已动，尚未交手已交锋，呈现出来的就是一个“和”字。

孙书记除外。

刘主任惊叹地说：“田老师，你是被张处长夸奖的第一个干部呢！”爸爸说：“我哪儿是干部，教书的。”张处长说：“老师才是最好的干部，最重要的干部，为国家培养栋梁之材的基础！再说了，田老师可以进步嘛，孙书记和王市长说是不是？”王市长说：“是！张处长不知道，没跟你介绍，田老师马上要到政府办工作了，搞接待，也叫公共关系！政府办做公共关系的就相当于银城外交部。孙书记重视人才，一直很支持的，是不是孙书记？”孙书记说：“属于借调，我们不能让人民养活太多的公务员了，但对人才建设我一直是高度重视的。”张处长说：“现在的教育培养不出人才来，国家正在想办法改进。开始吧，田老师！”

张处长在这儿将了孙书记一军，杀了个回马枪，中国是农业大国，看来农业部干部比教育部干部中的智者多得多，所于我们国家的农业才一直比教育做得好。

爸爸出汗了，还没斗棋，领导们斗嘴中爸爸的命运就改变了，要借调到政府办？爸爸更喜欢粉笔，连续八年的优秀教师。我还没出生爸爸就很有些名气，不光是教书，还有斗棋，还有一件曾轰动银城的大壮举呢，更让人震惊。

现在让爸爸震惊的是，张处长居然敢说我们的教育培养不出人才来，北京干部真敢说，还是银城离北京太远了？看来上面和下面的信息是不对称的。张处长呷了一口茶说："田老师，你还真说对了，一个'和'字，才是中国传统文化的核心！这一百年被搞乱了，世界不知道，我们自己也快不知道了！'和'就是人在天地间，问天问地，还要问自己。在天地之间问人，人与人就有了一个'和'字，且为贵。"

王市长鼓了掌，刘主任也拍得好响，张处长好奇地问："田老师，刘主任说你是甘家旺的人，怎么姓田呢？"爸爸说："祖上传下来的姓，甘家旺的人都姓田，不知道怎么就叫了甘家旺。"刘主任说："也是，县志上也没记载，甘家旺都姓田，还真是个历史之谜。"张处长马上就给大家弄清历史了，解开了谜团，说："过去是女人说了算，我们经过母系社会嘛！我们不妨猜想一下，一个叫小甘的妹子从远方来，嫁给了田家的祖宗，可后来不兴女人当家了，事儿就变了，可名分还得保留，这就是我们的市场经济之道！甘家旺的古人有远见，相信银城未来会有甜甜美美的一天，所以就姓了田，保留着甘家旺的祖上遗称。"

爸爸吓了一跳，才知道老祖奶奶没准叫小甘，一个女阿甘，多少代以后一不小心把后代的名字起成先祖的名字也是有可能的。孙书记出去了，说是透透气。猜过子儿以后，爸爸执红先行。爸爸心里发慌，知道必须赢了张处长才行，还不知道张处长的棋风招法，是不是上来就玩命的那种，架上当头炮三五步就弃炮杀马又对车的？

爸爸要先探探虚实，第一步先拱了边兵，专业说法叫“兵一进一，仙人指路”。张处长见田老师走了这步棋，立即明白果真是遇上对手了，眼睛没看棋盘，盯着我爸爸足足看了一分钟，在想这是什么路子，下手就摸到了将上。

张处长想先上士也玩玩太极以柔克刚不暴露招法，低头一看错摸到了将上，按下棋的规矩必须摸棋走棋，只得第一步先上了将，笑笑说：“我让老将先出宫了，透透风，老在宫里待着忒闷得慌！”

这一步好生了得，王市长见两人一个拱边兵，一个出老将，这是闹哪般？国际大师也不带这么下的，因而紧眨着眼，相信后手的张处长要拿出更大的本事，替孙书记惋惜，没能留在屋里学一手，这才是“棋逢对手，将遇良才”。

爸爸不这么认为，执红先走，本是先手棋，斗棋讲究“先手”的，宁失一子，不失先手，张处长居然出将，便是有些小瞧，为了银城的面子，履行好赢了张处长的责任，就架了当头炮。张处长退将，已失去两手，失败就在情理之中了。第二盘，爸爸弃马抢先，用炮对车多杀了一个士，一马当先盘活了全局，张处长果真就出汗了。

刘主任看见张处长出汗了，必是已经痛快了，用眼神暗示我爸输一盘，哪知爸爸误解了，雷厉风行地又把张处长拿下了。张处长揶揄地说："田老师，你这游击队战法，让我这正规军一时摸不清套路。"张处长总结出了失败原因，心里真是痛快了许多，接着说："正规军不一定打得过游击队，这就是我们革命取得胜利的原因。"

爸爸又吓了一跳，没想到下棋真的能跟革命联系到一起，一下明白了爷爷。若果真如此，就不是知识所限，就是境界问题了。张处长欣赏对手，大家都知道而且现场学习了，欣赏对手，这才是一个同样重要的收获。

"小刘啊，新中国建立才三十多年，一夫一妻制也才三十多年。废了科考，打倒了地主阶级，改革开放真的是任重道远。"张处长站了起来，目光离开刘主任，在若有所思的王市长脸上停留了一下，然后转向爸爸微笑着说："田老师，来。"

张处长拉住爸爸的手，连输三盘果真没生气，一身爽快，透着大气，果然是京官，拉爸爸出了屋，在池塘边散起步来，语重心长地说："小田啊，在政府里做事，野路子可是不行的！记住我的话啊，玩物不要丧志，同流不能合污。"

爸爸紧点头，说："张处长啊，我记下了。"

"其实很难的，"张处长叹了口气，抬起头，看着月亮，默默地说，"比下棋难。"

第六章

张处长那晚满心欢喜，把派克钢笔从毛料中山装上衣兜里取下来，插在了爸爸中山装的口袋上。第二天他还让刘主任陪着去了一趟百货大楼，居然给爸爸买了一双三接头皮鞋，让刘主任送给爸爸。张处长心好细，发现爸爸穿的是球鞋，跟中山装不搭配。衣服和鞋要搭配，就跟在一起工作的人要搭配好一样。

刘主任深感做事不周全，给爸爸准备了中山装居然忘了鞋，便买了两双袜子到了北山，一起送到家里来了，看见妈妈好半天没动，拿着鞋愣在屋子里。是妈妈太漂亮了，没想到，还比爸爸高出一头还多，太不搭配，才惊讶得说不出话来，失了身份，像雕塑摆在那里。

爸爸看见刘主任亲自来家里了，还带了这么些东西，有点紧张，刘主任却看成了感动，赶忙说："不用这么感动！你为银城弄来圣女果，贡献可大了！"爸爸说："不是！我没陪阿甘去医院，怎么能让头几天还拔鸭毛的人给阿甘打针呢？一针给扎到神经上了！"

爸爸是为我快要哭了，可我为爸爸骄傲。

刘主任不言语，脸色微红。

爸爸对到政府大楼上班一点准备都没有，把精力全都放在我身上了，好多天寸步不离我。妈妈难过地说："都怪我！哪知道她还没学呢就敢给人打针！她爸是教育局局长，管你们学校，害人哪！"

爸爸知道了给我打针的阿姨是刘主任的表妹，不知道我和妈妈在城关镇医院都看到了什么。妈妈没有我看到的多，我第一次看见一个二十岁大姑娘光屁股，还有她像妈妈蒸的富强粉馒头那样又大又白的乳房，上面还有两个小红枣，还有乳房上被大手抓红了的手印。

妈妈快哭了，爸爸不让妈妈哭，说再哭就不像画上的古代仕女了。我知道古代仕女什么样，爸爸有一些古装书，上面画着好多细眼睛像仙女一样的美人，妈妈就是那样的美人，可眼睛都哭肿成了一条缝了。

晚上，爸爸和妈妈在拉着帘子的里边床上围绕着我说话，却不理我。我自己没有感觉到好像变得娇气了，使劲一翻身咕咚一下故意掉到床下，摔得很响。妈妈听见了，果然惊慌失措地说："阿甘？阿甘？你怎么从床上掉下去了？"我说："我怕你看不见我，让妈妈听我。"

爸爸的眼睛像葱头，过来抱起我，揉着我头上的包，痛心地说："儿子，摔疼了没有？"

好些日子爸爸和妈妈夜里都不下棋了，也不说话，闹起意见。爸爸和妈妈闹意见一般是不超过一天或一夜的，我让爸爸妈妈的爱情经受了考验，黄叔叔说的。我不知道“爱情”是什么意思，黄叔叔知道，告诉我爱情就是下棋，“像你妈跟你爸那样，还老再来一盘，我都听见了，这回不下了吧？哈哈！”

黄叔叔站在我家门口，看着院子里朝我说。我在玩变形金刚，爸爸过去舍不得给我买好贵的玩具，这回一下买了两个，我正用锤子把擎天柱砸变形。妈妈在木板棚搭起来的厨房里做饭，听见了“007”说的话，把头伸出棚子说：“阿甘，回屋去！”

爸爸也听见了，正在屋里给我切白兰瓜，拎着刀就出来了，说：“儿子，回家。”我看见爸爸手里面的刀哇的一声吓哭了，爸爸蹲下身子紧紧抱住我，“儿子，不害怕，不哭啊！”

黄叔叔扒在墙头上说：“九爷，阿甘预防小儿麻痹症的药丸是不是吃到假的了呀？银城一发展黑心人也多了起来，怎么会一针给打瘸了呢？脑子也烧坏了吧？你看尿的都不机灵了，哪有用锤子把变形金刚砸变形的？”

“有，我们阿甘就是，就这么玩儿，怎么了？”爸爸用刀指着黄叔叔说：“你那个三陪东北丫头倒是机灵，跟建筑队的工头跑了吧？坐上桑塔纳了，比孙书记的新，听不到你砸锅了，晚上用脑袋撞墙倒是越尿烈了！”黄叔叔跺了一下脚，说：“你尿的举刀还劈了我？我同情你屌的！为了银城发展你屌的才是三陪呢，儿子都不要了？”爸爸说：“我儿子好着呢！我正给我儿子切白兰瓜呢，甜水湾的白兰瓜，刘主任送的，一般人可吃屌不上，过去都是贡品呢！”黄叔叔说：“贡品个屌！”

打那以后，爸爸跟黄叔叔就不怎么说话了。爸爸去了政府大楼上班以后，比过去更疼我了，老是密切观察我。我笑的时候爸爸会哭，我哭的时候爸爸会笑，这总让我奇怪。

有一天，我问妈妈我是从哪儿来的，妈妈说：“我以前是卖小孩的，阿甘没人要，妈只好留下自己养着了。”我哇的一声就哭了。爸爸生气了，说：“不带你这么哄孩子的，阿甘，你是你妈妈亲自生出来的！”

我就问：“我从妈妈哪里生出来的呀？”爸爸说：“从妈妈肚子里呀？”我问：“从肚子的哪里可以出来呀？”爸爸想了想，说：“妈妈有一个花园呀，女人都有花园的，阿甘就是从妈妈花园里出来的！”

我一下就懂了，怪不得老师说我是祖国的花朵呢。我拉住了爸爸的手说：“爸爸，我想上课了，走，看我们王老师的花园去，肯定比给我打针的坏阿姨好看！”爸爸快哭了，说：“阿甘，爸爸那是形容，出去了可不敢这样说！”妈妈说：“看见了吧？才不带你这么哄孩子的呢！阿甘，那不是花园，是垃圾收购站！”

“阿西吧！”爸爸一急说出了表姐常说的一句外语来，又悲催地说，“杀了我吧！”

“怎么了？那个又跑了的黄阿姨不是垃圾收购站吗？”

“你小点声！”爸爸要崩溃了，“再让老黄听见！”

“听见怕什么？一开始就不是他的，那个女的是男人就要，给钱就行，不就是臭男人的垃圾站吗？不讲卫生，早晚得病！”

暑假过了，我可以上学了，还是晚了几天，爸爸让妈妈带我去大医院用银针扎我的腿，还有头。我好害怕，爸爸教给我一种方法，说是秘密不要告诉别人，就是医生用针扎我的时候别想那根针，想别的，想美事儿，欢喜的事。女医生让我脱了裤子，治病都要从头开始，脑子里的病最难治，还不是我的那条腿。

我躺好，女医生拿起好长的针先扎我的头，银针扎进我头里的时候我就想美事儿。欢喜的事就是打坏我的那个坏护士裤子一下掉了在我面前光屁股，那根针像是被开水烫过热乎乎的，我的小鸡鸡就撅起来了，女医生看着我，说：“你怎么成怪物了？”我问：“什么是怪物？”她说：“回家问你爸，他就是怪物。”我不高兴了，“我爸爸怎么会是怪物呀？”她说：“我也不知道，还没有你的时候就是，我二舅说的，害得他中央电视台来银城采访了，却没有播。”我还问：“你二舅是谁呀？”她说：“孙书记，那时候是市委宣传部部长！”

我问妈妈，“妈妈？我爸爸怎么给说成怪物啦？爸爸做了什么，让中央电视台对孙书记的采访没有播出来？”妈妈叹口气，说：“妈也不知道，那就是不能播呗！阿甘，明天赶紧去上学吧！”

我知道了，我还没有出生的时候爸爸有事，妈妈不告诉我，那就是我不需要知道，该知道的时候才会知道，跟我没有关系，何况那是很久很久以前了，还没有我。

又回到学校，老师看到我很高兴，第一节就是语文课，她问我，说：“阿甘，你好了？真高兴你回来上课啦！复习一下你学过的课文，阿甘告诉老师，司马光为什么要砸缸呀？”

我忘了站起来了，一年级第一学期的事有些模糊，像是梦里的，有些很清晰，比如司马光砸缸，连只上过两年私塾的爷爷都没有忘，这是让人印象深刻的历史，我很高兴老师问到我，说：“司马光家是做缸的，为了试试水缸结不结实，进去一个人，缸漏不漏水，他聪明才不会进去自己试呢，怕淹死，把他弟弟骗进水缸里了，看见弟弟在水缸里扑腾玩得好开心，司马光嫉妒了，就把水缸给砸了！我爷爷说这就是中国传统文化的一种，嫉人有，笑人无！”

我一口气说完了，快喘不过气来了。就知道老师会问我，班长拉稀请一天假没来上课，她连书记的儿子都敢考，更别说对爸爸借调到政府大楼上班的我了。我早就准备好了，何况爸爸提醒我要好好学习，不要急着长大。

我准备好了，老师没有准备好，听我一口气快喘不过气来的回答完，她已经喘不过气来了，瞪大眼睛，眼珠子鼓得都快掉出来了，拍着胸脯说："完了！完了完了，学校考评我是拿不到奖金了！阿甘，站起来，你真傻屎的啦？这是谁教你的？你学到爪哇国去了？"

我就站起来了，骄傲地说："没有哇？老师，你问我吧，问问我们这些祖国的花朵是从哪儿出来的？"王老师说："从哪儿出来的？"我说："你不知道吧？女人都有一个花园呀？我们这些花朵都是从花园里出来的，你是老师却不教给我们这个，老讲古时候司马光砸缸干屎呀？老师，你的裙子好漂亮，好好漂亮，快撩起裙子来让我看看你的花园吧！"

王老师的脸唰的一下红了，又绿了，说："这屎孩子！"

爸爸知道这事后很难为情，总是躲着王老师，还好去政府大楼上班了。爸爸去上班之前，每天下课都会到教室来接我，回到家也总是寸步不离，我去坡下的厕所他都要跟着，怕我掉进尿坑里，那我可就真成王老师说的屎孩子了。

爸爸不让我一个人回家，在教室等，等王老师和同学们都走了才进教室，我一听脚步声就知道爸爸来了，钻到桌子底下不让爸爸看到。

爸爸进教室看不见我就会着急喊："儿子？阿甘？你在哪儿？"我就说："爸爸，我不在了！"爸爸一听到我说我不在了就放心了，笑着说："儿子，那可不行，我的阿甘不在了那还了得？"

我好高兴，爸爸需要我在，就高兴地说："爸爸，那你找我呀？"爸爸说："阿甘，我看不见你呀？"我说："我在桌子底下呢，你趴下就能看见了！"爸爸大声说："阿甘啊，人不能趴下，什么时候都得站着才对，遇到多大的事也不能趴下，因为人必须站着，而且要站直了！"

爸爸居然不知道趴下才能看到我，还能看到瓜子皮、糖纸、橡皮什么的，我说："爸爸真傻，人在趴下的时候才能够看到好些呀！"

爸爸听我这样说别提多高兴了，兴奋得不得了，大声说："阿甘真聪明！我儿子简直是神人神语，说得太对了！"爸爸就趴下了，眼睛笑成了两朵花，"我看到你啦！"我说："爸爸快过来抓住我呀！"

爸爸就从桌子底下爬过来，想拉住我，快够到我的时候我就爬着跑了，比爸爸快多了。爬来爬去的爸爸总是抓不住我，爸爸就说："阿甘，不闹了，咱们快回家，要不你妈妈又该跟我生气了。"我说："还早着呢，爸爸天黑才跟妈妈下棋呢！"爸爸不说话了，眼睛也不像两朵花了，趴在地上直愣愣地看着我，快哭了，说："阿甘，爸爸再也不下棋了！"

那是不可能的，刘主任又来找爸爸下棋去，这回是跟孙书记下，孙书记还没去省城的动静。刘主任拿出一块手表，送给爸爸，爸爸紧摆着手不要，刘主任说："手表是我送给你的，你得戴。到政府搞接待工作时间很重要，不像在学校可以听铃声。"爸爸说："刘主任，我喜欢铃声，别让我去你那儿！"刘主任说："那屎的哪行？工作需要，银城能不能引进北京香山那样的红叶，以后就看屎你了！"爸爸说："我又不是演电影的，看屎我干吗？"

刘主任一下就说清楚了，说："张处长喜欢你，这对银城太重要了！你得去，听组织的！"爸爸知道得听组织的，低下了头。刘主任说："跟我走吧，孙书记过几天该去省里了，今晚非要跟你斗棋不可！"爸爸说："都几点了？这大半夜的！"刘主任说："你要有心理准备，在政府工作就是没日没夜的，尤其是搞接待工作，晚上比白天事多。"爸爸说："那我更不去了！你看看我现在这样子，上有聪明的爸爸，下有聪明的儿子，就一个傻媳妇儿都给累坏了！"

刘主任说："你还想要几个媳妇儿？还就一个傻媳妇儿，什么话！谁不知道弟妹聪明，眼力好，嫁你算是嫁对人了，听说还有一段故事呢，是真的吗？"爸爸有点紧张，说："怎么，这事政府也知道？"刘主任说："银城就没人不知道！我以后真得听你讲讲你和弟妹的故事，走吧，跟孙书记去斗棋！"我大声说："爸爸不去，我爸爸跟妈妈下，好久不下棋了！"刘主任盯着妈妈，咽了口唾沫，说："弟妹也会下棋？"妈妈红着脸说："这孩子，净瞎说！"刘主任笑笑，"弟妹别客气，哪天我跟你来两盘！"爸爸好像惊着了，说："刘主任，我跟你走吧！"

爸爸心疼地看了妈妈一眼，又过来亲亲我，我劝爸爸说："你早点回来，妈妈等着你下棋呢，一盘不行的，妈妈老说再来一盘！"刘主任怔了一下，看着妈妈，"对不住啊，弟妹，我真不了解你们家的事，以后我会多上心，关心着点儿！"妈妈羞红了脸，"这可咋说呢！"刘主任说："那就不说了！我把你爱人带走了，真下棋去！田老师能不能到政府上班，还得孙书记点个头才好，孙书记要去省里了，以后好尿的处事。"

爸爸出门了又被妈妈叫回来，给爸爸拿衣服，不是让爸爸穿的，她把中山装烫好了，要还给刘主任，刘主任又进屋了，对妈妈说："这衣服是送给老弟的，收着吧！"爸爸说："那哪儿行，我差点都给忘了！"刘主任说："让你拿你就拿着！"爸爸说："不能拿！刘主任，这是公家的。"

刘主任的脸一下变了，很生气，说："你的意思是我拿国家的东西送你了？"爸爸紧张地说："主任啊，我不是这个意思！"刘主任说："那你是什么意思？"爸爸摸了一下头，说："我真没那个意思，刘主任别生气！"妈妈说："你快跟主任去吧！衣服收下了，再说就没意思了！刘主任慢走啊，小心路滑！”

爸爸低着头就跟刘主任走了。妈妈把中山装又装进箱子里，推到床底下，脸红一下白一下的，说：“阿甘呀，以后可不敢说下棋的事了，记住了啊？”我点点头，“那妈妈你以后不跟爸爸下棋了？”妈妈说：“不下了！被你吓得不敢下了！”我说：“那好吧，让爸爸跟孙书记下！”

妈妈忽然说到了天，说：“天哪，阿甘你可怎么办啊！都是你大姨给弄的！”我惊讶地说：“妈妈，我还有一个大姨呀？我怎么不知道？”妈妈说：“快睡吧，你爸爸且回不来呢！这领导怎么都是夜猫子啊！”

爸爸走进庭院，跟着刘主任进了孙书记的办公室。孙书记从里间出来，穿着睡衣，看来不好好杀爸爸几盘就没法睡觉。刘主任摆好了棋，向爸爸使了个眼色，又去为孙书记泡茶。

爸爸小心地坐了，还没坐稳就听当的一声，孙书记狠狠地架上了当头炮。爸爸愣着没动，不肯走棋，刘主任没听见爸爸走棋的声音，爸爸再谨慎走棋也是要有声音的，斗棋就是要听那棋声当当地响，孙书记就是。

刘主任端着泡好的茶过来，一下就明白了，孙书记棋盘少了一个马。原来孙书记拿掉了自己的一个红马，非让爸爸一个马，爸爸好像不愿意，刘主任在下面踢了爸爸一下。

爸爸这才上了象，好郁闷，没走十步，孙书记愣是绊着马腿儿吃了爸爸的车，然后隔着两个子把爸爸的将给轰了。爸爸认了，轰就轰了吧，孙书记还把爸爸的黑将给扔到了地上，爸爸看着他的将在地上滚来滚去，瞠目结舌，不敢再看孙书记。

刘主任赶紧弯下腰，低头捡了起来，还向我爸爸使眼色，爸爸没吭声，眼睛不像花，像是被一脚踩扁了的葱头。

月亮走了，移到甘家旺的时候爸爸才回家。妈妈以为中山装的事儿惹得刘主任生气了，爸爸说没有，刘主任没生气，心里还护着爸爸呢。爸爸和妈妈感动了好一阵子，都不说话。

过了好一会儿，爸爸说："刘主任看着风光，其实也挺不容易的。"妈妈说："中山装的事让刘主任误会了，差点伤着人家，以后咱们可不敢这样了。"爸爸说："可不是，就是伤着孙书记也不能伤着刘主任，他真的是不容易，都是为了银城，太忙，把媳妇儿和女儿都送出国了，一心扑在银城的发展上。"妈妈说："阿甘他表姐来信了，到了美国就跟倒腾雨伞和袜子的那个离了，说美国是女人的天堂，嫁给了一个什么财团的大鼻子，还说找机会带大鼻子回来投资。知道你借调到政府办接待科上班了，正好，我看她是想吃家乡饭了，想我做的糖饼！你说一个银城人每天吃西餐可怎么受得了呀！"爸爸说："哪天我也带你和儿子吃一次西餐去，肯德基！这老外真是奇怪，我前几天刚刚接待完肯德基的，麦当劳的又来了，还非要挨着肯德基不可！那个汽车修理厂可得搬了，刘主任亲自做工作帮着跑呢！”妈妈说：“想吃炸鸡我给你炸，再放上辣子焖一下，可比光炸的好吃！”爸爸说：“睡觉吧！”妈妈说：“你可比当老师累多了，那我就盖自个儿的被子了啊！”

爸爸长长叹了口气，没有下棋的声音，妈妈知道爸爸累了。我懂了，下棋是一件很累的事，爸爸爱我，怕我累着，所以不教我下棋，宁可把传下来下棋的本事失传了，我这辈子也不准备下棋。

快睡着的时候，我听到爸爸小声提到那天张处长离开银城没回北京，而是去了趟省城，去看省委书记，省委书记是张处长的“担挑”。我不知道什么是“担挑”，第二天问爸爸，爸爸很吃惊，“阿甘，这个你也知道了？可别跟人说啊！”我说：“告诉我吧，爸爸。”

爸爸就告诉了我什么叫“担挑”，就是两个本来不认识的男人娶了人家一对亲姐妹做媳妇儿，就如同兄弟一样了，有的比亲兄弟还亲呢，比如张处长和省委书记。

张处长的老婆是省委书记老婆的妹妹，张处长和省委书记起先不认识，后来就认识了，因为省委书记搂着姐姐睡觉，张处长搂着妹妹睡觉，就叫“一担挑”，亲着呢。原来张处长的妹妹是银城人，姐妹俩都是，一个去了省城，一个去了北京。

我一下就懂了，说：“爸爸，我懂了！妈妈说我有个大姨，如果书记娶了我大姨，你娶了我妈妈，你跟省委书记就是一担挑了，就没张处长什么事儿了吧？”爸爸瞪大眼睛，“阿甘，儿子，你知道什么事还真挺吓人的！”妈妈摇着头说：“世事无常。”

爸爸没搭话，很费劲地穿上皮鞋，张处长送给爸爸的皮鞋，找刘主任送的手表，没找着，爸爸问：“手表呢？”我说：“爸爸，我给扔到水缸里了，你不是说电子手表不怕水吗？”爸爸说：“好，儿子，那就让它潜着吧！”

妈妈若有所思地说：“张处长的媳妇儿会不会是甜水湾的？”爸爸说：“还真有可能，你们甜水湾的女人都漂亮！”妈妈给爸爸装着饭盒，爸爸到政府大楼上班自己带午饭的，说：“我姐姐才叫漂亮呢，就是太漂亮了才到银城上班的。”爸爸接过饭盒说：“净瞎说，怎么可能因为漂亮？”妈妈说：“当然是了！那叫什么来着？对，十一届三中全会，改革开放，银城学了省里突出妇女作用，到甜水湾招女司机开公共汽车！我姐姐十四岁就在大队开拖拉机了，招工的一眼就看上我姐姐了，说我姐姐能代表银城妇女形象，姐姐就到银城开公共汽车了！”

爸爸不争辩，“看来是，不过你姐姐没你漂亮，我媳妇儿才漂亮！”妈妈说：“净瞎说！姐姐带我去过银城动物园，孔雀看到我姐姐都不好意思地开屏了！”爸爸说：“她先开，你后开！你俩差一个小时生出来，后面的肯定比前面的好，要不老话说谁笑到最后谁笑得最好，会不会谁最后哭得也最悲伤呢？”

妈妈叹了口气，“不提了好吗？你是说你可以娶我姐姐的？那你就对得起我姐姐了？”爸爸说：“净瞎说！媳妇儿，我是修来八辈子的福能跟你结婚！有时候我看着儿子总在想，这是真的吗？我不会是在做梦吧？”妈妈说：“我才像是在做梦呢！你怎么就跑到政府去上班了？”爸爸纠正道：“政府大楼，我是借调到政府大楼里面上班。”妈妈说：“那好吧！你真是一个谨慎的人，小心翼翼的人，一个喜欢自责又敢于担当的人。”爸爸说：“别说了，我听着不像夸我！”妈妈再叹了一口气，“都这么些年了，你还放不下他大姨呀？放下吧，好不好？”

我就知道了我还有个大姨，比妈妈大一小时。妈妈和大姨是双胞胎，大姨比妈妈好奇抢在妈妈之前先出来的，不像我，妈妈一屁蹲就把我摔出来了。妈妈一定把我摔疼了，爸爸把爷爷接到城关镇医院来，爷爷说那天听见了我叫，像是银城最委屈的人。他推开护士要出来看看，护士喊来大夫，大夫不让爷爷出来，问爷爷：“你干吗去？”爷爷说：“我是一只啄木鸟，怎么给关屎屋子里？”大夫问：“你什么时候觉得自己是一只啄木鸟的？”爷爷说：“在我还是一只小啄木鸟的时候。”大夫又问：“老田头，那你出去干吗？”爷爷说：“废话，我找虫子，没听见门口一只蝈蝈在叫吗？”

妈妈说我七个月出来的，气力不够，叫得没那么响，像蝈蝈，有点尖，还一口接一口像是喘不过气来，爸爸没听见。爸爸后悔没听见我到来的第一声哭，因为那天爸爸成为银城的一匹骏马，就是矮了点。

说爸爸像一匹骏马的人是孙书记，那时是银城宣传部的部长。正是全国都在狠抓“精神文明建设”的时期，北京传来消息禁止随地吐痰的时候，银城正开展禁止随地大小便运动。改革开放了，银城的文明建设要跟上步伐，禁止随地大小便的典型不太好抓，孙部长在家里的厕所拉稀，想破脑子也想不起来银城有什么体面的典型。

孙书记是一个爱学习又能抓时间学习的人，上厕所一定要读书看报的，厕所里堆满报纸。急啊，中央电视台的人到省城了，能请到银城来该多好。他突然就想起一件事，什么事又不清晰，开始翻腾报纸，终于找到了，笑得咯咯的，把正给大头喂奶的老婆给惊着了，问:“你笑屎呀？把大头都给吓哭了！”孙部长说:“一匹骏马！”大头妈说:“你不是正宣传甘家旺养驴吗？咋又养起马来了？”孙部长只顾自己笑，笑够了才擦了屁股出来，抓起电话打给城关镇小学的雷校长，“你们见义勇为那屎活着没？”雷校长说:“哪屎？见义勇为？咋没听说？”他说:“长途汽车，从银城到甜水湾的，春天里！”雷校长说:“春天里？噢，想起来了，报纸登过的那屎事？”他说:“什么屎事，是见义勇为的大事！那人姓田吧，咋样？”雷校长说:“好屎着呢！一点没耽搁，媳妇儿现在肚子高高的！”他说：“让那屎明天上午到宣传部找我！”雷校长说：“啥屎事？”他说：“你屎咋不能进步呢？亮光光的事！”雷校长说：“亮光光的事？好，我叫那屎的去！”

第二天早上，雷校长在校门口堵住我爸爸，让爸爸去见孙部长，爸爸不去，“我不去，昨天半夜我把我爸接过来了，他老说要飞，下了课我得去城关镇医院。”雷校长说：“老田头又犯病了？”爸爸说：“还不是‘文革’让红卫兵给打的，要不就是吓得！”雷校长说：“老田头是重情义的人，这些年了还没好屎的？”爸爸说：“时好时坏，好的时候可好了！”雷校长说：“你屎更是重情义的人，去见孙部长吧！春天里你做了亮光光的事，现在你要让银城亮光光的！”爸爸说：“不行啊，看完我爸要带媳妇儿去医院，肚子里的娃情况也不好。”雷校长说：“你咋光想着你家的屎事？把银城建设好，不就是为了娃吗？赶紧的吧，回家洗把脸化个妆！”爸爸说：“咋还洗脸化妆？”雷校长说：“上中央电视台不化妆咋行？你屎的代表银城呢，我让人找你媳妇儿去精神病院，不会让老田头瞎屎飞的！”

爸爸就去了，孙部长化了妆，对着摄像机说了一个多小时的话，都是爸爸“见义勇为”的“骏马事迹”。爸爸春天里好像做过一件很了不起的事，把爸爸给形容成了“银城骏马”，孙部长在会议室对着摄像机说完了，出来对爸爸说：“你屎的给银城争光了，好好说！”

爸爸进会议室的时候，我已经出生半个小时了，掉在城关镇医院门口的台阶上。爸爸进去接受采访了，没化妆，也没人知道爸爸说了什么，录完像，中央电视台的人没吃孙部长准备好的午饭又回省城去了。

孙部长天天晚上七点看《新闻联播》，我都出满月了也没见播出来。他忍不住往北京打电话问，人家告诉他不能播，根本就没有给爸爸录像，爸爸不让录，说了一些话，他们听着非常有道理，“见义勇为”的人不让录，宣传部部长的每句话都失去了意义，录了也白录，何况 CCTV 有很多节目做完了播不出来，银城光彩的奇迹也就算不得奇迹了，田老师还说那事儿其实很丢人，丢银城的人。

就是说，那时候孙书记就知道我爸爸的，很生气，中央电视台的人还夸田老师是一个有觉悟的人。我知道有一个大姨后老要去看大姨，妈妈总说等以后吧，我不知道大姨在哪儿，就问爸爸，爸爸说：“在甜水湾。”我说：“爸爸，那我们去甜水湾吧！”爸爸说：“你不是要看美国的阿甘吗？爸爸带你去看电影吧！”

我想知道大家为什么喜欢阿甘，爸爸拉着我的手欢天喜地下山了。过天桥的时候爸爸要背我，我肯定地说：“爸爸，你不是说路都是自己走的吗？我自己走！”爸爸很欣慰，说：“好儿子，像阿甘！你是爸爸的好阿甘！”

我艰难地爬上过街天桥。银城有了第一座过街天桥，成为马路上的一道风景。爸爸到政府大楼上班以后，知道什么事到银城都要晚一点，因为四面全是山，爸爸说风到银城都要比省城刮得慢，而且不爱走了，我说怎么风一到银城就刮来刮去好几天呢。

爸爸把我带到了红旗电影院，“203”表姐夫看见爸爸，说：“姑父，你今天有空啦？”爸爸说：“我正要找你呢！散场后你把阿甘送回家去，我得去车站接人，再不来电影片子就走了。”“203”表姐夫说：“怕是不行，今天是专场，都是政府干部，人大，政协，妇联，交通局，卫生局，教育局，还有你过去的雷校长也来了！”

正说着，爸爸就看见了雷校长，雷校长也看见了爸爸，笑着的脸一下就不笑了，爸爸没准备笑的眼一下就成了两朵花，说：“雷校长来啦？”雷校长说：“怎么，我不能来？看电影还要跟政府办请示个屌的？”爸爸笑着说：“瞧你说的，我是借调，临时的，你还是我的领导，雷校长的脚怎么了？拄上拐棍了？”雷校长更生气了，用拐杖使劲戳着地，气呼呼地说：“你以为真成公务员了？没有我，哪有你？”爸爸笑着，眼睛像花一样，雷校长的拐杖每一下都戳在了爸爸的脚上，我说：“爷爷，你把我爸爸的脚戳疼了！”雷校长对我叫他爷爷更怒火万丈，瞪着爸爸说：“没有我能有你吗？”爸爸说：“肯定没有！”

我吓了一跳，怎么雷校长成我爷爷了？我不信，说：“我爷爷在城关镇医院躺着呢，那么老了都不拄拐棍！”爸爸搂住我，说：“他爷爷坐轮椅了，哪有雷校长年轻又精神！”

“陪你的傻儿子吧，我今儿个不跟你㞞计较！”雷校长又把拐棍往爸爸的脚上戳了几下，“走了！不看了！搓澡去喽！”

雷校长见到我爸爸就生气，因为没当上教育局局长，孙书记后来也没当上副省长，都说跟我爸爸有关，其实是跟张处长有关，不知道是不是真的。

前几天城关镇小学要开运动会，我虽然不能跑了，爸爸还是要给我买双运动鞋，带我去百货大楼，看到了刘主任，刘主任和爸爸也一起看见了雷校长。都知道雷校长有肝炎又得了痛风，知道刘主任看到他了，精神抖擞像只猴子噌噌噌闪着上楼去，显示他身体很棒，提拔当教育局局长没问题的。孙书记没当上副省长也还是去了省城，当了省纪委副书记，原来他跟雷校长也是亲戚，孙副书记是雷校长的二舅。

雷校长一口气上到二楼，脚一软趴在楼梯上起不来了，还给弄骨折了，拐棍还真是一段时间扔不了了。刘主任叹口气对爸爸说：“孙书记走了，老雷想当教育副局长也没去㞞得成，看来身体没他自己想的好，怕是不行了。”爸爸说：“主任啊，我还是回学校吧！”刘主任说：“城关镇小升初下降了，看来你六年级的语文教得好啊，可没屎的办法，你得在，都是为了银城的发展！”

“203”表姐夫看到雷校长走了，直摇头，说：“姑父也真是的，你非今天来看电影？今天是领导专场，你借调到政府办不算的，你还带着饭上班！”爸爸说：“那是工作，我吃自己的。”“203”表姐夫说：“我知道，姑夫这工作不是没人干得了，是没人干！偏偏姑夫干得风光，还被叫了九爷，像替政府拉皮条的。”爸爸生气了，拍了他脑壳一下，“你真没长进，怪不得连媳妇儿都守不住，不知道拉皮条是贬义词吗？为政府做事要用褒义词，叫公共关系，这都不懂！”“203”表姐夫忙说：“我错了！姑夫可别跟别人说啊，我正在运动着调到公安局去呢！”爸爸笑了，“就你这胆子，小时候在菜市场看人杀只鸡都吓得尿裤子，怎么能当警察呢？”“203”表姐夫说：“我晕血，当警察只管扫黄打非，不见血的！当警察还要靠姑夫帮着运动运动，电影散了我送阿甘回家，你放心吧！”

爸爸没说话，就是没答应。表姐就是不跟表姐夫离婚爸爸也不会走后门帮谁的忙，爸爸是一个讲原则的人，连妈妈的忙都不帮，要帮的话妈妈就不用在羽绒厂拔鸭毛了。

爸爸把我领到座位上，说了一堆好话，意思是看完电影我别走，他尽量来接我，“203”表姐夫不是靠不住是太忙了，他现在不放电影当电影院经理了。

我明白爸爸的意思，就是别让妈妈知道没陪我看电影，怕妈妈生气。妈妈今天加班，省里来了外贸局的人到羽绒车间检查，怕羽绒被子或羽绒服里万一有一颗鸭头我妈妈没给摸出来，影响的不光是银城，还会造成国际影响。爸爸说美国终于知道了中国还有一个叫银城的地方，生产什么肯定不知道，但一定知道了银城鸭子。也不是鸭子，爸爸说全国最好的鸭子在北京，爸爸早晚会去一次北京的，给我和妈妈带烤鸭回来。

银城最有名的是用鸭毛做的被子和棉衣，美国人喜欢，还有法国人、德国人、英国人、意大利人，差不多全世界都喜欢银城的鸭绒被和羽绒服。爸爸为银城对内贡献，妈妈为银城对外贡献，我就问："爸爸，那我呢？"爸爸想了想，说："儿子为中国的医疗事业做贡献！过些天北京要来卫生部的客人，研究环境是否影响银城人的健康，都是国家级的专家。刘主任说看看能不能治好我们阿甘，将来可以跑步，跑着长大！"

我懂了，我骄傲，爸爸妈妈的贡献都是为银城，而我是为国家。一下子还明白了老师为什么总说我们是国家的未来，因为我从小就开始为国家做贡献了，打坏了腿，疫苗还给弄坏了脑子。

卫生部的人一直没来，爸爸说专家在北京就可以研究银城人的健康，但早晚会来的。爸爸总能带回家别人不知道的消息，重要消息是市长在内部讲话中说，银城要服务好大山里的七八七，好神秘的工厂，是保障和平的。现在中心任务是银城的发展，重点放在城市建设。可政府没钱，一方面要跟北京来的人要，一方面要引进有钱的人，这是爸爸工作的重点，也是银城发展的核心。银城的马路不让随便走了，架起好些个过街天桥。我不喜欢过马路走天桥，天桥又高又长，没有一个台阶符合我的脚步。

电影开始了。我看到了那个也叫了阿甘的美国人，知道他跟我没关系，我跟他也没关系，但我喜欢他的船。电影结束后没看见“203”表姐夫，我坐在电影院门口等爸爸，第二场电影快散了爸爸才来，我就说：“爸爸，给我买一条船。”

爸爸有心事，边想着心事边问：“什么船？”我说：“阿甘那样的船。”爸爸听懂了，笑笑，摸着我的头说：“那是一条好大的船哟！”我说：“爸爸真傻，我要小的，能放进书包里的！”

爸爸明白了我的意思，然后说出了他的意思：“阿甘，你书包里有那么多课本，每个课本还有两套作业本、两套练习本，还有课外书、参考书。听懂了吧？你书包里再放不进去一条船。”这倒是真的，爸爸说得没错，我说：“爸爸真傻，我不会拿在手里吗？”

爸爸愣了一下，把我背上了过街天桥，下了桥，穿过两条胡同，要上山坡的时候才分析完他是不是太傻，说：“儿子，等你长大了，要像美国阿甘那样自己买条船。”我说：“不行，爸爸，我当不了兵，没法儿弄到退伍费，也不能像爷爷那样把退伍费给城关镇小学都买了课桌。”

爸爸蹲下身子，脸贴住了我的脸，“儿子，等你长大了肯定能当兵，都现代化了，万一打仗，坐在计算机室里就能打赢一场战斗！”我很高兴未来会有那样一场战斗，说：“爸爸，那我不用像阿甘那样把大头从阵地上背出来吧？”

这时候我提到了班长，像我开始说的那样，一叫我阿甘就傻乎乎带头笑的班长，孙副书记的儿子大头。爸爸十分肯定地点点头，知道我的想法，就是我不喜欢我们班长，如果当了兵，赶上美国阿甘赶上的事，不一定会把班长背出来，该让他爸爸去背。

“爸爸，我们去甜水湾吧！”我说，“我还没见过大姨呢！”

不知道妈妈漂亮还是大姨漂亮，反正是双胞胎，必是很美的，银城人都知道甜水湾的女人一个比一个漂亮。不知道甜水湾是什么湾，我弄不懂什么是湾，湾、河、湖究竟如何区别的？

我弄不清湾、河、湖的时候，爸爸去政府大楼上班以后很快弄懂了圈、行、道。我不知道那是什么意思，爸爸回到家越来越爱叹息了，经常坐在窗前发一会儿呆，然后写接待计划或者接待总结。我对湾、河、湖越发好奇，爸爸对圈、行、道越发紧张，妈妈无忧无虑，一边做拉面一边说拔鸭毛的事儿。爸爸会苦笑一下，说：“媳妇儿，好好拔，银城这发展速度，以后想拔都拔不成了，你们厂早晚得拆了，迁出市区。”

一到这时妈妈就不说话了，像有什么心事。什么心事我不知道，像我不知道湾、河、湖而爸爸正在走进圈、行、道，我好奇，爸爸看上去很紧张，愈来愈紧张。

我知道海，应该是知道了，好多歌里唱，课文里也有，人们好像都喜欢海，用各种方式跟海腻乎，没完没了，爸爸告诉我海是咸的，就像眼泪。一说眼泪我就知道海了，原来人们看海是因为想哭，大哭一场，爸爸摇摇头说不是的，我一下豁然开朗了，是看海哭。

这时候爸爸就不说话了，用像海一样深的眼神看着我。深邃，就该用这个词吧，我不会形容。那一刻我知道了海像眼泪一样是咸的，而湖水是甜的吗？课文里的印象只有泉水是甜的，我不知道有多甜。

我还没见过黄河，每天喝着黄河水，不咸也不甜，有一股子医院里的味道。爸爸说那叫消毒水，不要紧的，银城正在改变，很快就能喝上没有杂味的水。张处长再来银城的时候，银城的水就可以泡出茶叶的原味儿来了，会比上海的水好，张处长说上海的水泡什么茶都是一股怪味。爸爸同意，刘主任带着爸爸去过上海了，学会了喝茶，相信刘主任说的上海才是大城市，北京都比不上。

爸爸不太信自己了，到政府上班以后才知道，银城原来有很多圈子，还有过去不知道的行当，每个圈子每个行当都有自己心照不宣的道数，也叫规矩。我长大一些才知道还叫潜规则，圈、行、道都有心照不宣的规则。我不懂，爸爸也没全懂，但一天比一天清楚了，爸爸哪个圈子里的人也不是，什么行当也玩不了，不了解各圈各行的道数，开始莫名其妙地叹气。

妈妈好奇，爸爸每天接待北京的、省城的，也有外省的老板有钱人，得交多少朋友啊，几年下来可是不得了，人脉横流。像银城开始发展的马路，骑自行车不可以带人了，如果妈妈上班再骑自行车带我一段路，交警知道我爸爸在政府大楼上班，会不会假装没看见？爸爸把头摇得像个拨浪鼓说不行，妈妈说："怎么就不行呢？"爸爸说："真的不行，咱们玩不起！"

爸爸到政府大楼上班两年了，孙书记才去省纪委上班。刘主任送去的，回来说孙书记没叫成孙副省长，还叫书记，前面还多了一个"副"字，孙副书记很生气，打着气嗝看北京来的文件，那嗝响得满楼道都听得见。刘主任是说让爸爸给气的。

爸爸听到的时候也打了一个嗝，刘主任叹了口气，说："没办法的事，为了银城你必须赢了张处长，那是你的本事。孙副书记没这本事，倒把自己给气着了。”爸爸说：“我听组织的，没想到伤了孙书记。”刘主任摇摇头，说：“可怎么着也是到省里当副书记了，他再来银城检查工作的时候，你多陪孙副书记下下棋，就是把车马炮半壁江山全让了全扔了也没关系，这是你的工作。”

爸爸说：“让孙书记把将也让了好了，这样就怎么都将不到他了！”刘主任严肃地说：“九爷，你这就是较劲了！你将得着将不着孙副书记没关系，怕是他要将屎你的！你要是还放不下，孙副书记有一天非将银城一军可就不好了！”

爸爸惊讶又严肃地点点头，没想到刘主任也叫他“九爷”，刘主任笑笑说：“没屎关系，有我呢！我不行还有王市长，王市长当市委书记了，好好干吧，九爷！”

爸爸一开始被刘主任叫了“田干事”，现在也开始叫“九爷”了。政府大楼里的人看见总是贴着墙走的爸爸，都会笑笑，感动九爷在楼道贴墙走，没有接待任务进了办公室就再也不出来，每天把自己钉在办公室，坐在一把靠背坏了的小转椅上，从未超越转椅下面的小瓷砖，一共九块瓷砖，“九爷”的名字就是这么来的。

爸爸从来不会说在政府工作，如此守规矩，让人喜欢。刘主任高兴人们给爸爸起了个外号叫“九爷”，“九爷”代表着懂规矩，懂官场规矩。爸爸是懂规矩的人，所以叫了“九爷”，皆大欢喜。

我惦记着甜水湾，对甜水湾还有一个从未听说的神秘大姨充满好奇，爸爸说春天会带我去的。我喜欢春天，谁又不喜欢春天呢？春天的银城变得温暖，我可以脱掉笨笨的棉袄棉裤上学了。

我喜欢妈妈给我织的绿毛衣，穿上绿毛衣的时候春天就来了，我一身翠绿的毛衣煞是好看，下山上山的时候，谁看见我摇摆的身子就知道春天来了。小英子不这么说，她是寄宿生，总能看见我进校门，知道我会给她带我让妈妈多烙的一张糖饼，她总说我穿上绿毛衣的时候会让春天有些摇摆。

我想去甜水湾。妈妈的甜水湾像是不在，只在妈妈的心里，在爸爸的心里，爸爸和妈妈把它放在心里最安静的角落，一个时时牵挂的地方。甘家旺我好像熟悉了，像对爷爷一样印象深刻，也挺模糊，爷爷好像真实地存在过，又有点像掠过记忆的影子，像甘家旺的山，又像掠过银城的风，就是在与不在之间，我说不清楚。

我对很多事情都不能马上说清楚，很吃力，有点累，正如银城的变化，蓦然回首，才发现一切都变了，而变的过程不一定能感受到。当我去过甜水湾以后，才懂得讲述痛苦会比告诉别人幸福精确，原来痛苦可以很具体，而幸福实际上很模糊。

我不知道是不是说清楚了，恍然明白生命其实只是一种感受，在与不在，其实都是感受到的，如若没有感受，存在与不存在都好像没有意义，如同天上的星星。

没有感受到的存在会失去意义，感受到的存在也不一定有更多意义，我忽然发现“意义”是感受而不是存在。像我总惦记着甜水湾，惦记就是放不下，像妈妈说爸爸放不下大姨那样，我也放不下大姨和甜水湾了。

爸爸刚到政府大楼上班的时候，银城用眼睛还是看不到春天的，因为那时树木还没有泛绿，花朵还没有盛开，就是说大地上没有可以告诉我春天来了的信息。但我可以听到春天，告诉我春天来了的是客山红，一种脑袋上顶着一团红色的麻雀落在院子里唱歌，告诉我春天来了。

在要去甜水湾的这个早晨，客山红落到我家院墙上唱起歌，带着一种旋律，不像呆头呆脑的麻雀那样只会叽叽喳喳。经过漫漫冬季，春天的早晨听见客山红悦耳动听的哨声，我起床了。

第七章

四月的一个夜晚，爸爸带回家消息，说火车站不再叫“甘家旺”站而改成“银城”站了，还说“银城”将会出现在新修订的中国地图上，以后也不再叫“甘家旺”了。爸爸失去了甘家旺，还说国家把好多个县让银城管了，银城变成了一个大城市。我看见了妈妈的伤感，“甜水湾”从来没出现在过中国地图上，现在连管它的“甘家旺”都要没有了，妈妈好伤心。

“甘家旺”不在地图上了，“甜水湾”从来就没出现在过地图上。我一夜都吃力地琢磨在与不在这件事，非常想见大姨，比妈妈早出生一个小时的姐姐。我第一次来到了甜水湾，不知道这就是甜水湾，在也没在。我好像快能说清楚了，长大以后，上高三的时候回首童年仿佛是很遥远的事，好像是上辈子的事一样。

我只知道我走路会比别人慢，想事也比别人慢，长大会比别人更慢。当我去了甜水湾看到大姨的时候，或者说看到爸爸看到大姨的时候，才明白一些事，就是关于在与不在。小英子考上大学去了北京以后，我要再上一遍高三的时候，校长要我写一篇关于爱的议论文，合格才可以重返一中。我就这样写了：有的人在，在也没在。有的人没在，没在也在。总有一种东西可见，却无法触摸。也有一种东西可以触摸，却并不拥有。牵挂也是一种幸福，牵挂是情怀，正如美是一种游离不散的味道。而爱可以拥有，但并不是你的财产。美必须可以共享才是美，但爱要拥有而绝非占有。

校长看了好几遍，亲自批了80分，还写了“同意”两个字。不知道是同意我的观点还是同意我复读，让我拿着去见班主任，还问：“阿甘，九爷回家了吗？”我说：“还没有。”他说：“看在九爷的面子上，你再读一年高三吧！”

我又见到了班主任，她惊愕地看着我，看了我的作文良久。她就是从银城一中考进北京大学的，读了七年读到硕士才回来，下了火车全傻了，银城比她走时真的是天翻地覆了。该拆的都拆了，不该建的也都建了，她家离火车站走路只要十分钟，但她走了一个多小时也没找到家，像对我一样差点失去信心，所以才看了我的作文良久吧，告诉我有点熟悉，比如“有的人在，在也没在。有的人没在，没在也在”这句话，有人写过“有的人活着，他却死了。有的人死了，他却活着”，在我生下来之前就有了。我真的不知道，她原谅了我，没问我这种感受是怎么来的，可我忘不了。

忘不了我只去过一次的甜水湾。从银城开往甜水湾的长途汽车已经叫公共汽车了。妈妈说她没走出甜水湾嫁给爸爸之前，每天只有一趟车去银城。甜水湾的人不爱出门，没钱又没事，不知道去银城干什么，不想看傻乎乎的城里人，养个孩子屎金贵，又是鸡蛋，又是牛奶，又怕冷，又怕热，到日子还要打来路不明的预防针，就跟伺候来路不明的祖宗似的，一不小心还死屎的了。哪像甜水湾的娃不用管屎的，扔在村子里跟鸡鸭鹅狗和总在村里散步的猪就一起长大了。

我知道妈妈是说我呢，如果妈妈不出甜水湾找个人嫁了，养大我才不会这么屎的费劲，“不是的，”妈妈肯定地说，“都怪你爸！”然后想了半天，又说：“怪刘主任、张处长，也不是，怪银城改革开放！也不是，怪谁呢？怪你大姨？不，怪我！也不怪我，怪你傻爷爷！也不怪你傻爷爷，哎呀，没得怪呀！”

妈妈傻乎乎的，对天下所有事物都不能做出明确判断，怪妈妈没文化，上到初中毕业，已经是甜水湾最幸福的姑娘了。过去甜水湾的女孩能上到小学毕业的都不多。大姨四年级就不上学了，十四岁成为甜水湾公社的拖拉机手，老去县里拿奖。二十二岁的时候跟着县委宣传部的人去过大寨，还去过北京，在天安门前照过相。那是一张好奇怪的照片，照片上的姑娘如此漂亮。爸爸说羞涩的姑娘才美丽，那就必是恋爱了，给大姨照相的人一定是与大姨彼此相爱了，那小伙必是英俊得不得了，才让大姨情窦初开。

我问爸爸什么叫“情窦初开”？爸爸说是男女之间的爱情萌动，一般是指少女。可大姨都二十二了啊，怎么情窦才初开呢？那什么是“情窦”呀？爸爸愣住了，教语文的特级教师竟解释不清楚“情窦”这个词，让我深感意外，一定是叫“九爷”以后给叫傻了。

一个神秘又美丽的词，多年以后我依然弄不懂。第一次读高三我最想弄明白的词就是“情窦初开”，就问小英子，小英子语文最好，看着我毫不犹豫地说：“阿甘，谁遇到你情窦也开不了！”

这我就不明白了，在我这里“情窦”为什么就开不了呢？小英子不是不知道，而是不想跟我解释，我就问老师，女老师郁闷地说：“你关心情窦干什么？它开不开的关你屌事？有你就没有升学率，我拿不到奖金让九爷赔我！”

第二次上高三也没有什么不同，天天做题，背各种东西，可都不是我想学的。我一定要弄明白什么是“情窦”，而且还“初开”，只能自学了。“情”字不用查，我懂，除了爸爸妈妈，对我最好的就是小英子了，她从小学三年级转到城关镇小学在我们班就跟我最好，老能吃到我给她带到学校的糖饼。“窦”字要查一下，原来是指孔穴，可“孔穴”又是什么呢？有三种解释，洞穴，穴位，气孔。我一下就明白了，脸红心跳，因为我跟小英子有一个天大的“秘密”，关于“洞穴”，上初中的时候，不能说。

还是回到我第一次去甜水湾的那个早晨吧！天还没有亮，妈妈就开始烙糖饼。东方蒙蒙亮的时候，四月的这个早晨，爸爸妈妈拎着大包小包拉着我到了公共汽车站。过去开往甜水湾的长途汽车，每天只有一趟，现在每十分钟就从百货大楼和甜水湾对开一辆。

早晨从银城开出拉着银城人去甜水湾的叫“旅游经济”，从甜水湾发出坐着甜水湾的人到银城来叫享受的叫“改革成果”。这是王市长在电视上说的，所以银城就天天这样说了。公共汽车要经过甘家旺，爷爷死后爸爸再没有去过。我开始懂了，“发展”就是失去“故乡”，而“故乡”就是回不去的地方。

爸爸抱着点心盒子，妈妈抱着一网兜糖饼，两个人都默默无语，不说话，看来妈妈的“故乡”还是一个难言的地方。我暗自欢喜，不仅可以见到神秘的大姨，还可见到一个星期没有上课的小英子，她发烧了，千万别像我一样得了大脑炎。

我迷迷糊糊要睡着，感觉到爸爸和妈妈隔着我拉着手，两个人的手都有点抖。我感觉到了爸爸和妈妈的手有些抖，好奇怪。

小英子老说爱本来就是一件很奇怪的事，不会让人总笑，真爱了倒是时常让人哭。

我开始知道了，男人对爱总是希望，女人对爱总是幻想。男人对爱情总希望这样那样，女人对爱情总幻想这样那样。小英子从没说过爱我，她爱班长。我们的班长是大头，还跟他妈妈住在银城，过完五一再去省城找孙副书记。他妈妈去北京学习了，回来调到省电视台专门审核电视剧，希望能够再看到一部《渴望》。银城电视台播放《渴望》的时候大街上都没有人，都回家看去了。而爸爸正在学习唱歌，张处长再来银城已经不斗棋了，卡拉OK了，爸爸早上起来就唱："我的个大中国呀，好大的一个家，那个咚咚，那个咚咚！"爸爸老忘词，总是咚咚，妈妈笑着说："'007'不用脑袋撞墙了，你倒是每天咚咚上了！"爸爸不好意思地笑笑，说："我还得练交谊舞呢，来！"妈妈说："快拉倒吧！说你胖你就喘，还要上天了呢！"

妈妈随便一说，没想到竟会是个预言。

爸爸默默地看着车窗外，妈妈也默默地看着车窗外，我默默地看着爸爸和妈妈。不明白去甜水湾为什么要默默，默默就是很沉重。我感觉到姥姥家很沉重，那个地方叫甜水湾。

从银城往西要走很远，汽车出了银城先翻过一座山，下了很高的山，再爬上一座山就是甘家旺了。爷爷死了以后，甘家旺对于我来说变成了一个形容词。爸爸的故乡就是个形容，爸爸一直在凝视，凝视着他的故乡。

这时候我就明白了什么叫“忘不了”，故乡原来也就是一个让人凝视的地方，关于失去的怀念，却不一定真要再走进它。走进或许会让人害怕，害怕中的牵挂，或牵挂中的害怕，说不清楚，我真的不会形容，原谅我吧！

我感觉到了爸爸总想哭。再往西才是甜水湾，还没到甜水湾的时候我就发现了爸爸想哭。不知道有什么秘密，好像跟大姨有关。妈妈也从未跟我提起过姥姥，我甚至不知道我有一个姥爷，还有一个大舅呢！

晨阳照亮了去甜水湾的路，爸爸说当太阳挂在甘家旺山头的时候就到甜水湾了。太阳最先照亮银城，再照亮甘家旺，然后照亮甜水湾。汽车驶过甘家旺，往西去，还要翻过一座山。山的后面连着数不尽的山，两座大山中间就是甜水湾，一个孤零零的小村庄。

我在半山腰上看到了姥姥，没见到人，见到了姥姥的坟头，听见妈妈跪在没有墓碑的坟头前叫“妈妈”。挨着姥姥旁边还有一座坟，也没有墓碑，所以也没有名字，不知道谁可以挨着我没见过的姥姥这么近？两座坟几乎是连在一起的，我问爸爸：“姥姥身边的人是谁呀？”

爸爸不说话，扭过身，走向了一边。妈妈说：“你大姨。”

妈妈说完了也转过身去，走到爸爸身边，说：“这些年了，你怎么老放不下呀？”爸爸还是不说话。不知道算不算见过大姨了，看到爸爸这样，我一下弄懂了“不知所措”这个词，却不知道是我呢还是爸爸？

成语就是好，四个字一下就能说清楚好多事，可我不知道世界上有没有能说清楚爸爸此时心情的成语？“不知所措”该属于我，爸爸显得慌张、烦躁，还有不安。对了，有一个成语或许可以形容：触景生情。如果真是这样，那该是什么景，又是什么情呢？

我那么想见到大姨，原来大姨已经不在了，我看到了的是她的坟墓。这到底算是见到了还是没见到？在还是不在？我一下恍惚了。我斜着身子跑过去，不能叫跑，快速往山坡下面移动着身体，接近爸爸，看见爸爸抬起头，眼睛不像两朵花，真像妈妈说的像两个没有发育好的葱头，紧紧皱在一起，看着天空，爸爸的眼睛流下了泪来。

爸爸哭了，原来爸爸也是一个会哭的人。我看着光秃秃的山，山上什么都没有，只有姥姥和大姨的两座孤坟，朝向东边的甘家旺。再往东一点是银城，被高山挡住了的银城。

妈妈过来了，看见爸爸落泪，没说话，也没有劝的意思，就让爸爸自个儿泪流满面，拉起我的手往山下走。

我不知道这算是怎么回事，妈妈的表情像爸爸一样严肃又难过，没准还悲伤，不知道。我忽然担心起来，不，有点害怕，不敢问也不敢说话了，紧紧拽着妈妈的手往山坡下走，一边悄悄回过头，看见爸爸从裤子兜里掏出一束皱巴巴的野花，慢慢走向大姨的坟头，好半天也没弯腰放上去，就把野花拿在手里站着。好一会儿我才找到一个词，爸爸是肃立，肃立在大姨没有名字的坟墓前。

今天是清明节，爸爸和妈妈为姥姥带来了鲜花。爸爸没有多买一束花给大姨，裤兜里揣着的是一束野花，妈妈不知道。妈妈也回头了，跟我一起回头看见爸爸弯下腰去，把皱巴巴的野花轻轻放到大姨的坟上。姥姥和大姨的坟前有糖饼，妈妈放上去的。姥姥和大姨活着的时候一定爱吃糖饼，谁又会拒绝甜的东西呢？

我没敢问这是怎么回事，姥姥死了，大姨也死了，谁在前谁在后好像不重要，可又为何而死呢？如果爸爸妈妈想让我知道什么一定会告诉我的，如果没说给我听就是不需要我知道。

我想我会知道的，好多事爸爸妈妈总说再长大一点你就知道了，大人的事情小孩不要问。我记住了爸爸总说大人的事不要问，大人总比孩子活得慌张又纷乱，爷爷死前总是问他这是要去哪儿呀？爸爸拉着爷爷的手说："回家，爸，我送你回家。"

爷爷叹口气，说："阿甘就不该投胎到咱家！"爸爸皱着眉头，"你这说什么呢！"爷爷说："我说你呢！人生就是斗棋，你是小卒子，过了河就回不了头了！"爸爸没吭声，爷爷又说："别过河，儿子！"爸爸一下落下泪来，哭了。

我第一次知道，父亲的哭是天下最震撼的。没有彻底的悲伤，爸爸不会哭。

我不知道是怎么回事，妈妈紧紧拉住我的手一个劲儿地抖，没告诉我，没告诉就是我不应该知道，我懂。

我以为甜水湾有很多水呢，而且是甜甜的。下山的时候我四下寻找，没看到水，光秃秃的山比银城还刺眼，东西南北全是山，很高很高的山，山坳下是七星八落的房子，也是干打垒，非常破旧，像是大自然的遗物，银城把甜水湾给丢了。

过了一会儿，爸爸跑下来追上了我和妈妈，心情好了许多，脸上的泪也偷偷擦干了。我就大声问："爸爸，甜水湾在哪儿呀？带我去。"爸爸拉住我另一只手，说："儿子，这就是甜水湾啊！"

我仰起头，问："我怎么没看见甜水？也没看到湾呀？"妈妈摘下背在身上的水壶，拧开盖子递到我嘴前说："阿甘渴了，快喝吧，妈妈带着水呢！"我说："我不渴，妈妈快带我看看你们家的甜水湾吧！”

爸爸蹲下身子，想给我讲明白一些事情，说：“甜水湾没有水，祖祖辈辈都盼望着水，所以才叫了甜水湾。”我不明白，说：“那干吗这么叫呀？”爸爸说：“人都是这样的，没什么想什么，没有什么也爱叫什么，没有什么爱什么。”

我还是不懂，妈妈告诉我说：“阿甘，这很好懂呀？妈妈小时候老听要建设出更新更美的甜水湾，建不起来才搞起旅游经济了，再不行就搞城镇化，干脆不建了！”爸爸不高兴了，说：“媳妇儿，我说你在单位老不能进步呢，怎么能这么教育孩子呢？拔鸭毛拔傻了吧？”

妈妈也不高兴了，说：“就你进步？不好好教书到政府搞接待当三陪，让人叫了九爷也算是进步？你要是不这样，我儿子也不会这样的！”这是抱怨，爸爸最不喜欢抱怨，做人做事该是堂堂正正的才对，“不提了好不好？那是我的工作，真是的！”

妈妈说：“可你不会喝酒呀？这样下去要是把自己伤着了，老了我可不伺候你！”爸爸笑笑，说：“为了银城，将来甜水湾有了水，等我真老了媳妇儿才不会不管我呢，是吧！”妈妈说：“就不管，就不管！”

妈妈说不管就是管，女人都爱说反话，我每次带给小英子糖饼她都说不吃，每次都吃了，吃完很甜的糖饼说将来一定到北京上大学，学法律，做检察官，把抛弃了妈妈和她的爸爸这种男人一个个都送进监狱去！也许小英子没准备打击二奶，她在中国人民大学法律专业读到大二的时候，也就是迎接千禧年的时候，银城的小三都开始泛滥了。“007”跟省教委一个歪脖子主任的寡妇女儿结婚了，那寡妇不歪脖，歪脸。银城的教育局局长，脑子长瘤还没死呢。他当上文化局局长后找了一个银城文工团跳舞的做小三，天天闻鸡起舞，银城改革开放以后妈妈养的鸡都下蛋了。

爸爸左手拉住我，右手拉住妈妈，说：“我媳妇儿是天底下最善良的！儿子，你也快点长大，我们是银城最幸福的一家！”妈妈还假装生气呢，瞪了爸爸一眼，“你老了我就不管，给我戴多高的帽子也不行！”我赶紧说：“别吵了，你们俩老了有我管！快去看我姥爷吧，姥爷的坟头在哪儿呀？”爸爸说：“这孩子，你姥爷还没死，活着呢！”

妈妈这回没附和爸爸，说：“我们阿甘说得没错，可不就是坟头吗？黄土堆起来的活坟头，你看看甜水湾哪家不是死气沉沉的像坟头一样？”爸爸说：“所以银城才要发展呀！”妈妈说：“搭上我男人？”爸爸说：“多难听！”妈妈说：“叫老公？得了吧，更难听！你不是老说古汉语里管太监才叫老公的吗？”爸爸紧摇头，说：“是古时候，不是古汉语，古汉语是指文言文。”

妈妈大声说：“我又没上过学，念到小学三年级他姥爷就不让我念了，我哥就是小儿麻痹症，不是打针给打的，生下来就那样，我没文化你跟我较什么劲啊？我才不叫你老公呢，你就是我男人！”爸爸说：“好吧，媳妇儿！媳妇儿啊，山里女娃都不怎么上学的，你就别再生他姥爷的气了！没有他姥爷也没有你啊，是不是？”我说：“那会有我吗？”爸爸说：“当然了！没有谁也得有我们阿甘！”

我说：“爸爸骗人，没有妈妈才没有我！”妈妈说：“儿子，没有你爸爸也没有越来越花里胡哨的银城！”爸爸紧张地说：“媳妇儿，可不敢这么说，大发了，太大发了！”

妈妈站住了，要讨个明白，说：“怎么不是？你要是没跟张处长斗棋，银城能有小西红柿吗？还圣女果！你要是没差点喝死，银城能有这么多中巴车吗？我姐姐那时候开的是五十六座的长途汽车，现在到甜水湾都改中巴了。那时候到甜水湾一天一趟，现在十分钟就一趟！”爸爸说：“那也是张处长给争取来的国家扶贫项目呀？要感谢张处长，感谢国家，我算个屎呀！”妈妈说：“你可不就是个屎嘛，还九爷，人家雍正皇帝才叫九爷呢！”爸爸说：“你搞错啦，雍正皇帝是四爷，才不叫九爷呢！”

妈妈所在的鸭绒厂改成公司以后，妈妈也真是进步了，连皇上的事都知道了，跟那个原先叫厂长后来叫总经理的坏男人有关。爸爸跟刘主任去上海的时候大龅牙金总来我家，送给妈妈礼物，乳罩就不说了，还送给妈妈前面几乎透明的小裤衩，小得连小英子可能都穿不上，还非要妈妈试试。妈妈说："真缺德！"大龅牙金总说："嗨，你怎么骂人啊？"妈妈说："没骂你啊，我哪儿敢！你都是银城政协委员了，我骂给女人做这种裤衩的人呢，臭流氓！"

大龅牙金总悻悻地走了，妈妈把乳罩和透明内裤塞进鸡窝里了。爸爸回来收拾鸡窝哈哈大笑，黄叔叔自生气以后把墙加高了，搬个凳子从墙头打探过来，问："你屌的笑什么呢？叫了九爷还牛×了？你们家的鸡下双黄蛋了？"爸爸从鸡窝里掏出乳罩和内裤，拿给他看，"你屌的看看！可不是牛×嘛，我们家的母鸡不仅长乳房，还来例假了呢！"黄叔叔咕咚从凳子上栽下去了。

进了甜水湾，好大的村子，叫稀疏也行，南北两面全是山，很随意地依着东西山势而建，都在山下，跟北山一样，也是用黄土砸成的干打垒房子，不仔细看看不出来是人家，年代太久，跟山成了一色。

妈妈在前，进了老家腰板都直了，底气壮，话也多了起来，像个倒霉的导游带着客人走进了倒霉的旅游景点，指着盖得乱七八糟的房子说："你看看，各家墙上都挂着红辣椒、玉米棒子，门旁边还堆着玉米秆！看见我家门口那石碾子了吗？还拴着一头驴呢！"

看见了，一头奇瘦的驴，托生在甜水湾算是倒霉，都是驴，显然跟爸爸的甘家旺的驴运不一样，人有命运，原来驴也是有驴运的。

“村主任不让动！”妈妈指着驴说，“他大舅说了县里也不让动，还得照顾好，在这摆着，光喘气，不干活，也干不了什么活了，吃喝还得自己家管！”

原来是我家的驴，不，姥爷家的，村里管摆设，大舅管吃喝。这么难看又老又瘦拴在石碾子上的驴把我给逗乐了，“妈妈，这是做啥尿呢？”妈妈没笑，很生气，“问你爸！九爷知道！”

爸爸笑了，拉住我的手，说：“叫旅游经济。你姥爷家住的位置好，从山上的公共汽车终点站往下看，能看见这头驴和石碾子，还有家家屋顶上的玉米秆、麦子垛，挂在窗前的红辣椒。”

爸爸说得清楚，我却没听懂，“做尿呀？”

“阿甘，儿子，”爸爸有点不自在，也不舒服，“银城人祖祖辈辈都有句口头禅，人人说话嘴上都挂个‘尿’字，这不好，你可别说了啊！”我仰着头问：“爸爸，我是银城人吗？”爸爸高兴地说：“当然是了！我儿子永远是银城人！”我也高兴地说：“那不得尿的了！”

妈妈笑了。爸爸去政府大楼上班后，老哄来银城视察的领导和有可能投资的老板笑，我又成了这样，很少逗妈妈笑了，妈妈还老生气，能逗笑妈妈成了我的责任，妈妈一笑我就开心了，拉住妈妈的手说：“妈妈，快带我去看姥爷和大舅吧！他们都喘气活着呢？”

“活着呢，跟死了差不多，还得吃饭喝水！”妈妈说。

“妈妈，是吃饭喝酒吧？”我笑妈妈，吃饭喝酒才对，哪有说吃饭喝水的？

“喝水！水都喝不上，哪有酒喝？”妈妈说。走进生她养她的故乡，不仅腰杆硬了，也更执拗了，对爸爸说：“这些摆设都是给城里来的人照相的！去年你陪着几个外国人来过甜水湾以后，那群大鼻子老外说甜水湾这景象太好了！充满了生活气息！他们是没有想到山沟沟里还有这么多活人吧？大鼻子一夸，政府还就不让动了！长途汽车改成公共汽车，城里人闲得慌跑甜水湾来玩，搞对象的更爱来，用照相机拍红辣椒和玉米棒子，跟驴和石碾子照相，都说好，玩儿完照完都走屎的了，都说好可谁也不会留下来！”

爸爸对政府这事很肯定，不同意妈妈的意见，摇摇头说：“媳妇儿，别抱怨，这也没屎什么，西方人都说天堂好也没见谁真想去呀？”

妈妈说：“村主任还说谁家墙上不挂辣椒和玉米棒子就罚钱，说县上说的，县上说是旅游局说的，旅游局说是王市长说的！要发展旅游经济，做试点。国家把中巴车也给了，就是要把名字叫得好听的甜水湾这穷山沟给张扬出去？保留个忆苦思甜的地方？他大舅把玉米给吃了，就挂了几个玉米核，村主任罚五块钱他大舅就不给，村主任说不给就把曲里拐弯到我家的沟沟给填上！他大舅说填就填吧，反正冬天也不爱下雪，夏天雨也越来越少了，那沟沟也没啥用！”

爸爸就不说话了，站在那里，看着石碾子和驴，眼睛像葱头一样挤巴在一起，像是又要哭了。

爸爸好像要为甜水湾哭泣，我不懂为什么，不懂也就不好说了，看到好些鸟儿落到石碾子上，还有蹲到驴上的，毫无生气的驴都懒得动。

我想跑过去看鸟儿，可我已经不会跑了，看那鸟儿头顶上都是红的，长得像麻雀的鸟儿头顶是红的，就像爸爸在银城宾馆鱼池里看到头顶是红的鱼吧，我高兴地说：“爸爸，我看到红运当头的鸟儿了！我也要红运当头了，将来一定能考上一中！”

爸爸指着鸟儿说：“这鸟儿不叫红运当头，叫客山红，也是一种麻雀，不知从哪儿来的，可能几千年以前就飞到银城了。不是银城的麻雀，客家鸟，脑袋顶着红色，所以管它叫客山红。爸爸小的时候，甘家旺一下雪，大雪把山覆盖，一片雪白，我就和你爷爷一起把麦子撒到雪地上，客山红就飞来了，雪白的地上一片客山红，那叫壮观。你爷爷就唱：山旮旮的银城噢，白雪呼啦啦地飘……”

妈妈说：“客山红死了，别唱了，看他姥爷吧！”

我不知道妈妈说什么，客山红都在啊，落在驴上和石碾子上，一动不动，都活着，妈妈怎么给看成死的呢？真是奇怪。

我和爸爸妈妈进了姥爷家，我一下没有看见姥爷，屋里太黑了。过了好一会儿才看清了，姥爷家里跟外面一样光秃秃的，什么都没有。没有家具，有柜子，居然是用土坯砌的，姥爷坐在上面。

大舅靠在窗户旁边，窗户没有玻璃，用塑料布蒙着的，好像站不直，身子比我还斜，还有点驼背。占了东边屋子的大土炕，我不能想象也无法接受妈妈就是在这个土炕上出生的，还有不知道怎么就死了的大姨，包括姥姥。在山上看到爸爸妈妈难过的样子没敢问，该知道的时候我会知道的。

没有女人的家真的不像个家，天上有太阳，也有月亮，地上有山也有水，万物相依而生，都是搭配的，一个没有姥姥和大姨的家哪像个家呀！

挨着炕的土灶台，上面有一个裂了边的大铁锅，两个人干吗用这么大的锅？只能是历史，曾经有过姥姥、大姨和妈妈的家，依然存在，却只是关于“家”的一种记忆，痕迹。老家都是记忆吧，留下痕迹的并不多。

所以我对爸爸的照片不是印象深刻，而是给震惊了。姥爷家居然有爸爸的照片，后来我才知道，大舅供的是“九爷”。

银城九爷的照片挂在一进门就能看见的正中央，左边是那般慈祥的姥姥，右边是梳着两条大辫子的妈妈。看着不到二十岁的妈妈，怎么会那么漂亮呢，晶莹剔透的眼睛、红润的唇。我一下明白了，明白了小英子为什么也那么漂亮，甜水湾的女人都漂亮，就是一方水土养育一方人吧，可是怎么没有大姨呢？

大舅原来比我还不行，天生残疾，不像我是一针给打坏的。大舅一条腿要画一个好大的圈才能行走，大舅就画了一个圈走到爸爸的照片前，点燃三炷香，放到爸爸照片下面用树干破成的板条桌上，嘴里还祷告着什么。

“干屌啥呢？”爸爸的脸嗵的一下红了。

“你别管！”妈妈说：“你把甜水湾的醋开发成外贸出口商品，都感谢你，他大舅供的是九爷！”

“真胡闹！”爸爸急了，“这是改革开放给甜水湾带来的好处，你不是说我就是个三陪吗？说得对啊，我只做了我该做的，这是闹屌啥呢！”

“国家政策再好不是也得有人执行吗？”妈妈说，“对甜水湾的人来说，你就是那个具体做事的人，陪酒把肝都喝坏了，他大舅在家里为九爷供香！”

“我还活着呢！”爸爸还是不愿意，“今个又是清明节，干屌呀！”

我这才明白了，那一张照片不是妈妈，是死去的大姨。

感觉真是怪怪的，好像还没这么简单，我看见爸爸的照片下面还有一个镜框，镜框里也是爸爸的照片，从报纸上剪下来的照片。在教室里，爸爸在黑板前的局部，爸爸拿着粉笔，正指向黑板，黑板上有三个字：黔无驴。

想起来了，妈妈藏在褥子下的正是这张报纸，大舅把报纸上的照片剪下来，装在镜框里，挂在墙上，跟穿着中山装的照片一起供着。

姥爷和大舅都穿着很旧的破军服，炕上铺着两条露出棉花的绿色军被，还有两个油光光的枕头。莫非姥爷也像我爷爷一样当过兵，是直接参加的解放军呢，还是像爷爷当过一晚上的国民党兵？爷爷就是为这个一九六六年被红卫兵打坏了脑子。后来我才知道，姥爷没有当过兵，甚至没有走出过甜水湾的大山，跟我大舅一样，身上穿的床上铺的都是县武装部从复员军人那儿收来发给甜水湾各家各户的。无论回哪儿去的复员军人都会把旧军被和旧军装捐献出来。

四月里大舅身上还披着一件翻毛军大衣呢，可军大衣里的人造羊毛一点都看不出是白色的了。爸爸说姥爷家里的家当，也就大舅身上这件破军大衣值钱了。爸爸还说姥爷早不想活了，站在门口老嚷嚷着让城里来玩的人把家给烧了吧，红红火火地死才痛快，可大舅才不想死呢。弓着腰从生下来从来没有站直过的大舅心里可直了，发誓要把日子过得红红火火，还想娶个媳妇儿呢。可爸爸说姥爷家就是真的被一把火烧了，屋里的全部东西加起来都不够五十块钱。

姥爷还没有老到走不动，可偏偏不会走的样子，坐在炕上把妈妈叫了过去，半天才认出来妈妈，抓住妈妈的手说："小妮子，大妮子回来了吗？"

又朝靠墙站住了的大舅说："你真是老尿糊涂了，不跟你说了大妮子开车去北京了吗？"

姥爷说："真好，大妮子是咱们甜水湾最有出息的，开车到北京去见毛主席了吧？见到了吗？"大舅说："见到了，两人好着呢！"姥爷说："那咋还不回来？"大舅说："不是跟你说了给毛主席开车呀？毛主席最爱我们农民了，一听是甜水湾来的就给留下了！"

我有点糊涂了，大姨死了，姥姥跟大姨在一起呢，姥爷和大舅都不知道？我刚想告诉姥爷，爸爸捂住了我的嘴，然后把一个信封交给了大舅，我看到了信封口露出来的钱。

明白了，明白了妈妈为什么一直不想带我来，姥爷和大舅看到我会激动，却不像是往好了激动的样子。姥爷一看到妈妈就会问大姨，姥爷不知道大姨死了。爸爸每年清明节都来甜水湾，给大姨和姥姥上坟，再给大舅和姥爷送半信封的钱，我不知道是多少，多少不重要，是爸爸的一份心意。

姥爷抓住妈妈的手不放开。爸爸拉住我的手，出了阴气瘆人的屋子。我看见了甜水湾那棵唯一的树，在姥爷家对面。

直愣愣在阳光下的歪脖树，看上去已经很老了，干枯的枝条零乱地伸开，上面布满绿色的春芽，像姥爷如柴干瘪的手臂上的老年斑。树上的春芽是绿色的，看上去更像枯枝上的青苔。

歪脖树下有一个显然早已废弃了的石碾子，为了满足城里人到甜水湾山看百里长的大峡谷后进村歇脚照相，村主任在旅游局的指导下给石碾子拴上了一头驴。这头想必被拍过无数照片的驴是大舅养的，真的一点没有名驴的架势。

我想爬上石碾子，看枯树上的春芽，爸爸没让我过去，告诉我大姨死后姥姥活不下去了。原来大姨十八岁被招进城开上了公共汽车，姥姥在一个没有星星的夜晚爬上石碾子，把自己吊死在了歪脖树上。我有点害怕了，“爸爸，大姨是怎么死的呀？”

爸爸没有回答，也没有看我，拉着我的手走到姥爷家的房后头，蹲在一个三米见方的石头坑前，往里看。爸爸不想告诉我，就是我没有必要知道，我懂，爸爸需要我知道的事一定会说的。

我也蹲下，往坑里看，不知道爸爸看什么，我闻到了一股刺鼻子的腥味。我捂住鼻子低下头看到坑里的水。水不多，浅浅的，看见了密密麻麻的鱼虫，一团团地在坑里游动，我知道了，说：

“爸爸，姥爷家养鱼虫呀？”爸爸说：“不是养鱼虫，这水是喝的。”

我吓坏了，说：“爸爸骗人！就这么点水，里面全是鱼虫，还是腥的，怎么喝呀？”爸爸坐在地上，搂住我，告诉我这坑里面的水是雪水，冬天的雪水化了从山上流进来的，也有大舅从山上背来的雪倒进坑里的，存水。爸爸还说甜水湾的人知道姥爷和大舅不容易，冬天往自家坑里背雪存水的时候，都会到姥爷家的水坑来抖抖筐，有一点是一点，家家都有人来抖筐里挂着的残雪。

看得出来爸爸好感动，我知道什么叫“滴水贵如油”了，还以为是个传说呢，原来真有这事儿，就在甜水湾。我知道了冬天雪少或不下雪的时候，甜水湾的人有多难，仿佛能看见比我年龄还小的妈妈怎样从坑里取水。

爸爸说冬天不下雪、夏天雨又少的时候，甜水湾的人要到甘家旺妈妈说成的“泪山”的地方去挑水，用桶贴着岩石一滴一滴地取水，一天也就能取两桶水，太阳没出来就离开甜水湾，月亮高高的才挑着两桶水回来。

妈妈七岁就到甘家旺取水，我好像看见了比我还要小的妈妈挑着水桶走在山路上。大一点以后妈妈和她的姐姐就有了分工。妈妈取水做饭，大姨到生产队挣工分，每户人家必须有“工分”才可以领到救济粮，没有工分的人家是得不到粮食的，像一个古老的传说，哪儿知道其实就是在改革开放以前。甜水湾每年产的可怜巴巴的麦子和玉米当然都要上缴国家，国家再以“救济粮”的形式分配给有工分的人家。妈妈主内挑水做饭，大姨主外挣大队工分。

村里没有可以分配给大舅的活儿做，全家只靠大姨一个人挣工分。一九七五年邓小平第一次复出时甜水湾的人看到了希望，银城也第一次到甜水湾来招工。招工的人看到十八岁的妈妈和大姨很是欣喜，没想到甜水湾山沟沟里藏匿着这么漂亮的双胞胎姐妹，可只能要一个。

妈妈知道她的姐姐在山沟里是拴不住的，大姨作为优秀的女拖拉机手还参观过大寨呢。她还知道县委宣传部的一个人悄悄爱上了大姨，姥姥也知道。

姥姥不知道该怎样左右这件事，希望大妮子变成城里人，跟县里的干部才有希望，盼着结婚呢。妈妈知道姥姥的心思，也明白姐姐的心思，提出来抓阄，谁抓上谁走。在两张纸上各写一个字，一个写“走”，一个写“留”，谁抓到“走”字谁就到银城去做城里人，看天意谁该走出甜水湾。

妈妈写好字，让姐姐先抓。大姨闭上眼睛，长长的睫毛在跳动，在两个纸团中反复选来选去，手还有些抖，抓了一个纸阄，打开一看是“走”字，高兴得哭了，好一会儿才想起安慰一下妹妹。妈妈微笑着把第二个纸团扔进灶里，拉起风匣，为姐姐送行做拉面。

爸爸后来知道了这个小秘密，原来妈妈在两张纸条上写的都是“走”字，让大姨先抓，大姨抓到哪个都必走无疑。

大姨开过拖拉机，考了驾驶员，开汽车。爸爸说那个年代让银城人眼红的职业就是“听诊器”和“方向盘”，一个是医生，一个是司机。一九七九年改革开放的春风吹到了银城，大姨从银城当时只有一路的公共汽车调到了长途汽车公司。开长途汽车工资高一些，每月不是十七块而是可以挣到三十五了。重要的是大姨每天可以回一次家，妈妈每天到山坡上的车站取水，大姨每天往家里带水来。

我明白了，“甜水湾”，因为缺水才有了关于水的名字，还是甜水，像梦一样。甜水湾在少雨少雪的季节，不得不到甘家旺去取水，眼睁睁看着“泪山”的涓涓细流落下山崖，汇聚在人无法够的到形成的池塘里。也有人掉下去再也没有上来，七岁的妈妈一直到二十二岁，春夏秋冬多少个落日黄昏坐在悬崖边看着池塘，不知道是不是幻想着像大姨那样有一天也能够走出甜水湾，才嫁给了比妈妈矮了一头多的爸爸？妈妈是因为爱小学老师吗？还是爱“才子”？爸爸是一个“才子”吗？

当然是，爸爸真的很有才，要不也不会借调到政府办。

我不能想象甜水湾的人世世代代靠天上的水活下来，或者往返二十多里地去取水，眼睁睁看着山腰的池塘把溢满的水流入下面的黄河，一头向东在一个叫老龙湾的地方汇聚，然后奔腾着再向东流。

甜水湾，这个寂寞的小村庄，富不富有就看谁家房后的坑大还是小，还要看坑里能有多少水。爸爸说一九四九年建立新中国的时候，甜水湾评选出来的“地主”看的是坑大小，能有多少水，而不是有多少地。“地主”家是建在了好地方，占据了有利地形，无论冬天的雪化了还是下雨的时候，更多的水能顺着山势流进自家水坑里，祖上就把家占据在了有利地形。

我好像懂了，说：“爸爸，那你给大舅钱是没有用的，对吧？要给姥爷家从山上开出一条沟才好，让雪水和雨水都能流进姥爷家的坑，灌得满满的！”爸爸听我这样说好高兴，“儿子真棒！等有钱了一定给姥爷家打口水井！”

我点点头，“那得多少钱呀？”爸爸说：“很多的，打井按米算，要看打多深。爸爸和妈妈的工资加起来，一年不吃不喝也打不了两米。甜水湾的地理结构，没有百米是打不出水来的，政府要是有那么多钱早就给打了，让他们搬出甜水湾又都不愿意，根在这里。”我说：“那等我将来挣了大钱，给姥爷和小英子家打井！我没给小英子带糖饼吃的时候，她就老帮我系鞋带。”

爸爸高兴地说："太好了！像你爷爷说的，咱们家能帮别人的时候就好好帮！阿甘，这个传统可不能丢了！"

我也高兴，要像老师说的得弄一弄自己的理想了。三年级的理想就是学校门口的第一家录像厅赶紧开业，我好带着小英子去看电影。结果录像厅开了，是班长总带小英子去，不是我，班长说带我看武打片没用，我这辈子也打不了架，成不了武打片里的英雄，只能被打。

小英子总跟班长看录像以后，班长不怎么让我给他系鞋带了。五年级的时候小英子才跟我进录像厅，我不喜欢看武打片，小英子也是，我俩都爱看美国的。美国电影里也死亲人，不像中国电影死个亲人哭天喊地的地动山摇，美国人死个亲人也难过，可看上去比我们平静得多，小英子说是因为他们知道自己的亲人去哪儿了，上天堂。我们死的亲人都不知道去哪儿了，所以才惊慌，又哭又闹，尤其是女人号哭老得有人拽着才行。美国人死了亲人很安详，"尘归尘，土归土。"一个牧师总这样说。

尘归尘，土归土，甜水湾的人是归水，一辈子盼水。小英子后来告诉我，甜水湾村支书和大队会计的爹妈死了，会送到老龙湾去水葬，下辈子就能投胎托生到再也不缺水的地方了。我老担心别托生成了鱼，银城人过去不怎么吃鱼的，现在也开始吃了，别让黄叔叔给吃了。"007"当文化局文化科长以后还专爱吃鱼头，还习惯每天到办公室嘴里叼着个牙签，那就是午餐又吃鱼了，没被鱼刺扎死，差点被牙签给扎死。他老婆从我爸爸这儿证实文工团跳舞的老到北山闻鸡起舞后，中午冲进办公室从后面狠推了“007”一把，老黄趴在了地上，牙签扎进嗓子里，救护车都开来了。那根牙签扎透了嗓子扎在了黄叔叔的气管上，人突然多了个出气的地方也是受不了的，不像多个女人那样惬意。

刘主任到家里来，埋怨爸爸不该跟“007”法律上的第三个老婆讲真话，很多干部不是不习惯而是不能接受真话，爸爸有点后悔，“这咋屎说的！”刘主任说：“过去了，放下吧！以后看见了也不能说屎的，还要从大脑里清空！弟妹今天能给我做拉面吗？”妈妈不好意思，“到家来怎么能吃拉面呢？九爷，赶紧下山买两条鱼割三斤肉，再打壶酒来！”刘主任说：“弟妹，不用，我就吃你的拉面！”爸爸说：“真不用，刘主任什么没吃过？就喜欢甜水湾的拉面！”

小英子喜欢妈妈做的糖饼，五年级还是那么喜欢。她这次请假回家之前我还给她带了糖饼。爸爸爱吃妈妈做的糖饼，还声言爱吃甜食的男人才可爱，不喜欢甜食的男人要离远点。妈妈知道爸爸喜欢吃甜食，才学会了做糖饼，里面放糖，外面油酥酥的，经常故意问：“你娶我后悔吗？”爸爸总是很动情地说：“天哪，你是我八辈子修来的福分！”妈妈说：“那你当时还不愿意？”爸爸说：“哪儿有呀？”

“就是的！我大老远来找你，你见都不见！”妈妈说，然后沉默了好一会儿，难过地说：“阿甘成这样，是不是他大姨闹的？这就是报应吧！”

一到这时候爸爸就不说话了，眼睛像葱头，想哭。我知道了，原来我是大姨的“报应”，可我根本没有见过大姨啊？

爸爸默默地看着水坑。我四下张望，姥爷家屋后面也没有窗户，有两个水缸，不像别人家都是一大排，姥爷家祖传下来的地势不好。那缸不是存水的，我闻到了醋的味道。知道了，是大舅做的醋，去年四月爸爸带回来过。妈妈清明节没有来，爸爸自己来的，每年都会带醋回去。

甜水湾的醋很有名气，家家都做醋，取老天爷恩赐之水，可形成不了规模化生产。“旅游经济”就是城里人看完甜水湾后面的大峡谷后，到村里跟大舅的驴和石碾子照完相，把甜水湾的醋带回家。在旅游旺季，村里会每月给大舅补助五块钱，老担心大舅哪天把驴给杀了。爸爸也担心，妈妈说不会的，大舅就是嘴上犟，那驴已经很老了，大舅是一个善良的人。这时候爸爸总会抬起头，凝视妈妈很久，然后总是很沉痛地说：“你姐姐也很善良的，那天真是给逼急了！”

我不知道到底发生了什么事。想起小英子，知道了甜水湾的女人为什么皮肤好，跟甜水湾的醋有关系吧。还真是一方水土养一方人，而且都漂亮，像妈妈那样掐哪儿都能掐出水儿来似的。大姨一定也很漂亮，跟妈妈一样，小英子更美。

天忽然有些暗了，厚厚的云彩从北向南，往像锅的山顶涌动。小英子跟我说过甜水湾的景象歌谣：云往东，雨来疯；云往西，雨凄凄；云往北，雨如婴儿撒尿；云往南，大雨一下漂起船！这是要下多大的雨呀，我抬起头，看见了数不清的客山红在天空中飞舞，爸爸兴奋地说："要下雨了！太好了，我们阿甘给带来的雨！"

我不懂，问："爸爸，我怎么会带来雨呢？"爸爸把脸贴在我的脸上，"阿甘，你是老天爷给我的，我儿子不是惩罚，是来报恩的！"

说真的，我弄不懂爸爸话里的意思，要下雨了，看这势头，会是一场罕见的大暴雨！清明节一般总下淅淅沥沥的雨，让人伤感，凄婉。爸爸拉起我的手很兴奋，说是我给带来的，我没来甜水湾的清明节都是小雨，而且出奇地闷热，是风刮不进山坳里吧！

我看见好多人走了出屋子。甜水湾的人都跟天是通着的，没出门不看天也知道是要下雨了。天色忽然暗下来，甜水湾一下变得好朦胧。人们拿着盆盆罐罐放到自己家的屋子前，都兴奋不已，全是老人和孩子，让我惊讶的是所有人都不穿衣服，全都光着！

我想看到小英子，她不知道我来，所以没有出来。只见成群的客山红漫天飞舞，有的在半空，有的贴着地面，还有的欢快地冲向石磨，落满了歪脖树的枝头。最奇妙的是东面的山头耀眼地亮，只有甜水湾顶上黑云翻滚，像一个巨大的锅盖盖住了甜水湾，是要只给甜水湾下一场好大的雨，大暴雨。

爸爸说："阿甘，快进屋去！"我拍拍屁股上的沙子，对着天空大声喊："让暴风雨来得更猛烈些吧！"爸爸怔了一下，"阿甘？"我仰着头说："爸爸，这是我们课文里的，高尔基说的。"爸爸也仰起头，看着满天飞舞的鸟儿说："高尔基说的是海燕，可咱们这是客山红，你看这些麻雀有多兴奋，也紧张吧！"

我没看出来。真的看不出来，爸爸话里总是有些话，我看出爸爸也是兴奋不已，催促我赶紧进屋去，卷起袖子、抄起靠在墙根的铁锨飞舞着清理通向石坑的沟堑。我走过房头，妈妈正拿着盆和桶往门口放，说："阿甘，快进屋！这是一场好大的雷阵雨，太好了！"

大舅喜悦地出来了，脸涨得通红，激动得脖子都红了，走路像跳舞，飞舞着越过我，神奇的速度像只猴子，跃到房后石坑迎接大雨的到来。妈妈把我拉进屋里，然后拿着盆出去准备迎接雨了。

屋里只剩下我和姥爷了。姥爷看着我，不认识我，问："你是谁呀？”我说：“我是阿甘。”姥爷说：“阿甘是谁呀？”我说：“姥爷，阿甘是你的外孙，咱俩没见过，今天第一次来。”姥爷突然哭了，说：“你是小妮子的娃吧？我见过你，老在噩梦里看见你，报应啊！”

我哆嗦了一下，被姥爷给吓着了，干吗说见过我偏偏还是在噩梦里？什么叫报应？我招谁惹谁了还报应？我好像不喜欢姥爷，姥爷也不喜欢我，从土炕上下来，一只脚跺着地，“出去！你这尿屎驴日的，出去！”

一瞬间，我知道了一瞬间有多短，忽然想爷爷了，像雷电一闪那样地想到了爷爷。我的傻爷爷比姥爷可爱，为什么可爱的人好像总比不可爱的人死得早呢？因为好人的心总是很累，老替别人着想，那能活过一百岁的都不是好人。

姥爷赶我出去，一道闪电照亮，划破了屋子的昏暗，我看见了他的老脸流满泪花。我知道爸爸为什么不带我来了，甜水湾不需要我，他们只要九爷。又一道巨亮的闪电，我看见了墙上的照片，大姨、姥姥，中间的爸爸，忽然有些害怕。

“爸爸！”

我哭喊了一声，推开门跑进雨里。

磅礴的大雨，天好像漏了，不，是锅漏了，抬头看，四周被山围住的甜水湾好像是一口大锅，如果不下雨被太阳烤着会有多热。我一下懂得了什么是煎熬，突降的暴雨让甜水湾沸腾了。

人的沸腾。我惊愕地看见上百个老人和孩子都光着身子，像复活了的木乃伊，也像幽灵般地出现了，高举着双手，欢天喜地地迎雨。客山红在雨中铺天盖地飞翔，不知道是兴奋还是要躲避。

我看见了男孩女孩，那么多男孩女孩居然都不穿衣服，赤身裸体像是跳着什么舞，水舞，雨水砸在他们身上水花四溅，好美。

没有看到妈妈，妈妈一定是到房后跟爸爸和大舅往石坑里赶雨。漫山遍野的大人都在挥舞着扫帚，都在往自己家屋后的石坑里抢扫雨水。我跳着脚向石磨奔去，那里有成片的客山红，聚在歪脖树上，落满石磨。被雨水打湿了的翅膀一定飞不动了，我要抓一只客山红带回家。

到了石磨前我摔倒了，想站起来，翻转过身子，豆大的雨砸得我睁不开眼睛。那我就闭上眼睛，像甜水湾的人一样感受着甜水湾的雨，一场狂欢。

可我还是想看，被雨打得睁不开眼睛。膝盖磕疼了，我爬到了石磨下面，看甜水湾的人怎样对待一场令人兴奋不已的雨，真的是一场狂欢。赤裸的人让甜水湾如此震撼，我记住了这个情景，终生不会忘记。

然后我看见了一个女孩，赤身裸体的女孩。她没有发现石磨下的我，向这里跑来，抱着一个盆，站到歪脖树下把盆高高举起来，接从枯树枝上掉下来的雨水，还在接被雨砸掉的花蕊。

我从石碾子的磨盘下面爬了过去，还好驴没有叫。我看见驴闭上了它好大的眼睛，驴很享受，感觉它好像在笑。我转过头来，不想看驴，哪怕是一头会笑的驴，我想看她，赤身裸体的女孩，身上溅起水花，好美。

她好美，举着盆，我离她这么近，她没有发现我，也就是没有看到我，而我认出了她，小英子！天啊，真的是她，比我们全班都大一岁寄宿到学校的小英姐，比班里所有的女生都好看，我仰起头，看见了她修长的腿、细细的腰，湿了的头发低垂下来贴在圆润的脖子上。雨水从她微微隆起的乳房上流下，在冰清玉洁的身子上往下滑，流出了一道曲线。

喜悦的驴兴奋地叫了一声，惊动了她。不，驴叫不会惊动她的，她好像是感觉到了有人，慢慢低下头，看见了躲在石磨下的我，啊地叫了一声，举在头顶的盆跌落了，双手不知道捂哪儿才好，想跑，又停住，半转过身来指着我，“阿甘！你闭上眼睛！你会长针眼的阿甘！”

这时候响起了铜锣声，哐，哐，哐，一个人边敲边喊：“拜雨喽！拜雨喽！甜水湾的乡亲们拜九爷喽！”

第八章

从甜水湾回来以后，小英子在学校见到我就躲，进教室也不看我，我知道在哪儿可以堵住她，只有一个口，无处可躲。

我把她堵在了女厕所的门口，委屈地说："小英姐，你躲我干吗呀？"她比我还委屈，压低了声音说："你会长针眼的！"一个女生从厕所出来，看到我站在属于她们的门口，不知道是气愤还是惊喜，大声尖叫："流氓！"小英子说："他要知道自己流氓就好了！"然后指着我，"阿甘，你会长针眼的！"

她老说我会长针眼，我就放不下了长针眼的事，不知道为什么说我会长针眼呀？回到家就问妈妈，妈妈一下就懂了，笑笑说："长针眼？那就是看到了不该看的，看到不该看的东西会长针眼的！"我知道了，看到不该看的东西会长针眼，妈妈又笑笑，说："那只是传说，不科学，你别信！"

我不信，可再一觉醒来真的长针眼了，一只眼睛肿得像桃子，左眼，想了想，看雨中赤身裸体的小英子还真是左眼比右眼要近些，因为侧身的缘故吧！妈妈起床后看见我吓了一跳，"儿子，你怎么啦？”我说：“你别管，我看见了不该看的，可我喜欢看，太好了！”

爸爸不这么认为，说：“甜水湾的水有毒。”妈妈一下不干了，“你说什么？”爸爸这回没有惊慌，说清楚了妈妈就不会生气的，说：“银城是老国防基地，所以国家才让最后开放呀？大山里的工厂，七八七一类的国防企业也快开始下岗了，可烟筒还在冒烟，冒出来的烟往西飘。中国一改革开放东风还真就压倒西风了，都飘到甜水湾了，污染，所以雨水里有毒，阿甘第一次去没有抵抗力，眼睛进了雨水所以感染了！”

妈妈说：“你叫了九爷还真开始一套一套的了，我看是你中毒了！按你说的，前天回来，昨天就该起了呀？怎么今天才起？”爸爸说：“我儿子发生什么都会比别人慢一点。”

“都怪你！”

爸爸就不说话了。我说：“好了好了！爸爸去政府大楼，妈妈去鸭绒厂，我去学校，咱们都出发吧！”

“我不去了！”妈妈说。

“你干吗不去上班呀？”爸爸哄着妈妈，说：“我错啦！我有毒，行了吧？”

“你又来了！”妈妈快哭了，“我赶紧做饭，你赶紧给儿子眼睛上点红霉素眼膏，可不敢轻易去医院了！”

我忘不了甜水湾，甜水湾的雨，从那以后小英子总是出现在我的梦里，她还被我看哭了。我好像有了心事，可到底是什么事竟说不清楚，有点烦。甜水湾的人都说是九爷带来了一场好大的雨。九爷在大雨中也哭了，我和妈妈都看出来了，爸爸总摇一摇头，“有吗？”

爸爸真傻，竟然不知道自己哭了没有，明明抹去脸上的雨水里面也有泪，我就问：“爸爸，那你流进嘴里的是甜的还是咸的？”爸爸说：“有点甜，也有点咸。”妈妈说：“这就对了，你还知道自己活着呢！”

其实是妈妈回到故乡就鲜活起来，也能说出有时候爸爸会说出的话来了。爸爸像烤白薯，里面热外面煳了，而妈妈像苦瓜，外面翠绿里面却是苦的。

我不太会形容，原谅我不会形容吧。

我开始做梦，从甜水湾回来后老爱做梦。梦到那天爸爸被光屁股的老人和孩子们围在老树中间朝天拜，谢雨，一个神圣的祭拜仪式，九爷在中间。

村里的壮年大都离开甜水湾出去打工了，好多人都是跟着小英子的爸爸出去给城里人盖房子的，说挣到大钱回来给自己家打口井。小英子的爸爸扬言要给小英子和她病妈妈打一口甜水湾最牛 × 的井，钻地三千米打出温泉来，带着农民建筑队离开银城到北京去了。

我觉得小英子发誓要到北京上大学就是去找她爸爸。多年以后，小英子上大学从北京回来过第一个暑假，都知道她没有找到的爸爸，一九九九年的春节前从一座没建完的高楼上跳下来了，把自己给弄成了一张肉饼。小英子没见到爸爸，却见到好几个三岁八岁十二岁各种口音的管她叫姐姐的弟弟妹妹，我不知道是怎么回事。第二次上高三，老师给我们复习外国文学，再看马克·吐温《竞选州长》的时候我好像知道是怎么回事儿了。美国那事儿是假的，而小英子的爸爸留下来的孩子都是真的，校长知道，知道学法律专业的她还给好多从天而降的弟弟妹妹做过亲子鉴定，只有一个 DNA 对不上。我猜想她拿着五六份都跟她有血缘关系的鉴定结果一定快哭了。

一九九八年刘主任主持了“银城全国高考状元”庆祝会。刘主任已经是副市长了，王市长已经是市委书记了，到省纪委的孙副书记没有什么进步，千禧年一过，二〇〇〇年该退休了。爸爸正式调进了政府办，招待科改成第二办公室了。银城越来越大，收了很多的县，在每年六月全国统一高考的时候重视教育了。

政府的人在开政府会的时候都特别重视教育，讲话时个个慷慨激昂，还有些人痛心疾首。刘副市长带着九爷去银城一中庆贺，王书记发表了讲话，说：“少年强，中国强！”祝贺改革开放二十年银城出现第一个全省高考状元。而我老惦记成人礼时的套套是怎么回事，一想起小英子，身体的某个部位开始有反应了，有一种想亲她的冲动。小英子说："阿甘，你复读再上一年吧！如果明年考上大学，我就回来还让你亲我，让你抱我，真的！"

还可以抱她，还可以亲她，为什么？你听懂了吗？心动了吗？不告诉你。我怎么能够说出从甜水湾回来以后第二年清明节的秘密，我们上五年级，在我拉着她的手上北山的山顶去看九爷飞，在爸爸飞之前，我和她两个人在我家，不能说，小英姐不许我说出去。

我时常回味起那个情景，多么的激动。

我有信心也考上大学，到北京去找她。我知道已经被中国人民大学录取了的小英子是在鼓励我，我高兴，不知道怎么说，只会说两个字，套套。她想了想，说："阿甘，你一定会知道什么是套套的，因为你爸爸是九爷！人们忘不了他，我更是，要不是九爷，咱们一中哪儿来的计算机教室啊！"

她忘不了九爷做过的好多事儿，而我忘不了她亮晶晶的胴体上溅起的雨花，破碎了的水花，那样美。我记住了破碎也是一种美，爸爸不同意，说："阿甘，美就是美，不美就是不美，这才是真理。"

从甜水湾回来以后我和爸爸开始有了分歧。我想起了一个叫罗丹的人说美是到处存在的，要有善于发现的眼睛。我发现了小英子的美，她那隆起的小巧乳房和娇艳的红唇。爸爸不同意，让我忘了那个情景，告诉我发现美的并不是眼睛，而是心，只有心才能够真正地发现美。爸爸居然敢驳斥罗丹，让我震惊。爸爸又耐心地告诉我，不要相信眼睛，比如天上的星星，我们看到的很多星星实际上已经不存在了，因为星星穿过无数光年才会到达地球，我们看到它的时候它可能已经不在了。

这听起来多让人悲伤。爸爸让人悲伤。

梦原来是黑白的，我梦不到甜水湾那棵树上的绿色嫩芽，也没有梦见过不喜欢我的姥爷，还有身子总是斜着的大舅。大舅站立走路斜成那样居然没有摔倒，他是怎么做到的？我真怕长大后也成那样，对未来有了些担心，就问爸爸。爸爸明白了，微笑着说："阿甘，心要正！心正了，身子多歪都没关系！"然后拍拍我的肩，很欣慰，"再说我们阿甘也没斜成那样，将来一定是大帅哥！"我好高兴，问："那我可以娶小英姐吗？将来跟小英姐结婚！"

爸爸想了一会儿，说："我看没什么不可以！不过你得好好学习，考上一中，将来一定能考上大学，阿甘行的，没问题！"我好高兴，爸爸说我行我就行，兴奋地说："小英子说我上大学就知道什么是套套了！太好了！"爸爸愣了一下，沉重地说："套套？噢，套套！有人为它死，有人为它活。不能没有它，也不能为了它，套套可真是喜人又害人哪！”

我懂了，记住了爸爸的话，套套喜人又害人，有人为它活，有人为它死，那我为它不死不活就对了。

我感冒了，经不住甜水湾的清明雨，那一场泪雨。妈妈管甘家旺的山叫“泪山”，我就管甜水湾的雨叫成“泪雨”。小英子到北京上大学以后，给《银城晚报》写散文，把银城写成了“泪城”。她隐去了日新月异的城市的名字，提到了九爷，没有提我。

小英子到北京上大学肯定把我忘了，要不就是把我放在了记忆深处，她比我还难忘记我看见过她的裸体吧。我就该存在她尘封记忆里的最深处，我不知道“深处”有多深，是哪里，那里有没有光，是不是很黑，会不会像梦一样没有色彩？我怕黑，在黑暗中会那样的无助，肯定遗传了爸爸什么，爸爸怕星星。

也不是怕星星，爸爸怕夜晚的星空，一九九九年春天里他跟两个人走之前的那个夜晚，我才知道爸爸怕星空，不敢抬头看有星星的夜空，而且哭了。北山的家里已经有了自来水，爸爸本准备吃完饭洗个澡的，第二天早上好陪美国来的新表姐夫去甜水湾的大峡谷飞一次。我又有了一个新表姐夫，纯种美国人，手上胳膊上胸脯上全是毛。表姐说新表姐夫还没进化成中国人这样，吃半生不熟的牛肉，每天晚上跟表姐在床上做广播体操，表姐喜欢，说美国是女人的天堂，把银城宾馆的总经理都给吓着了。约翰是代表美国一个大财团被表姐引到银城来投资的，换了三次房间，最后定在最高层的房间。刘副市长笑着说：“约翰可别把银城宾馆给弄塌了，水管爆裂再给银城洗了澡，多浪费水呀！”

甜水湾缺水，因为缺水才叫了“甜水湾”，尽管也属于银城。老天爷更爱城市吧，爱银城，为银城的每个人都安排好了现在和未来。爸爸一点儿都不知道，只知道爷爷病了，回甘家旺看爷爷，有人看见爷爷站在甘家旺的山顶，老说他是一只鸟，要飞向甜水湾的大峡谷，不想再遥望，把青春岁月差点撞上的爱情落到实处。

我知道了，“爱情”无论什么样，记忆总是比现实美，哪怕那是个麻子姑娘。村主任怕爷爷一不小心真飞了，再从甘家旺山顶掉下去。那时候还没有我，妈妈还没有找到爸爸，甚至根本不认识爸爸，不知道城关镇小学教六年级的语文老师会成为我爸爸，个子那么低，可妈妈在还没有见过爸爸之前已经确认了爸爸的高大，田老师好“高大。”

爸爸坐在了五十六座长途汽车上，在最后一排睡着了，一出银城就睡着了。睡得舒坦，在汽车上睡觉很别样，还做梦呢，梦见自己像一只老鹰在空中盘旋，一辆大汽车在孤独地上山，那高高的峻岭……然后被一阵骚乱吵醒。

爸爸眨巴着眼睛，揉了好一阵才醒了，看清楚了，是三个留着大鬓角、穿着喇叭裤流里流气的男青年正在拉扯女司机。那时候去甘家旺的还叫长途汽车，终点站是甜水湾，都知道开车的是一个贼漂亮的女司机，我的大姨。爸爸还不知道她会成为我的大姨，一点儿准备都没有，毫无迹象这么漂亮的女司机后来会是我大姨。

爸爸这才发现汽车停了，三个流氓一个人扯着我未来大姨的头发，一个拽她的腿，还有一个搂住她的腰，从后面还把手伸进她的白毛衣里。她紧紧压住不让他伸进去，那流氓一下就从腰带伸进了她的裤子里，乱摸，那时大姨二十二岁，她无助地边哭边叫，“来人呀！大家帮帮我！”

没有人回答，除了她求助的哭喊，死一样的安静。爸爸坐直了，发现长途汽车停在半山腰，路边有一块像是从天而降的巨石，在阳光下很是刺眼。三个流氓是要把穿着白毛衣漂亮的司机弄下车，拉到石头后面去，这可不行。

爸爸揉着眼睛，爸爸睡着的时候全车人都醒着，爸爸醒来全车五十多个男人都睡着了，只有一个妇女抱着刚出满月的婴儿紧低着头。一车人居然没人听见哭喊，眼看着三个流氓把她抱了起来，爸爸从后排座位上跃起，大声喝道：“住手！”

三个流氓愣了一下，回过头来看见我爸爸全笑了。爸爸站起来也没多高，居然还昂头挺胸地说：“你们干屎的？放开姑娘！”

三个流氓一起哈哈大笑起来，根本不理，抱头抬脚托屁股地把她往车下弄。

爸爸像是在车里飞起来，飞一样地冲过去，一边喊:“都起来！打流氓！”

可是人人都睡着了，醒不来，没有一个人睁开眼，全都低着头。只有一个婴儿在弱弱地哭着，抱着刚出满月婴儿的女人在抖，身体抖个不停。爸爸一个人飞奔上前，像一颗射出去的炮弹，那也是袖珍小钢炮吧，飞到前面揪住一个流氓的脖领子，喊:“住手！你们这帮屃屎驴日的！”

爸爸骂人了，眼睛血红。一个流氓回手就给了爸爸一拳，打在鼻子上，喷出血来，可爸爸坚决不松手，抱住了流氓大声喊:“放开她！”

流氓们哪肯放，像三头狼叼住了一头小绵羊，往下拽。爸爸快哭了，也带着哭腔大声喊:“大家一起上啊！快来呀！”

没人来，听不见，都睡着了，只有婴儿的哭声。爸爸坚决不松手，其中一个穿着花衬衫的家伙踢了爸爸一脚，骂道:“就你个这屃屎驴日的？快松手！打死你！”

“放开她！你们这帮小流氓，反天了！”

三个流氓就放下了大姨，抽出身来一起暴揍爸爸，爸爸紧紧搂住了大姨的脚，坚决不松手，不让他们把她弄下车去，被一阵乱踢猛踹。其中一个穿着军用大皮鞋的人连续狠踩爸爸的头，踩了几下爸爸就什么都不知道了。

再醒来的时候，爸爸睁开血糊糊的眼睛，已经肿成了两条细缝了的眼睛，发现车在动，又开了，往山上开。爸爸抬起血葫芦脑袋，看见了血色残阳，如血的大太阳挂在甘家旺的山顶。

她在开车，头发乱了，白毛衣也破了，裤子也破了，上面还粘上了血，被弄到大石头后面再回来已经不是姑娘了，一看就是被三个流氓给轮奸了。

爸爸艰难地爬起来，三个流氓抽着烟，个个都是很舒服的样子，手里玩着弹簧刀。坐在最前面的家伙回过头，把烟头弹过来，打在爸爸头上，爸爸拨弄一下头发，还好没被点着，三个家伙都在笑。

一车人都皆大欢喜地也在笑，她居然也笑了，然后突然停住车，回过头来指着爸爸，大声说："你，下车！"

爸爸站起来，站不稳，头上脸上全是凝固了的血，睁着两只肿成缝了的眼，对三个流氓说："你们这帮屄屎驴日的，滚！"她说："嘿，傻子，我说你呢！滚屎下去，我不拉你！你这个一等残废！抱着我的腿把手伸进我的裤腿里故意往上摸！流氓，你那屎不行吧？"

三个流氓笑了，一车都比爸爸高大的人也全都笑了。爸爸愣住了，“姑娘，干吗让我下去？我帮过你呀！”她冷笑了一下，说：“谁屌的要你帮？我想跟他们玩呢！你到那块石头上去撞死屌的吧！”

爸爸快哭了，说：“姑娘，你讲道理吗？我是在帮你啊！”大姨也急了，喊道：“谁要你帮？那屌个还没有我家的驴高呢！快屌下车！你不下车我就不开了！”

三个流氓嬉皮笑脸地说：“滚屌下去！”车上的人跟着一起嚷嚷：“下去吧！下去吧！下去吧！”婴儿又哭起来了，抱着娃的妇女说：“大哥快下车吧！我没奶，耽搁这半天娃儿都饿了，赶着回家呢！”

爸爸说：“你抱好你的娃，别跟他们起哄赶我下去！我的包呢？包里有炼乳，给我老爸的，他一喝炼乳有吃的就不哭了！”大姨说：“烦死了！带个小崽子就知道哭！哭个屌呀？下车！”妇女说：“我不下去！”大姨对一个嘴唇上留着一圈小胡子的流氓说：“你，去把一等残废的破包扔下去！他们不下车我就不开！”

一车人都在乱哄哄地嚷嚷，“下去吧！下去吧！下去吧！”车门开了，爸爸被一个光头拎起来，还有一个乘客过来帮忙，把爸爸赶下了车。光头还飞起一脚踹了爸爸，说：“你个尕屌驴日的，不知道姑娘多爽吗？你懂个屌，让三个人干有多爽，美着咧！”

爸爸从地上爬起来，又跌倒，然后又强硬地站起来，指着光头说："你个尿屎驴日的，你是甘家旺村的吧？你等着！"

抱着娃的女人慌慌张张地下来了，有人把爸爸的包从车上扔了下来，包里还真有炼乳，给爷爷买的甜炼乳从包里掉了出来，往下滚，差点滚下去，爸爸扑上去抓住了。

汽车停在坡上，前面就是下山的路。车上的人们哄笑着，车门关上了。爸爸把炼乳递给妇女，说："快让娃喝吧，饿得哭！"妇女一手抱着婴儿一手使劲打爸爸，"都怪你！都怪你！都怪你！"

爸爸好痛，心痛，没见过这样的人，帮她还被她给赶下来，扭脸看往山下开的，好大的五十六个座位的长途汽车，听见了刺耳的汽车喇叭声，回响在山谷，急速地往山下冲。

不是冲，是飞，越开越快，前面就是急转弯，汽车丝毫没有减速，还听到发动机的轰鸣声，大姨还把油门踩到了底，眼睁睁看着汽车冲过护栏，把护栏撞得像是天女散花，飞下了山谷。

没想到汽车也会飞，很久才听到飞翔之后破碎的声音，从很深的地方传来，好久之后才传过来，破碎的声音回荡在山谷中。

爸爸这才明白了她为什么把他赶下车，还赶下来了抱着婴儿的妇女。不让他们死，她带着三个流氓和一车的五十多个男人飞了！没飞高，但飞得很远，落得很深，跌进谷底。

多年以后，是小英子告诉我的这一切，小英子的妈妈告诉她的。她就是大姨不想让一同赴死的那个婴儿。吃了爸爸本想给爷爷的炼乳，也是救了她和她的妈妈，所以小英子才特爱吃糖饼，才爱吃甜的吧！

爸爸并不知道开车的会是我从未见过面的大姨，一点儿准备都没有。妈妈来到城关镇小学找爸爸，手里拿着那张一直藏在褥子底下的报纸，上面有爸爸英俊的照片，扬起手用粉笔指着黑板上“黔无驴”三个字，《银城日报》报纸上的照片。

那是很多天以后的一个早上，妈妈拿着报纸到城关镇小学来找我未来的爸爸。太阳照亮了城关镇小学的操场，操场上有一个面向东面的石台子，爸爸坐在台子上，两脚悬空，晨阳照亮了爸爸，也照亮了被人指点走过来的妈妈。

妈妈看见了爸爸的脸被晨阳照得通红，爸爸后面是高高的甘家旺依稀朦胧的山。爸爸没注意看，不知道走来的是我未来的妈妈，妈妈背对着太阳走过来，身上洒满晨阳，没有照亮脸。要是照亮妈妈，爸爸一定会从台子上栽下来，会以为是掉下悬崖的大姨复活了。

爸爸那时还住在学校的单身宿舍，起来备课老走神，因为也看到报纸了，看得泪流满面。爸爸有哭的理由，为大姨哭，也为那一车的五十多个男人们哭，他们袖手旁观，但罪不当死。

妈妈哪儿知道爸爸是这么想的，看到了爸爸，拿着登着爸爸照片的报纸，带着四点钟就起床烙的一大布袋糖饼，看出来坐在石台子上的爸爸个头那么低，如此瘦小，英俊倒是很英俊，想到了这就是我未来的爸爸，按支使妈妈来的姥爷的话说的“银城大丈夫”，没想到“大丈夫”这么矮小，坐在并不高的土台子上的田老师脚够不到地面，在空中晃荡。

爸爸迟迟没有抬头，没看见跟女司机长得一模一样漂亮的姑娘正一步一步走近，他低头背诵着《黔无驴》的课文，放声念：“黔无驴，有好事者船载已入。”

爸爸感觉到了一个影子出现，被太阳照亮的身影从天而降似的移到面前，抬头，一下没看清妈妈，被太阳刺了眼。爸爸揉了一下眼睛，妈妈含羞而笑，脸比早上的太阳还红，爸爸看见妈妈了，他以为是大姨的鬼魂呢，一下从台子上栽了下来。

妈妈第一次看见了爸爸，就是头破血流的。

第九章

妈妈是从小英子妈妈那里知道爸爸的，知道了一车男人视而不见，各个假装睡着了，果然就都一个个的长眠不醒了。妈妈知道了车上个头最小的男人跳出来救姐姐，被打得很惨，然后在报纸上看到了大英雄。

妈妈把村主任送来的报纸看了好几天。村主任给甜水湾每家都发了报纸，让甜水湾的人记住这个好人。那时候甜水湾的人还不叫爸爸“九爷”，爸爸不是九爷，是田老师。田老师虽然没能拦住甘家旺的三个流氓，但都知道城关镇小学的田老师已经尽力了，爸爸也只能做这么多。

妈妈不识太多的字，但识图，没看出来照片上的人有多刚毅，爸爸被记者描述得十分高大，而且威武英俊，银城好男人，一条硬汉。妈妈怀着感激和敬仰之心来找我未来的爸爸，是大舅让妈妈来找的，说爸爸是一个好男儿，要嫁就嫁这样的人。好男儿就是一身正气，有责任感而且敢担当，哪怕是伤痕累累。

可爸爸不同意跟妈妈好，雷校长知道后很生气。为学校争了光的爸爸让雷校长红光满面，添油加醋到处宣讲长途汽车上爸爸的英勇事迹。沉寂的银城茶余饭后的事本来就不多，人们兴高采烈起来，爸爸成了很多人的话题，雷校长成为讲述人，何况登了《银城日报》，这就是被组织确认了。

爸爸热泪盈眶，发自内心感谢组织，人们来闹洞房的时候没见到新人。爸爸拉着妈妈走了半夜，来到了长途汽车坠下的山谷。爸爸买了祭品，点心、水果和一大把香，在悬崖边摆好了，不是祭奠大姨，告诉妈妈是祭奠那些死去的车上人，那五十多个甜水湾和甘家旺的爷们儿罪不当死。妈妈好像明白了，哭了，抱住爸爸哭了。

第二年，银城迟来的春天有了我，都说我等不得。当时的孙部长抓典型把爸爸叫去接受中央电视台采访，妈妈一个跟头把我摔了出来。爷爷老说我的出生就是一种惩罚，我的一切都是报应，我不认识大姨却跟大姨扯上了关系。妈妈老是不爱听，“我们阿甘也没见过他大姨呀！”爷爷说：“我还没见过马克思呢，不也扯上了吗？”爸爸很生气，说爷爷老糊涂的还真是不行了，爷爷又挣巴了好些年果然就死了。

爷爷爱他的甘家旺，让爸爸把他埋在甘家旺最高的山峰上。可爸爸把爷爷的骨灰撒进了黄河，还说不管是什么样的男人，甘家旺的男人死后都应该葬身黄河。

那天晚上，爸爸带着妈妈从山上下来，天蒙蒙亮到了南山，坐在一块石头上默默地看着黄河，冷冷的月亮挂在山顶，偶尔传来一声客山红的啼鸣。爸爸妈妈都累了，沉默了好一阵，爸爸说："跟我结婚，你不后悔吗？"妈妈把头靠在不高大而且很弱小的爸爸的肩上，说："不，绝不后悔！你说我姐姐不能那么做，我生气了，差点回甜水湾去，可仔细一想你说的也是，那就让我来补偿吧！"爸爸难过得不得了，说："谁做的事谁担着！"妈妈快哭了，结果爸爸先落下泪来，说："我一定好好对你，好好地爱你。"

妈妈跟爸爸结婚，爸爸感谢组织。妈妈有了城市户口，还有了工作，到鸭绒厂拔鸭毛。她一直悄悄藏着那张报纸，压在床的褥子下面，爸爸不知道。

妈妈始终搞不懂照片黑板上的"黔无驴"三个字是什么意思，不知道这是古文，让爸爸补课。爸爸很高兴，说那是六年级的一篇古文。说的是贵州没有驴，一个好事的人坐船带去一头驴，带进了树林。树林里有一只从没见过驴的老虎，这头驴把大老虎给吓着了，所以开篇就讲"黔无驴"。

妈妈学着爸爸拿腔拿调地吟诵"黔无驴，有好事者船载已入"，用崇拜的目光看着爸爸，充满敬仰，记住了三个关键词：驴、船、虎。

对驴妈妈有印象了，我爷爷当年想斗棋，还以驴换马娶个甜水湾的媳妇儿，结果骑着驴被解放军俘虏参加了革命。爷爷没有实现的愿望爸爸实现了，原来爸爸也有驴，爸爸的驴在黑板上，还登在报纸上人人可见。

船，妈妈没见到过船，而我看见了美国阿甘的船。关于虎倒是越来越近，银城发展了要扩建动物园，动物园里光有几只猴子是不行的。

可妈妈还是弄不懂，爸爸到政府大楼上班后不久，有一天晚上妈妈突然一下就懂了，半夜爬起来对爸爸说："我懂了，你就是张处长弄出来的驴！"爸爸吓了一跳，"媳妇儿，你说什么？"妈妈说："你不是张处长带来的，你原本就是银城的驴，让张处长给发现了，哈哈！"

爸爸坐起来，郁闷地说："媳妇儿啊，你比咱儿子阿甘还吓人！知道吗？那头驴后来被老虎给吃了，那谁是虎呀？"妈妈说："刘主任！"爸爸又吓了一跳，沉默了一会儿，说："想不到你还挺深刻！媳妇儿，可千万别乱说，我有点害怕！"妈妈说："你别让我害怕就行了！我还以为你那天带我上山去是要把我推到山沟去呢！"

爸爸叹口气说："怎么会呢？"妈妈也叹了口气，"你不知道你那天脸是啥色儿，太吓人了！"爸爸难为情地说："我高兴，又难过，老是纠结，怕人说我装，按北京张处长的话说，别像去了省里的孙书记那样装孙子，刘主任听到总是笑笑。”妈妈说：“其实没有刘主任才没有你呢！他直接管你，是要把你的关系正式调到政府办吗？”爸爸说：“可能吧，刘主任说了好几次了，他也挺为难的，对我好着呢，可我不想去，想回学校当我的老师！”妈妈悄声说：“你别拗着了，咱家也可以搬到山下去，住政府宿舍的大楼！”

刘主任住在山下，在百货大楼西边的大院里，那里住的都是为政府做事的人，银城最高的七层楼。爸爸归刘主任管了以后，老师总说：“阿甘，没有刘主任就没有你爸爸！”我总是吓一跳，不敢问，怕我亲爷爷伤心。

学校开运动会，老师总安排我鼓掌，她还怕我鼓错了为别的班加油。爸爸告诉我就应该为胜利者欢呼，原来鼓掌是要分人的，并不是每一个跑步第一个冲过拦着布带的人都值得鼓掌。

可老师的话让我好伤心，莫非刘主任才是我爷爷？要不干吗说没有刘主任就没有我爸爸呀？这么大的秘密，爸爸没说过妈妈也不知道吧？

我害怕，不敢告诉妈妈。有一天早晨妈妈去上班了，爸爸被人抬回家，我可以晚一点到学校去给我们班的同学鼓掌了，其实主要是给班长鼓，我知道。爸爸被刘主任和另一个叔叔用担架抬进家放在床上，他们刚出门爸爸就从床上掉下来了，还举起假装握着杯子的手说：“干！干了！领导在上我在下，你说几下就几下！”

我蹲下身想扶起爸爸，悄悄说：“爸爸，刘主任是我亲爷爷？”爸爸一下就醒了，我知道的这个秘密把爸爸吓坏了，惊愕地说：“儿子？刘主任才比我大五岁！”

然后爸爸就吐血了，差点吐到表姐送给我的运动服上。

老师要求鼓掌的人也要穿运动服，表姐就把她小时候的运动服送给我了，虽然不太白了，可袖子上面的红道道还像表姐那样艳。“爸爸，我们老师说没有刘主任就没有你，是真的吗？”爸爸在地上翻了个身，盯着我，说：“阿甘呀，长大你就懂了，可千万别告诉你妈我喝吐血了，爸爸是陪北京来的动物专家，银城要扩建动物园了！”

我点点头，使劲点，然后哇的一声哭起来，“我不要刘主任当爷爷！”爸爸又吐了一口血，艰难地坐起来，说：“阿甘，你爷爷秋天不就死了吗？你爷爷喜欢秋天，老说将来死也要死在秋天里，看哪儿都是粮食，踏实！你爷爷实现理想了，是银城最幸福的人，好多活着的人都实现不了理想，你亲爷爷连死的理想都实现了，幸福着呢！”

我知道了，说：“放心吧，爸爸，我不跟我妈说你是被刘主任抱养的，我去运动会鼓掌了啊！”爸爸一把拽住我，说：“你别告诉你妈我吐血的事！阿甘啊，有一天爸爸不在了你可怎么办呀？”我拍拍爸爸的肩，说：“没尿事，我找你去！爸爸去哪儿我去哪儿！”爸爸又躺在地上，说：“天啊！可不行，我的好儿子！”

刘主任让人给我家屋子吊上了顶棚，顶棚上是彩云，爸爸以为看见天了呢。老师说银城接管了好些个县以后，银城真的变成大城市了，还都说再用不了几年刘主任要当副市长了，一九九八年还真就当上了，有人说九爷也是功不可没的。

爸爸到政府大楼上班后，每次从火车站接来客人第一件事就是吃饭。饭局总是很大，一个客人到银城来，要由十九个政府的人陪着，无论客人是北京哪个部或省里哪个机构来的，刘主任总能恰到好处地把银城政府相对应的人做出安排，围着两张大桌子坐了。这时候爸爸就不再重要，客人也从来不误解这点，只是密切关注爸爸是不是给已经当了市委书记的王市长往酒杯里倒水。

刘主任安排爸爸的任务是给还兼着市长的王书记酒杯里倒矿泉水，一旦被客人抓住了，爸爸就变得非常重要了。爸爸给原来的孙书记现在省里面的孙副书记往酒杯里倒了矿泉水，张处长一下就发现了，要罚爸爸喝酒。

秋天的时候张处长又来银城了，张处长再来银城我已经没有什么再可以得的重要病症了，就轮到了爷爷。爷爷老是住院，爸爸老是接到病危通知书。爷爷已经不说自己是一只鸟了，忘了自己是谁，开始老问自己是从哪儿来的，这是要往哪里去？城关镇医院的院长惊讶地发现爷爷开始研究哲学了，我就明白了研究哲学就是日子过得不好了，能问出越深的问题就是离死越近了。

妈妈拿着爷爷的病危通知书，带着我离开医院找爸爸，我就看见了十九个人和两大张桌子。爸爸站在张处长面前，把一大杯白酒举起来一口喝光了。这情景把妈妈吓了一跳，因为爸爸不会喝酒，爸爸从我爷爷那儿继承了一些东西，比如银城无敌的斗棋，可喝酒这件事一点蛛丝马迹都没有。

妈妈拉着我的手紧张地从窗户外面望着屋里。孙书记从省城赶来陪张处长，显然已经知道了张处长的厉害，牙痛到半边脸肿起来都愣说牙没疼，痛说银城发展，还提到了一号文件。我不知道什么是“一号文件”，妈妈知道，说每年元旦过后北京都会有个“一号文件”，是说农民的，让姥爷大舅能高高兴兴过个年，但别当真，过完年就赶紧忘了吧。爸爸听到以后非常不高兴，说妈妈没觉悟，妈妈也不高兴，说爸爸跟拔鸭毛的较什么劲呀？爸爸就语重心长地告诉妈妈，银城再发展粮食也是不能丢的，这就是张处长来银城的重要性。

上午十一点多妈妈给爸爸打电话说：“他爷爷要死了，有比死人更重要的吗？”刘主任接过电话说：“弟妹呀，不怕人死，政府的任务就是让更多人活下去，而且活得一天比一天好！”妈妈就不说话了，放下了电话。

爷爷的嗓子被切开了，插进了一根管子。我要告诉爸爸我爷爷以后唱不了大雪呼啦啦地飘了，看着爸爸又干了一杯酒，摇晃着说：“张处长，我真的不能喝了，眼睛都看不清了！”张处长说：“这可没法儿证实，你不喝就得罚老孙，这笔账本来就该算到孙副书记的头上，他忒不实诚！”爸爸紧摇头，说：“跟孙书记没关系，是我给倒的水，都怪我！”

爸爸说完求助地看着屋里的人，希望有人来救他，至少刘主任该帮爸爸说句话，可刘主任不说话。爸爸的想法很幼稚，所有的人都不看爸爸，齐齐地望着张处长，只有爸爸一个人望向窗外，居然没看见妈妈和我，看见了天上有太阳，大声说：“月亮都上来了，张处长，再去下盘棋吧，这回你想赢还是想输呀？”孙副书记捂着肿起的半边脸生气地说：“小田同志，那不是月亮，是太阳！张处长说是不是？”

爸爸让我吃惊，已经日月不分了，让孙副书记很生气。

张处长甩开手里的扇子，说：“不知道，我不是本地人。”

爸爸说做人一定要柔软，这样才不受伤，有事也伤不着自己。我不懂，就问为什么柔软不受伤？爸爸说：“牙硬，舌头软。你爷爷年轻时就少了好几颗牙，你爷爷爱吃大豆把牙给崩掉了，可多硬的东西也伤不着舌头，千万不要自己的牙咬了自己的舌头，那就不好了，懂了吧？”

我懂了，这是刘主任到我家教我爸爸的。秋天爷爷死了后刘主任又来我家了，送给爸爸一个BP机，有事可以随时呼到爸爸了。刘主任有了一个总拿在手里的大电话，叫大哥大，放在桌子上要吃妈妈的拉面，夸妈妈是全银城拉面做得最好的人，筋道、柔软。

妈妈做好了，端上来，刘主任把一大口拉面放到嘴里舒服地嚼着，说："人活着身体就是柔软的，像弟妹越活越好越柔软啊！人死了才僵硬，像老田头直愣愣地挺着，终于知道去哪儿了。九爷听明白了吗？柔软是生机，僵硬就死屎的了！”

爸爸说："主任，你对我们家这么上心，放心吧，我懂柔软！”刘主任说："你有这么漂亮的媳妇儿，当然懂柔软了！拿酒来，我跟弟妹喝两杯！”爸爸说："主任，我们家人都不会喝酒，家里也没备下酒！”刘主任说："这可不行，我回头让司机给你搬两箱茅台来！王市长当了书记更看重你了，你天生目标小，不张扬，哈哈！”爸爸说："那可得谢谢他爷爷，幸亏阿甘随了他妈，将来能长大个，要谢甜水湾！”

“你别老屎的惦记着甜水湾！把大妹子都娶到家了还想怎么着？”刘主任说："不光喝酒，你唱歌跳舞都要好好练，这可是责任！”

爸爸知道了，说："好吧！主任，我练！”刘主任又说："你可别学孙书记呀？要学张处长！遇事儿学张处长，人家张处长敢想敢说，敢作敢为！”爸爸使劲点头，“那是，放心吧，主任，我更会敢作敢当！”刘主任很高兴，“这可是你说的？”爸爸说：“在政府大楼上班跟主任你学了好多东西，每个人都是要担当的，好干部就是要有事自己扛！光自己扛还不行，要能替领导扛！”

刘主任别提多开心了，拍了爸爸的肩一下，说：“早点儿认识你就好了！咱们可以成为一家人的！”爸爸说：“不可能吧？我要不认识我媳妇儿，就见都没有见过你表妹，她不在城关镇医院了，去㞞哪儿了？”刘主任说：“她进步太慢，怎么跟得上银城发展的脚步？我找人送她到北京协和医院学习去了！她很行的，都敢解剖死刑犯的尸体了，她有路子自己找的！九爷呀，要是把你一个人放单飞行吗？”

“可不行！”爸爸说，“我可不离开银城，死也死在银城！”

爸爸没有什么敢想敢说的事儿，现在敢作敢为方面的经历开始多了。首先是喝酒，爸爸原本不会喝酒，陪了张处长从北京介绍来的动物园专家，城市变大了不仅要有高楼，还要有动物园，没有动物园的城市就算不得是大城市。

可爸爸第一次没有陪好动物专家，深感失职。刘主任说：“九爷啊，现在不兴下棋了，开始时兴唱卡拉 OK 了，叫 K 歌，那机器是日本发明的，日本人把伺候全世界方面做㞞的不赖！”爸爸说：“肯定不赖，日本很会把世界各国人民都伺候舒坦了。”刘主任说："王书记年前去北京各部委进贡，发现北京很多厕所的茅坑都装了日本马桶，日本人造的马桶特别好，叫脱脱，脱脱拉屎，拉屎脱脱，哈哈，一冲水屎就全都下去了，坑里一点屎都屎的粘不上！"爸爸说："日本人很会拉屎呀？"刘主任说："他们还特别会放屁呢，肯定太臭了，所以对拉屎放屁有研究！银城对外开放了，K 歌也得跟上，方方面面来的人多，可你连喝酒这关都没过，怎么能做好接待工作呢？"

爸爸深感羞愧，红了脸面。刘主任说："要练，九爷就要放大胆子练！练酒练的不是酒量，是胸怀。其实九爷是懂得的，你跟张处长说过的'和'，一个'和'字好生了得！你说棋道讲一个'和'字，可下棋怎么着也得论输赢，天下事一论输赢关系就越来越远，酒可是越喝越近，才最能体现你说的那个'和'字！有了'和'，就可以高高兴兴唱歌了，唱出一个新银城！"

爸爸懂了，既高兴又感动遇到一个好领导，更有教爸爸做人做事道理的张处长。打那以后爸爸每天早晨起床第一件事就是喝一盅茅台酒，脸色红扑扑地到政府大楼去上班，透着喜庆。他第一次喝了一杯酒刚出门扑通一个跟头就栽倒在院子里了，妈妈急忙出门扶起爸爸说："九爷，你这是干什么呀！"

北京动物专家再来银城的时候，爸爸就很能喝酒了，一共住进五次医院，有两次是被抢救过来的。妈妈对刘主任说：“主任啊，你看他把自个儿弄得这个样子，还是让他回学校去教书吧！”刘主任笑笑说：“好弟妹，九爷前天是棋王，昨天是酒王，现在是舞王了！明天呢？那就是澡王！”

妈妈不懂，我也不懂，世界上怎么还有了“澡王”？妈妈有些担心了。刘主任吃完妈妈做的拉面走了，妈妈说：“刘主任咋那么喜欢吃拉面呢？”爸爸说：“刘主任是喜欢吃你做的拉面，刘主任哪儿的拉面没吃过？”妈妈说：“他干吗也叫你九爷呀？”爸爸笑笑说：“想把我叫老一点呗，透着他年轻！”

妈妈心神不定地说：“他有点怪怪的，咋对你这么好？还给咱家装了天花板。”爸爸说：“还要装木地板呢，我没让。”妈妈说：“那会儿他还跟我说，要给咱家接上自来水呢！这可怎么好？”爸爸说：“可别让主任接，咱俩要顶住！刘主任看出来张处长对我好，官府的圈子，这里面可有门道！都说孙书记没当上副省长，就是把张处长气着了，跟京官较劲还能有屎好？张处长就是看不惯孙书记这样的人！他还说再来银城要吃你的拉面呢，都是刘主任给夸的，多好，一定请张处长来家里吃！”妈妈说：“那你喜欢不？”爸爸说：“我媳妇儿做的拉面，像我媳妇儿一样天下无双！”

爸爸喜欢吃妈妈做的拉面，我也喜欢，但我和爸爸更喜欢妈妈做的馅饼，刘主任没吃过，不知道，妈妈只给爸爸和我做。妈妈做的馅饼面薄得像张纸，油汪汪，能看见里面的馅却不破皮。爸爸说哥伦布发现新大陆时必是到过甜水湾，甜水湾的女人都会做馅饼，他回去给忘了馅是怎么放进面里的了，只好把馅放在外面，叫比萨，真傻。爸爸说西方人也不是什么都先进，做馅饼这件事还不如甜水湾呢。

银城有了第一家比萨店，比麦当劳晚，每次选址都是爸爸陪着声势浩大的外国人，找银城最好的地段。他们到银城不是来给银城人民做饭的，爸爸说是来做文化的，更像是做房地产的，专占好地段，政府倒是可以通过房地产挣到无数的钱。刘主任拍拍爸爸的肩，说："九爷再当老师可真是屈才了！我跟教育局打好招呼了，九月阿甘就念中学了，开学阿甘就去一中！"爸爸说："主任，不考试进一中，那好吗？"刘主任说："怎么不好？九爷为银城的发展做出了巨大的贡献，这点屎事儿是应该的！"

可我更关心动物园，爸爸说动物园会有的。星期天妈妈给爸爸做馅饼，可爸爸不吃，难为情地说："我没时间吃馅饼。"妈妈说："不是说好了今晚不用陪人，在家里吃饭吗？"爸爸挺难为情地摇摇头，"我不告诉你。"妈妈说："你干吗不告诉我？"爸爸说："怕你生气。"

妈妈没看爸爸，剁着肉馅，“金厂长说，现在都叫他金总了，现在的干部不爱交公粮，时兴的是一房一妻制。老公不交公粮，老婆难免就会到外面自己寻着吃的，你说是吧？”爸爸笑了，说：“我媳妇儿才不会呢！”我说：“妈妈真傻，公粮都是交给国家的！”爸爸埋怨妈妈说：“你看你！”妈妈说：“那你不吃完饭，到底干吗去？”爸爸说：“那有饭。”妈妈把剁肉馅的刀放下了，“你可真行，真成九爷了？这是去哪个女人的家呀？她还管你饭？”

爸爸在屋里走来走去，像是很难开口，妈妈说：“别转了，你转得我头晕，今天不许你去陪人卡拉 OK！”爸爸说：“现在不兴唱卡拉 OK 了。”妈妈说：“甭管又兴什么了，在家吃饭，我不让你去！”爸爸说：“不行啊，刘主任呼我了，马上过去洗澡。”妈妈拿起了菜刀，吓了一跳，“什么？洗澡？刘主任原来是同性恋呀？我说他离不开你呢，还带九爷去洗澡？”

“你吓死我了，快把刀放下！”爸爸真的是吓了一跳，然后不好意思，挠挠头，说：“现在流行洗澡，我得陪从北京来的动物园专家洗，上回打保龄球就没陪好！”妈妈才吓了一跳呢，说：“妈呀，还你们三个人洗？”

爸爸的脸红了，说：“哪是三个，一堆人呢！”妈妈快哭了，“这改什么革开什么放呀？社会乱，你们政府里也乱了？”爸爸的脸都吓白了，“媳妇儿，媳妇儿啊，可不敢胡说！北京来的动物专家要洗，这是我的事儿，刘主任上火了是去拔火罐的，我得请专家洗！”

“这北京缺水也不能缺成那样吧？跑到银城来洗澡？还要你九爷陪？”妈妈彻底糊涂了，爸爸没有糊涂，说：“得陪，这是我的工作，我在接待科就得做，媳妇儿！”

妈妈还是不明白，着急地说：“九爷呀，你斗棋，陪喝酒陪唱歌是工作，我懂，不拦着你，可一个大老爷们儿，不，你是白白净净的小老爷们儿，陪洗澡叫啥工作呀？”爸爸使劲叹口气，把气儿喘匀了，说：“媳妇儿，也不叫洗澡，叫桑拿，桑拿浴，实际上也是洗澡。”

“不还是洗澡吗？”妈妈想不明白。我说：“爸爸你真傻！”妈妈说：“阿甘，别叫他爸爸了，你爸爸是九爷，以后咱俩都管银城的这小个子大英雄叫九爷吧！九爷呀，明天你给我找个地方，带上阿甘，我们娘俩去洗洗脑！我的脑子不灵光了，可跟不上银城这发展速度了！九爷啊，你可别把我们娘俩给扔下自己飞了！”

爸爸要去陪动物专家洗澡，难为情地下山了。妈妈没心思做馅饼了，看着我，苦笑了一下，说：“阿甘，你爸爸又该成洗澡王了！”我点点头，表示同意，知道妈妈这时候需要一个支持者。

银城变化太快，我无话可说，爸爸已经是棋王、酒王、歌王、舞王，现在又成澡王了。这就是银城的进步史，银城的发展史，我为爸爸高兴。可妈妈对爸爸要成为“澡王”多了些担心，事情好像变得有些奇妙了，妈妈放不下，说：“工农浴室改成了哥伦布洗浴中心，姓金的也老要带我去洗澡，怎么回事呀？”

妈妈无法理解银城会发生这令人难以置信的事，不期待我能做出什么回答。金总，那个长着大龅牙的鸭绒厂厂长，不是的，现在改成了厚加厚爱羽绒公司总经理的金总也要妈妈去洗澡？是要妈妈帮他刷刷大龅牙吗？好恶心，当了总经理连牙都不会刷了？可别学孙书记，要去当副省长之前有一段时间连雨伞都不会打了，无论下不下雨有没有太阳后面都有人给打着伞，有家也不回，住在银城宾馆。为了贯彻落实改革开放后加强女干部充实领导班子的要求，天天找要求进步的女干部谈话，进了孙书记房间的女干部，有的笑着出来，有的抹着眼泪出来，只要进去的出来都有变化。

妈妈不太自信地问我，我也没做好要回答什么，其实也不是问我，只是自言自语，在跟自己对话。我经常自己跟自己说话的，一个人的时候，拿着小时候表姐给我买的飞机在手里不仅能飞半天，还能战斗，嘴里嘟嘟着打仗，非常投入，因为每次战斗我都百分之百地赢了。听见妈妈跟爸爸说：“你是九爷，跟刘主任说说再要一个吧？刘主任一定能给办下指标来的。”爸爸每次都不高兴，“你说什么呢？我只要我儿子，就阿甘！”我大声说：“妈妈？你是说还想要一个孩子吗？我给你指标呀，告诉刘叔叔我同意，你就跟刘叔叔生一个吧！”妈妈惊讶地说：“这孩子！”爸爸说：“媳妇儿，以后可不能当着孩子的面乱说话，阿甘长大了！”妈妈说：

“那好吧，以后可不敢说了！”

我看出来了，妈妈不太自信。我心目中一直以为爸爸是“笑王”，爸爸在所有来银城的客人面前有着温顺的微笑。爸爸太爱笑了，太会笑了，笑是他的职业，笑得两只眼睛像花儿一样，还只是准备笑的时候，两只眼睛就已经像两朵花一样绽开了。

爸爸是一个体面的人，个子矮，像老师说的是个小人物，可别把自己累着，太把自己当回事的人就会累。妈妈更怕爸爸累着，总说：“九爷呀，你是一个小人物，千万别累坏了自个儿！”爸爸同意，当然知道九爷是个小人物，小人物才会为银城做大事情，就像课书本里说的“历史是人民创造的”。可爸爸这样的“人民”太瘦小了，妈妈说，狼看到又瘦又小的爸爸也会伤心落泪的。

这我没把握，我没见过狼，爸爸也没见过，不知道狼会不会像妈妈说的那样不忍心张开嘴还没有吃九爷倒先落下泪来。爸爸需要要陪北京来的动物专家洗澡，多难洗也得洗，因为银城要把只有几只猴子的动物园扩大。没有老虎的动物园就不算是动物园，动物园里只有猴子的城市就不是一个好城市。

银城的日子越来越好了，人们需要动物园，大家都开始喜欢动物了，爱动物，连流浪狗都有人照顾有人管了。改革开放前的银城绝对看不到流浪狗，一出来就会被人抓住回家给炖了。爷爷说大山里的狼都少了，银城刚解放时还能看见，再后来就看不见了。爸爸学习洗澡，就是说，我离看到狼的日子不会太远了。

“走，阿甘，我们找你爸爸去！”妈妈坚定地说，“不许九爷洗澡！洗什么桑拿，还土耳其，怎么不意大利呢？别罗马帝国了吧？”我听不懂，“妈妈，什么意思呀？我听不懂！”妈妈说：“我也不懂，那个姓金的大龅牙说的，他出趟国去了趟阿姆斯特丹回来好像懂了好多，在他大办公室的里屋还做了个玻璃窗户，非让妈妈坐进去他要看，还说这就跟国际接轨了！”

妈妈真了不起，不是那个金总要妈妈像他在一个叫阿姆斯特丹的地方一样要妈妈坐进玻璃窗里，而是要行动，这是一个了不起的决定。妈妈从来不惊扰爸爸，爷爷好几回“病危通知书”发下来都没有死，脖子上插了一根管子救活了爷爷，那根管子可以让爷爷喘气。爸爸去的时候不喜欢那根管子，难过地拉住了爷爷的手。

我得大脑炎那回爸爸来看我，也一直拉着我的手，整整一夜，我每次醒来手都被爸爸紧紧攥着，他睡着了。我的腿不好使了以后，爸爸痛苦了好长一阵子，每天把我从床上抱下来，试着让我像过去那样走，爸爸没有成功。妈妈说：“这可怎么办呀？”爸爸抱住了妈妈紧摇的头，像妈妈搂爸爸那样，不让妈妈的头摇，说：“遇上了，就得胜了它！”妈妈忽然泪珠滚滚，捶打着爸爸说：“我们最需要你的时候，为什么你总不在呀？”

出家门的时候，妈妈语重心长地说：“阿甘，到工农浴池后，你进男澡堂子去看看你爸干啥呢？”我知道，这是妈妈带上我的目的，我说：“到澡堂子里洗澡呀？洗头洗屁屁，也洗脚。”妈妈同意，点点头。妈妈知道我话里的全部内容，就是到澡堂子里洗澡就不用妈妈帮爸爸洗脚、揉脚了。

在家里妈妈经常做这件事。爸爸当“舞王”的时候，让省城里来的阿姨们好高兴，喜欢和九爷跳舞，矮矮的阿姨也显得高大起来，九爷又瘦，衬托着阿姨们个个很丰满。她们本来就丰满，丈夫都是在省政府里做事的，到银城大山里的七八七买些金子，没人知道七八七是做什么的，好多好多电器原件上都用金子。

她们说九爷也是银城的金子，在幽暗的舞池中闪亮，可没人能看见爸爸，只见一个又胖又高的大阿姨在那里旋转，爸爸太瘦小被淹没了。其实是一个女人的旋转，爸爸只不过是一个支点，让女人起舞，妈妈说不对，九爷是让银城起舞。

爸爸跟妈妈说那个胖阿姨就是张处长的“担挑”，带着省政府里的阿姨们总爱到银城来，瞒着丈夫拿着神秘的条子来七八七买黄金。那些神秘的工厂在银城但不归银城管，银城只管服务，当然能服务好省城来的阿姨们，刘主任嘱咐九爷的，交代给九爷的事全都放心。

那几天爸爸回到家脚都肿了，妈妈帮爸爸揉脚，嬉笑着说：“九爷，我也为银城发展出力了啊？我在揉银城的脚。”

爸爸吓了一跳，疲惫地说：“媳妇儿，太夸张了，你怎么也学会把小事儿放大呀？”妈妈说：“九爷的工作怎么会是小事呀？照我看都挺大的！你又不是照片，我放大什么呀？哈哈，对了，你是照片，银城的大照片！”

爸爸说：“媳妇儿，你太夸张了！”妈妈说：“不夸张！刘主任说到银城的客人都喜欢你，我也喜欢。”爸爸说：“喜欢就好，刘主任说从我到政府大楼上班后，你一直也在为银城发展做贡献呢！”

妈妈说：“那可不，人人都得做贡献才是！银城发展了，国家发展了，真的跟我们有关系吗？”爸爸说：“当然有啦！阿甘出生不久就取消了布票，购货本也没了，再后来买粮食也不用粮本了！那些省城的婆娘们说，以后就连鸡都会拆着卖呢，鸡翅膀是鸡翅膀，鸡胸脯是鸡胸脯，鸡腿儿是鸡腿儿，谁想吃哪儿就买哪尿的！猪肉更是随便买了，牛奶鸡蛋更是随便！”妈妈说：“九爷骗人吧？我不不信呢！”

爸爸喜悦地说：“还有你不信的呢！那些婆娘说以后没人穿的确良布的衣服了，喜欢棉布的，还流行劳动布呢！”妈妈说：“真的假的？劳动布？就是我拔鸭毛穿的那种工作服？”爸爸说：“对！刘主任让我陪过一个客人，说是要投资你们，生产劳动布裤子，叫牛仔裤。”妈妈说：“不带这样的，你就哄我吧九爷，不过听着也高兴，快洗吧，今晚可得来一盘！”

往后大概就涉及了爱情。爸爸像一只猴子，妈妈也像一只猴子，两只猴子抱在一起欢笑。我被吵醒了，说：“你俩笑啥呀？我还以为闹鬼了！”妈妈说：“这孩子！”爸爸撩开帘出来了，说：“阿甘，告诉你一个好消息，银城要建新动物园了！”妈妈穿着睡衣也出来了，笑嘻嘻地说：“阿甘，你喜欢大老虎吗？”我说：“我喜欢狼，我要看看狼见到我爸爸的时候会不会哭？”

这个黄昏后，火红的太阳挂在甘家旺的山顶，让秃山有了颜色。放眼望去，数不清的烟囱冒着黑色的烟、黄色的烟，也有灰色的烟，一起升腾飘向晚霞，把天空尽染，形成一抹抹、一团团的烟色，烟之色。

爸爸说有一种画就是这样的，用斑驳成块的色彩画在布上，说画家也到银城来过了，喜欢银城的天空，林林总总的大烟囱，还有硬朗的山、彩色的云，把它画下来到北京一个叫美术馆的地方去展览。也有坐飞机到国外去展览的，好多人都看见了色彩斑斓的银城，硬朗的银城。可我觉得看那些涂抹得乱七八糟的画看上去一点也不美，看画的人不知道，不知道我们做课间操的时候经常会喘不过气来，空气中有一种刺鼻子的味道，会弄得嗓子和胸口很疼。

爸爸说银城需要造纸厂、化工厂、染色厂和小冶金厂，没有这些工厂银城就不会有高楼大厦，马路也不会加宽，加宽的马路也不会有更多的过街天桥，甚至没有更多的公共汽车开向四面八方，银城好像一夜之间就活了，鲜活。

下到山底我回头看我们家的北山，高高低低不规则的人家炊烟袅袅，夕阳下炊烟的金色在升腾，飘向山顶，入了云彩。

西边一片平房正在被拆除，就是说动物园建到离我家很近的地方，原来的地方要建成银城中心，用不了几年政府大楼都要迁到老动物园去。以百货大楼为中心，市委大楼和政府大楼都要被拆了，盖起很高的楼，爸爸说凡是看到银城十年发展规划的人无不激动万分。

夕阳西下，被拆的房子像是经历了一场战争，残败不堪。就是说我们家离狼和野兽们的日子很近了，越来越近。我不知道喜不喜欢生活在这个城市里的位置，多么奇妙，多么有趣，多么让人容易做噩梦的位置呀，就问妈妈，“妈妈，狼万一哪天跑出来，到家里来找我爸爸怎么办？狼会来找九爷吗？”

“阿甘，你说什么？”

我知道妈妈的心思不在这儿。妈妈比过去多了一点不愿说的心思，就是银城开始四处飘逸着像仙女一样的小美人。她们一到晚上就像幽灵一样在银城飘来荡去，黄叔叔又抓住了一个。黄叔叔辞职了，成立了银色文化传播有些公司，爸爸开始叫他黄总了。学校也在悄悄变化，体育老师搬出了宿舍，也离开了学校，墙上的玛丽莲·梦露开始变得灰蒙蒙，尘埃弄脏了她巨大的双唇，看不清了。

我们小学很多男老师都走了，他们说有更需要他们的地方，这样我们小学几乎全是女老师了，说话都开始软绵绵的。我们就生活在一个充满母爱的软绵绵的银城，男生好像都比过去娇气了，包括班长。

我很快会讲到班长，孙副书记的宝贝儿子，还没有去省城，就要去了，说好了，那天我们都要送他。小英子最要送了，一提起班长要走她就要哭，这是让我最难过之处，好在班长就要走了，没有人能够再跟我抢小英子了。

我喜欢她，爱她，不懂得爱时都喜欢爱。但小英子真的是爱我，我不说，谁都不能告诉，真的，我答应过小英子。

妈妈拉着我过了三条街，三条街的墙上都写满了“拆”字，还画了一个圈。刘主任说邓小平在地图上画了一个圈，就有了让人羡慕的深圳。那好像是一个生产电子手表和雨伞的城市，也制造各式各样的女人袜子。黄叔叔的公司就把那些东西弄到银城来。班长戴着电子表上学了。

上了过街天桥，已经装了霓虹灯的百货大楼发出灿烂的光芒，旁边原来的粮店、邮电局都没有了，被挡了起来，上面画着图画，叫“哥伦布洗浴中心”。哥伦布发现了新大陆，不知道是谁发现了银城。爸爸跟刘主任说：“主任啊，银城发展这么快，吸引各路神仙到银城投资，现在又流行气功了，我是不是也学学？”刘主任说：“打住，九爷你给我打住！阿甘的表姐要来，带着美国的一个大财团，你还是练练飞吧！”

爸爸差点要学气功，被刘主任给制止了，因为爸爸不需要接待哪方面来的气功大师。下了天桥，看见了霓虹灯，太阳还没下山已经亮了起来。哥伦布洗浴中心门前停着好多小轿车。多年以后小英子告诉我，这地方是银城的动情处，跟我老是弄不懂的套套有关，而且银城人心照不宣。

我还是不懂，小英子说我太笨了，还真就是银城的一朵奇葩，像九爷。小英子老说银城有两朵奇葩，我是奇葩我高兴，何况有爸爸。小英子比我大一岁，女生比男生知道的好多事儿都要早一些。我喜欢甜水湾的女孩，小英子跟我妈妈一样长得都像画上的人，甜水湾的女人都美丽。

我让妈妈给她织了一件毛衣，春天里小英子穿上橘黄色的毛衣更好看，她喜欢我妈妈给配上的白围脖。妈妈特别会织毛衣，一晚上就能织出一条粗毛线的围脖。小英子惊叹我妈妈不光是手巧，而且如此会搭配，说黄毛衣代表土地，而白毛衣就代表水了。

我说她总把白围脖两头垂下来呢，就是甜水湾的两条瀑布吧！

妈妈也穿着黄色的毛衣，土黄色的，系着白围脖，脸红扑扑的更好看。刘主任就老夸妈妈长得个高，却过于精致了，说果然一方水土养一方人。老天爷是公正的，把美丽得出奇的女人落在了甜水湾。

妈妈拉着我的手，正要走上哥伦布的台阶，一辆大吉普车开过来停下，跳下来了金总，看到我妈妈惊愕地龇着大龅牙说："嘿呀，大妹子，我要带你来洗你老不肯，自己来了？"

妈妈居然一下躲到我身后，说："金总，我不洗！"金总看着我，"哈哈，这就是你的傻儿子吧？活着真浪费，没尿的九爷有用，应当把他拆成零件卖了，瞧那眼睛长得跟女孩子似的，走路费劲早把心脏练出来了，肾留着更没用，童蛋子的肾尿的更值钱，你一下就是百万富翁了！"

妈妈用双手蒙住了我的眼睛，说："你太缺德了！把你才该拆成零件卖了呢！可你这大龅牙谁要呀！"金总不生气，可能在公司里早已经习惯妈妈的抗争了，说："男人不坏女人不爱！要给咱们投资牛仔裤的老板正好瞎了一只眼，你先把阿甘的一只眼角膜捐了吧！你儿子一只眼足够了，你们全家都为银城发展做出了贡献，你儿子两只眼也浪费呀！"妈妈的两只手在我眼睛上气得直抖，"阿甘才不傻呢！你傻！你们全家都傻！"

金总哈哈大笑，说："我可不忍心说你们全家三口！我老跟你说你特㞞的像小芳，我后悔老鼻子了没娶小芳！你比小芳美，就是一幅画！当年把你招进来晚了一步，让田傻子抢先一步！"妈妈说："那你可拦不住！今天怎么又冒出来个小芳？小芳是谁呀？你又弄了一个小芳到总裁办？我说改成公司后奖金倒越来越少了，你口味真是重，弄了一帮孩子他妈到总裁办，公司开支能不大吗？"金总说："小芳呀？就是长得特㞞像你的那个小芳呀？我妈妈的妹妹，我六姨家的闺女，这《婚姻法》乱搞，近亲还㞞的不让结婚！"妈妈说："我怎么会像你大姨家的小芳呢？"我知道了，说："妈妈我知道，我姥爷跟他六姨睡过觉，所以就生出个小芳长得像妈妈！"妈妈吓了一跳，却笑了，"这孩子，阿甘，可别瞎说！"金总的脸一下绿了，愤怒地说："你儿子哪㞞傻呀？我看你们一家子都是㞞的装傻充愣呢！"

金总仰着绿脸进了辉煌的哥伦布大门，妈妈扑哧一下笑了，说："阿甘，妈也奇怪，你到底傻还是不傻呀？还挺会骂人的，骂得好，他就该骂！"我说："妈妈，我才不傻呢！"妈妈说："太好了！我们阿甘才不傻呢，快进去看看你爸爸怎么洗澡的！"

我和妈妈刚进去，看见一根胡萝卜正从一个小门出来。那本来就不像门，有一幅画，上面是一个上身裸露的外国女人拽着正要掉下去的裙子。她动了一下门开了，爸爸是破门而出的，晃晃悠悠地游荡出来了，我和妈妈一眼都没有认出来，没认出红通通的爸爸，像根胡萝卜一样令人怀疑的九爷。他第一次蒸桑拿，刚走出小门就扑通一头栽倒了。

爸爸栽倒惊动了许多人，他们都认识九爷。刘主任从紧急逃生门慌慌张张跑出来了，身上裹着一条大浴巾，说："我的九爷呀，哪儿有刚蒸完就走的？快到休息厅去做个足底，再上二楼做按摩大保健，经理正给我介绍冰与火呢，你跑什么呀？"

妈妈张大嘴愣愣地看着，认出是爸爸，一步上前扶起爸爸来，心疼地说："你干吗呀？谁把你给煮了？"刘主任愣了一下，笑了，"弟妹呀？你来了？不是煮，谁敢煮九爷？是蒸的！"妈妈难过地说："谁这么缺德？干吗蒸了我老公呀？"

这是一个问题，居然有人把爸爸给蒸了，他们要蒸了九爷。爸爸喘了几口大气，说："我自己蒸的，叫土耳其汗蒸！"妈妈说："咱又没招谁没惹谁，土耳其干吗蒸你呀？"刘主任哈哈大笑，说："弟妹你太可爱了！九爷习惯就好了，这就跟抽大烟似的，有个两三次就得上瘾！"妈妈急了，说："刘主任，你还让他抽大烟？"刘主任笑得拢不住，笑弯了腰，浴巾差点掉下来，赶紧抓住，说："哪儿能呀，弟妹，这叫桑拿，土耳其蒸房，在木屋子里架个大火盆子，往上浇水，我刚才浇太多了把九爷给浇跑了，撞紧急疏散门出来了！"

爸爸危急时刻还能找到紧急疏散门，真好。可妈妈还是心疼得不得了，说：“银城发展碍土耳其什么事儿了？土耳其也太缺德了！”爸爸喘上气来了，喘着说：“这就跟上银城的速度了！”妈妈说：“速度太快也不好，要出人命呢！”

第十章

妈妈变得沉默寡言了。冬天到了，北风总是呼呼地吹，风也冷吧，想钻进我家来暖和暖和，使劲地挤进门和窗户，发出很疼的响声。风很疼，风也疼，我就对爸爸说了风疼的事，爸爸惊讶地看着我，一下把我搂在怀里，夸我聪明，有奇才，那我就像爸爸一样是银城的奇才了，都说九爷是奇才。

又一个春天来了，还没好好领略它，春天就走了。春天总是很短，银城春天的象征意义总是大过实际意义，因为没有树木，人们看不到春天，不得不脱下棉袄棉裤的时候才知道春天来了。原来银城的春天是看不出来的，是感受出来的，当必须脱掉御寒的棉衣时才知道春天来了。

爸爸说，银城很快就会“看见”春天，划出好大一片地种实验林，寻找和改良在银城可以种的树。到了那一天，银城人不再是感受而是实实在在可以看到春天了，那就是花了，花儿开了，可以看见，到了秋天会更美。刘主任判断银城可以种枫树，如果实验成功，用不了多久，二十一世纪的秋天里，红叶会把银城染红，上百万片的枫树红叶会让银城的秋天非常震撼。

我期待那一天，红叶从来没有出现在过我的梦里，我不知道红叶是什么叶，总是梦见黄河，它离我那么近，我却从来没有看到过它，更别说吃的还是黄河水呢！

我一直想看看黄河，波涛汹涌的黄河在南山。没有爸爸，我好像没有力气走到南山，没设想过一口气可以走多远，那要穿过整个市区。我知道我很难爬上太高的山。南山比北山高，住着在银城人看来很好玩的操着北京话、东北话、河北话、上海话还有江西话、湖南话的人。他们不是银城人，不知道爱不爱银城和流过银城的黄河，说着南腔北调的话，吃乱七八糟的东西，本是银城的客人，住得却离黄河近。

我也不知道冬天里黄河结不结冰，看上去有多汹涌。妈妈说远看黄河看不出黄河的面目来的，黄河不像大海那样波涛滚滚，还会有白色的浪花拍着沙滩。黄河要粗犷得多，只有走近它，往深里看才能看出黄河的面目，表面平静看不出汹涌气势，滚滚波涛暗藏在黄河水下面翻腾彪悍地向前。

妈妈刚到银城来就看过黄河了，爸爸带着来找他想要嫁给爸爸的妈妈去了穿过甘家旺的山，祭奠过大姨和一车人以后回来，没有住到雷校长给妈妈安排好的宿舍。甜水湾如此漂亮的姑娘来了，校长更证实了爸爸做了一件很了不起的事，虽然没有救下那一车的人也已经是很了不起了，“成功”并不是一定登上珠穆朗玛8848顶峰的人，只要想登而且已经往上登了就是了不起的，不说伟大也可以用“伟大”来形容。爸爸总觉得自己是被形容出来的，人们都希望九爷伟大，认识的人知道的人都会感觉到光荣。爸爸没有带让他开始激动不已的妈妈回学校，是知道雷校长给妈妈安排先住下来的宿舍就在爸爸宿舍的旁边，因为只有这间屋是空中的，所以甜水湾的姑娘只能住在这儿。雷校长想撮合妈妈和爸爸结婚，但在没有领结婚证之前怕两个年轻人把持不住自己，还让学校传达室的另一个老头加班，派了城关镇小学的第二个老头搬了把椅子坐在紧挨着的两间宿舍的门中间，不知道爸爸根本没有带妈妈回来，不知道爸爸去哪儿了。

爸爸带着妈妈来到南山下，走到西边坐在了从南山中间流出来的黄河边。黄河边没有沙滩，不像大海那样有沙滩，黄河边尽是尖硬的石子儿，要么就是乱石滩。妈妈坐在爸爸的身旁，中间空着还能坐下一个人的距离，我猜想那个人就是我吧。然后爸爸和妈妈越坐越近，最后在蓝蓝的月光下贴在了一起，贴得太紧，越贴越紧，我被挤了出来，不一定是从城关镇医院的台阶上妈妈一跤把我摔出来的。

黄河像一匹不可能被驯服的野马，不想让人走近它。妈妈看见了黄河水是隐藏着涌动，定睛细看就能看见波涛滚滚向前。妈妈这时候知道了，黄河的存在不是让人欣赏的，它充满野性，不像大海那样好像是取悦人的，更不会是湖泊那样像含苞欲放的少女，含着柔情楚楚动人。我问妈妈，问妈妈看过海吗？妈妈说没有，“还没有，你爸爸说等你将来上大学离开家的时候，九爷就带我去看海。”

我想看海，跟小英子去看海，班长听见了哈哈笑，那就是班长看过海了。班长还没有去省城，马上就去了，明天下午放学就去，后天就放暑假了，带着小英子先去省城，然后坐飞机去看海。他再也不回银城了，到省城上最好的中学，我得使劲记住这件事，怕忘了，我要不要去接小英子，到哪儿去接呀？

我高兴从此以后班长不能跟我争小英子了，因为他不在了，再开学的时候我和小英子一起去新的学校，银城最好的学校，银城第一中学。班长听到我跟小英子说看海，发出一阵怪笑，是高兴今天下午没有课呢还是高兴去看海？我突然觉得大海像个多情的艳妇，要不就是肌肉男，要不干吗都想看海呀？

小英子说有一天她一定会带我去看海的，高中毕业的时候，跟我去听海，听海哭，海哭的声音。小英子好像要向我表达什么，我总觉得怪怪的。她说：“阿甘，有一天我带你去看海，听海哭。”我说：“干吗要听海哭啊？”她说：“那我哭，你听我哭。”

不明白她是什么意思，不知道该不该告诉她，我总是做奇怪的梦，梦到她，难以启齿，总见到在甜水湾的大雨中赤身裸体的她，深深印在我的脑海里，种在我的心里，像一粒种子总有一天会发芽。她比小时候更漂亮了，有一种冷峻的美，将来到检察院上班，不是律师，好像是能够左右法院和公安局的一种工作，讨伐那些让她爸爸不回家把甜水湾给忘了丢了的女人们，也许吧，也许就是这样，她要复仇，好像总想着复仇。

我高兴我总能梦见她，那打在她身上的雨溅起的浪花，女人花，我好像懂了，不知道是潜意识里开始接近套套了。那就是海吧，像海一样激动的心情，我想去看海，下周考完试就去。班长像我一样喜欢她，可班长没有希望，他走了，再开学我和小英子去银城一中。我能上一中，妈妈说刘主任让我进一中。妈妈一直比我还梦想着让我上一中，那是银城最好的中学，上完高中很容易考上大学。而我是因为小英子，妈妈看出来了，我也看出来妈妈好像很纠结，不明白刘主任一个电话就可以让我进一中怎么会纠结上了，眉头紧锁，那就是不踏实吧，弄得我也不踏实。看海这件事小英子帮不了我，班长要带她去，班长不带我，晚上省里的孙副书记会让小轿车来接班长和她，从省城坐飞机去看海。

小英子说要来我家，送我回家。雨好大，太阳还挂在银城的当空，小英子回宿舍去换衣服了，不让我过去。我从来没有走进过学校西边的月亮门，那里面是住宿生，家都不在银城的学生。

她换上一条裙子出来了，举着伞。太阳雨，下不大的。我第一次跟一个女孩并肩走路，出了学校，她还让我拉住了她的手。第一次拉住了小英子的手，还是去我家，别提多高兴了，奇怪的是有点心慌。

走了一会儿就看不见太阳了，它躲到北山的云彩后面，辉映着苍穹，天地通亮。一会儿又从云里钻出来看了我和小英子一会儿，然后再害羞地躲起来。我拉着她的手，走得很慢，为了配合上我的脚步，她走得也很慢，跟我说明天就可以看到海了。

我难过，不能跟她去看海，不能一起听海哭，或者听她哭。小英子为什么要哭呀？不知道，班长知道吧，可班长是一个爱笑的人，他总是笑，没完没了地笑啊笑，老师叫我阿甘的时候有一次他都笑抽了过去。

走得很慢，我拖累了小英子，她在缓慢行走中告诉了我一个秘密，不是直白地说出来的，也不在意我是否听懂了，我知道我懂了，原来她跟班长好是要班长不要总是笑我。我心里一热，一下看见山哭了，不，是我感动地哭了，流出眼泪，还以为是山在哭。该笑才是，小英子来我家我高兴，没有笑声的日子是什么日子呀！

她第一次到北山，看到这么多人家错落地挤在一起，像是都亲热得不得了，小英子一定是想跑上去。一年级我能好好走路的时候，第一次放学回家就是跑上山的，爸爸追不上我，我跑上了山坡，爸爸有多高兴。后来，我再也不能跑了，也不让爸爸再背我，爸爸走在前面，往后退着一步一步上山，眼睛笑成了两朵花看着我，拍手为我加油，一边说：“儿子你行的，我们阿甘真棒！”

沙沙的雨，很小，还很细，飘飘扬扬洒落下来，我能听见雨声，沙沙。心跳加快，小英子第一次送我回家，我哭了，为她哭。她拉住我的手，“阿甘你干吗呀？别哭！”

她却哭了，不让我看见。我看见了，却不知道她为什么要哭，去我家的路上就开始哭，落下泪来。去我家会让小英子流泪，好奇怪。她不想让我看见，我就假装没看见。

上山回家要经过水房，北山人家的水房，两分钱一张水票，坐在小屋子里看水房的人不管水桶有多大，从小窗户探出脸来看水桶，放满为止。爸爸和妈妈常来这里挑水。黄叔叔不再来水房挑水了，他家接上了水管，很多人家都开始接水管，把水从水房引进院子，再也不用挑水了。“007”不会在北山住太久了，老说要搬还没搬，这时候黄叔叔还没有辞职呢，作为政府文化局的人，希望政府有文化，每天每时地给政府摸红脸蛋，唱各种积极的歌，写连烤白薯的老大爷都能看懂的诗，比顺口溜还顺口，却总说蹬三轮车大叔听不懂的话。在挂满百货大楼那条银城大道电线杆子的喇叭上说开发甜水湾旅游经济的二期项目，有条件的人家腾出一间房子来让去旅游的人住。家家都有闲房，壮男人都出去打工了，有人连媳妇儿都带走了，把孩子留在了甜水湾。三轮大叔说："不建社会主义新农村了？"烤白薯的老大爷说："建个屎！我穿开裆裤的时候就说建，不折腾了，在甜水湾搞旅游，倒是打井弄上水呀？去甜水湾买壶醋又不能当水喝！政府大楼都卖给开发商了，去盖新的！"

政府大楼要拆了，不是银城不要政府了，是搬出城去。也不是搬出城去，银城变大了，好大好大，越来越大，像棉花糖那么大，轻飘飘地拿在手里。银城发展可是在银城人的心里，九爷变得沉甸甸。黄叔叔说要住进想什么时候洗澡拧开水龙头都有热水的家，妈妈羡慕那天堂般的日子，就跟爸爸说了一次，爸爸好难受，难受得不得了，说："刘主任给咱家装了天花板，抬头就看见云彩，我没让主任再给铺地砖，有天能看见云彩就行了，地可屎的得自己弄！咱们自己铺地砖吧，每天扫地就不会老扫起沙子来了。"妈妈红着脸道："我就这么一说，你干吗往心里去？那颗心还变小了，越来越柔软了，铺什么地砖呀，你不是攒钱要给他姥爷打井吗？"爸爸郑重地说："这才是正事，大事！"妈妈说："你知道我有多爱你吗？"爸爸的眼睛就笑成了两朵花，妈妈又说："可你不欠甜水湾的！他大姨做的事他大姨担，你做了该做的、能做的，别老心里背着个十字架，好不好？你也做不到，放下吧！”

夏天来了妈妈每天都要洗衣服，我家没有洗衣机，也没有接水管。爸爸要是不陪客人，下班回家第一件事就是到坡下的水房挑水。家家的水桶都很大，因为二分钱一担水不管桶的大小，爸爸没有把水桶加高，因为个头低也挑不起来加大的水桶，标准水桶都显得太大了。

黄叔叔对我家迟迟不接水管很好奇，每天站在他家院门口看到挑着两桶水过来的爸爸，大声问：“九爷怎么还挑水呀？六百块就接上水管，这辈子都不用挑水了！”爸爸说：“六百？六百块能买一万多挑水，花那些钱干尿的！”黄叔叔嘬着牙花子，他过去的大金牙没有了。经济发展带动了文化发展，大金牙不代表有钱倒显得没文化，他春天里去广州的时候把金牙卸了改成两颗烤瓷的大白牙，还总把上嘴唇往上翘好让人看到他的烤瓷牙。他龇牙咧嘴地说：“哎哟九爷，又没人跟你借钱，装尿穷干吗？再说了，这六百你早晚得花，银城这发展速度，政府要为老百姓做实事，引水进家，水房早晚得拆了，你在政府做事会尿的不知道？”爸爸摇摇头，“不知道！你别挡着，让我过去！”

黄叔叔反而又挡了一下，笑笑说：“现在流行保龄球了，六十道的球馆，九爷该陪客人打保龄球了！你重心低，天生的优势，下回又该成球王了吧？”爸爸怔了一下，有这事，银城除了新建动物园，是还要建一个保龄球馆，黄叔叔笑呵呵地又说：“九爷，你尿的就是银城的一个大玩具呀！”

爸爸怎么会是玩具呢？九爷是玩具？妈妈听见了，在院子里喊：“老公，快回家！”爸爸挑着水进来了，说：“你怎么叫上老公了？多难听！”妈妈说：“那让我也叫你大玩具？老黄忒缺德了，可说的倒是实话！”爸爸出了一脸汗，“小声点，别让老黄听见！”妈妈说：“他回他的院里了，听见又怎么了？他送给我一包黑丝袜，昨天你没回家他送过来的，还进家非要看着我穿上试试！我的腿用得着穿黑丝袜挡着吗？他所有媳妇儿的大腿都粗，就没赶上一个细的，所以才需要黑丝袜给遮着，我隔着墙给他扔回去了！给我的伞我留下了，银城有他这样的人老爱下雨，老天爷都得哭！”

爸爸把水桶重重蹾下，“你干吗呀？”妈妈说：“是他干吗？你没看见他那恶心样儿，往屋里推我让我穿长袜，裤子前面湿了一小片，估计还没耗子大呢也敢起来？还泪汪汪的！”爸爸说：“媳妇儿，你太吓人了！”妈妈说：“是他吓人，恶心！”我开心地说：“爸爸，咱们去抓耗子吧？老在窗根那儿！”爸爸瞪大眼睛，墙那边“007”大声叫道：“真尿操蛋！你们一家子鸟人！”

银城要建保龄球馆是真的，我在学校就听说六十道无柱保龄球馆的事，班长说的。班长的爸爸还想回到银城来当市委书记，说省城的官不好做，可显然回不来了。保龄球馆会涉及爸爸，爸爸陪北京动物专家洗澡并未取得好战果，“澡王”封号还在努力中，爸爸有理由成为“球王”才对，“007”说得也没错，爸爸的重心低，好打。动物专家老嚷嚷着打保龄球，刘主任说再来银城时就有球打了。

爸爸好郁闷，好像不希望银城发展太快了，开始纠结了。妈妈看出来了，说：“没关系，你先好好练练，别怕花钱，水管不用接，我从小就挑水，不用你挑，可你老不听！”爸爸说：“那不行，我不能让媳妇儿太辛苦了，你说你非嫁给我干吗呀？”妈妈生气了，说：“我想有个城市户口行了吧？想离开叫了甜水湾的苦水湾行了吧？想在银城当正式工有份工作行了吧！”爸爸赶紧把两只眼睛笑成花，“媳妇儿，我错了，你别生气呀？幸亏我借调到政府大楼上班了，听说北京那边都开始下岗了！”妈妈一屁股坐在床上，呜呜地哭起来。爸爸好是不安，一个劲儿向妈妈赔不是。

夜深以后，我还是睡不着，夏天不可逆转地来了，最奇怪的是银城的发展让北山也有蚊子了，专咬我那条细腿，我啪啪地拍蚊子，妈妈在里边说：“阿甘还不睡？干吗呢？”我说：“拍蚊子呢！”妈妈叹口气，对爸爸说：“‘007’就像蚊子，他干吗老盯着你呀？”爸爸笑笑说：“我看他是瞄着你呢，像你们金总，喜欢人家的媳妇儿，真是重口味！”妈妈生气了，说：“九爷，你为银城胡作非为也就是了，可不许胡说八道！”爸爸说：“唉？媳妇儿，我做的可都是正经事，每一件都是为了银城的发展，你怎么给说成是胡作非为了？”妈妈说：“九爷啊，你那儿都是啥正经事儿呀？你跟刘主任说说，还是回去好好教书吧！”爸爸叹了口气，说：“媳妇儿，我是真的回不去了！”

停了好半天，妈妈也叹了口气，说：“姓金的说上了贼船就跟贼走，就都相安无事了，你可别上了贼船就真跟贼走了！”爸爸生气了，传来啪的一声，爸爸才舍不得打妈妈，一定是抽了自己一下，拍蚊子，“媳妇儿，什么情况？你怎么学得跟老金一样会胡说八道了？北京的张处长看得起我，指点了一下，刘主任就带我出山，他早晚要当副市长呢，你怎么能说是上了贼船呀？快改正，快尿的！”

妈妈没吭声，忽然静下来。静得好可怕。

过了好一阵子，听见妈妈说：“那好吧，是好船，大船。可这船太大啦，我害怕你在船上迷失了，找不着自己该去哪儿了！”

“放心吧，媳妇儿！我清醒着呢，总把眼睛睁得大大的，迷失尿的不了！”

“我有点冷，你抱抱我。”

雨蒙蒙。我攥紧了小英子的手，想着如果不准备闹意见，是不是就不会结婚住一起呢？我不想跟小英子闹什么意见，这让我伤心，小声问：“小英姐，你会下棋吗？”她说：“什么？”我说：“下棋啊？也叫斗棋。”小英子笑笑，“我会围棋，你知道我还拿过省里的青年组冠军呢，我年龄最小，照样可以赢。唉，阿甘，他们干吗呢？”

我顺着她的目光看过去，两个工人叔叔在接水管，穿着雨衣，雨水从亮晶晶的雨衣上流下来，缓缓的。我看见地上密密麻麻的管子，一根根地从水房接了出来，像蜘蛛，像好多铁蜘蛛趴在地上，有无数个腿，我打了个冷战，身子一抖。小英子看出来了，问：“阿甘，你怎么了？”

我看到一片像铁蜘蛛的管子会害怕，禁不住地抖。小英子紧张了，伸手摸了一下我的脸，说：“你怎么出了这么多汗？”我站不稳，心慌，突突突地跳，闭住嘴，怕心脏从嘴里蹦出来。

小英子把伞举高，一只手抱住了我，把我的脸贴在了她的身上，说：“阿甘，别怕，把眼睛闭上，想一想大海。”我闭上了眼睛，又睁开，说：“我没见过海呀？”她说：“那你就想一想山，高高的山，像你作文写的那么高，一个小孩掉下去长出牙来还没到底呢。”我说：“我还是想想歪脖树吧，歪脖树下光屁股的你。”她没有生气，说：“随便你，我不计较，反正你有密集恐惧症，要不不会这样的。”

我不懂，问：“小英姐，什么叫密集恐惧症呀？”她说：“就是不能看见密密麻麻的东西。”

我知道了，我有密集恐惧症，看到像蜘蛛一样盘集在地上的水管会害怕。看起来我只适合看稀疏的东西、宽敞的东西。

“小英姐，我们去看海吧！”我闭着眼睛大声说，她用双手扒开我的眼皮，“醒醒阿甘，你连黄河边都走不到，怎么去看海呀？”我说：“你真傻，我不会明天跟你和班长坐飞机一起去？”

她就不说话了，默默地上山，也不拉我的手了，我好难过，说：“我不去了，小英姐你别生气。”她又拉住我的手了，说：“阿甘，我先探探路，看清海，再带你去好不好？”我好高兴，“太好了！你去探路，我们再一起去看海有多深！”

不知道为什么，她轻轻地叹了口气，“很深的。”

“你不是还没有看到吗？”

“我看到的比海深。”她看着我，捧起我的脸，“你的眼睛真漂亮，阿甘，可惜你不懂得看，看不见，看见了也不知道。”

“那让我看你吧？”我拉住了她的两只手，轻轻摇，“求求你了小英姐，好不好？”

“那好吧！”她说：“有一件事你知道的，要不是你爸爸，那会儿他还不叫九爷，还有你大姨，我和我妈也死在你的老家甘家旺了！从那天开始我以后的每一天都是赚来的，你想看就看吧，我让你看。”

我们高高兴兴地上山了，进了院子，小英子从我脖子上摘下钥匙来，帮我开门。我小声说：“小英姐，将来有一天我们俩用一把钥匙回家。”她又把钥匙挂回到了我的脖子上，说：“才不呢！我自己会有一把钥匙，我的钥匙开我的锁。”

我忽然发现她神神道道的，小英子有时候好奇怪，我弄不懂，好难过，一下又难过了，说：“那你去班长家？将来跟他用一把钥匙呀？”她比我还难过，说：“不跟你好了！”我说：“那你跟谁好？”她扭过脸去，“我跟谁都不好，只跟自己好！”

我大声说：“那不行！我妈说女人都要跟一个男人好的，要不就太自私了！”她仔细地看着我，说：“阿甘，我跟你是命中注定的吗？”我还没回答，她又摇摇头说：“不是你，是你爸。也不是你爸，是九爷。也不是九爷，是他。”

“他？他是谁？”我好奇怪，“怎么了，小英姐？”

“不告诉你！”她说，“一辈子都不会告诉你！”

我看着她，脸红扑扑的小英子，就是一个仙女，不，天使，那样美。她的眼睛好漂亮，亮晶晶，甜水湾的女人眼睛都漂亮，妈妈也是，有一个词叫清澈。爸爸说甜水湾的人总巴望着水，所以眼睛含满了水，这水引得那水来，好像是这么说的，就是这个意思了吧！

进了屋，我比她还惊奇，我家居然有水管了，好开心。爸爸还是给家里接上了自来水管，妈妈以后再也不用跟爸爸争着挑水了。实际上总是妈妈挑水的，爸爸正点回家的时候并不多，在政府工作的人有多辛苦，老师说政府大楼里的人工资不花，老婆不用。爸爸的工资倒真是不舍得花，要攒着有一天给姥爷和大舅家打一口水井。爸爸不用妈妈每天挑水了，真是好，总用老婆的人都不是好人。

小英子仔细地打量着我家，被爸爸一墙的奖状吸引住，眼睛停在爸爸和妈妈的合影照片前，密又长的睫毛在跳动。我开始有些激动了，看见她的胸脯起伏，红红的嘴唇微微张开，她的牙好白，又那样小，像是镶在嘴里的一颗颗珍珠。

我知道，她会跟我好的，因为她三年级时从甘家旺小学转来，第一次吃到我带给她妈妈烙的糖饼就知道我想跟她好。小英子喜欢甜的东西，有谁会拒绝甜蜜呀。刚刚出满月时，她妈妈带着她到银城来找爸爸，没找到，她爸爸带着施工队去省城了，去年又去北京了。男人女人长大后都要在一起的，而且是两个最好的人，住在一起闹起意见来比较方便，夜里就和好了，在床上下棋，一盘不行就两盘。

我不会下象棋，小英子也不会，那我俩就躺在一起讲故事，讲《一千零一夜》里的故事，还有《黔无驴》。爸爸说改革开放以后的语文课加深了，爸爸上初中才学这篇古文，现在国家把《黔无驴》放到小学五年级了，我五年级就学过了。

可我不关心驴，期盼着能在银城新动物园看到老虎。妈妈老说银城已经有驴了，可别再让虎给吃了，然后看爸爸一眼。爸爸总要叹口气，妈妈就不笑了，也叹口气，拉住爸爸的手说："你是九爷，不是驴，可别让刘主任给吃了呀，他是虎，笑面虎。"爸爸摆摆手，"我知道，别说出来，何必说出来。"妈妈说："知道就好，怕你不知道呢。"爸爸说："我又不傻。"妈妈说："哟，九爷以为自己多精明呀？你可不就是被刘主任牵在手里的驴，会去哪儿呢？"

爸爸不说话了，点了一支烟。爸爸还学会抽烟了，妈妈给拿下来，扔到地上，用脚踩碎。

小英子衣服的半边袖子和半边裙子都湿了，贴在身上，半边的头发也湿了，一缕落下来贴在脸上。她真好，为我撑伞湿了自己的半个身子，知道我在看她，转过身去，扫了一眼我的床，惊讶床上还有我小时候的玩具，那是一只表姐走的时候送给我的洋娃娃。

她走向里面，看到了爸爸的小书架。紧靠着爸爸和妈妈床的小书架，上面摆满了书——用各种画报包了皮的书，大部分是爸爸从百货大楼前星期天才会出现的旧书摊上买的。那些卖旧书和杂志、画报的三轮车还在，现在早已经不卖书了，改成袜子、录音带、游戏卡，还有雨伞。

银城姑娘不下雨的时候也爱打伞了，举着各式各样的伞走在街上，像举着朵朵盛开的花。伞像蘑菇，蘑菇花，原来伞也是文化，光秃秃没有几棵树的银城有了花花绿绿移动的伞，美丽的花。爷爷最后一个夏天看到过这个景象，说银城从来没有这么鲜活过，当年那些战斗真算是没有白打。爷爷其实从未打过仗，除了刚解放到处抓不知往哪儿跑的地主和丢了魂的银城商人，腰上的那把盒子枪从来没响过。爷爷是运输连的副连长，死前精神病犯得很重，一想到银城的明天会更好就后悔生早了，泪流满面地说如果地主和城里的商人不被吓跑或枪毙了会更好，不该消灭他们。他们是精英，爸爸不是被吓坏了而是知道爷爷离死不远了。

小英子走到书架前仔细看着，拿起最上面的一本，爸爸不知看了多少遍的《堂·吉诃德》。我走过去，站在她身旁，闻到了她好香，茉莉花的味道。爸爸没说要给姥爷家打口水井前，妈妈总用茉莉花香味儿的洗发液洗头的，后来只用洗脸用的香皂了，节省钱。

我深深吸了一口她的芬芳，怕她看出来，说别的，“你想看吗？没关系，拿走看吧！”她说：“我三年级的时候就看过了，你还没看过吗？”我说：“没有，好看吗？”她苦笑了一下，说：“你不用看的，你们家有，九爷就是。”我没懂，“是什么？”她笑笑，说：“堂·吉诃德呀？”

她又把书放回去，转回身看着我，说：“九爷就是银城的堂·吉诃德，大头说的。”原来是班长说的，聪明的班长，头大才当班长吧。我不知道堂·吉诃德是谁，一听这叽里咕噜没有章法的名字就知道是个外国人，小英子走向另一边，像是检查什么，看看我家的日子，有点思绪缥缈地说：“也不是大头说的，他爸爸孙书记说的，说九爷是银城的堂·吉诃德，手里没长矛，却要戏风车。全世界的人都说堂·吉诃德斗风车，孙书记却说是戏风车，我好担心有一天会戏九爷，刘叔叔说不会的，他会护着九爷的。”

“刘叔叔？”我说，“你也认识管我爸爸的刘主任呀？”

“许你们家的人认识就不许我认识了？”她白了我一眼，“五一的时候，我代表银城到北京参加中小学生全国文明城市演讲，就是刘主任带着去的。”

这个我知道，小英子获得了十佳，虽然没当上冠军也不容易了，她才上小学六年级呀。我没有小英子读的书多，她是全校学习最好的人，知道堂·吉诃德，还知道堂·吉诃德手里总拿着一个长矛，戏风车。后来我告诉爸爸，爸爸沉默了好久，抬起头看着我，叹了口气，“小英子，一个戏字用得好呀！”

一场太阳雨，好像就是要把我弄湿，可我没湿，小英子湿了，她给我打伞，把她自己半边弄湿了。我说：“小英姐，你湿了，脱下衣服，擦擦身子吧！”她说：“不用了，会冷，你们家北山好凉。”

这倒是，我们家比学校宿舍温度低，可已经进入盛夏了啊。我说："没关系，你要怕凉披上我妈妈的衣服。"

我走向衣柜，她四下看着，有点好奇，说："都管你爸爸叫九爷，那九爷就是有长矛的呀？"我说："长矛在哪儿呀？我怎么没见过？"她盯着我说："藏着呢吧？你不知道。"我说："不会吧？我家就这么大，地是花岗岩藏不下东西的，哪儿有长矛呀？"

她看着我，叫端详也行，小英子在我家端详我，没端详出什么究竟来，沉默了好一会儿，说："嗯，阿甘，你们家的日子不像演的。"

戏风车，演生活，小英子果然不同凡响。我看着她，她站在宽大到空荡荡的屋子里，一只手从胸脯前斜过去，抱住被雨水打湿了的肩。她要不为我打伞，也不会把半边衣服和裙子弄湿了。

我拿出妈妈的衣服，她说："阿姨的穿不了的，给我你爸爸的白衬衫吧，我穿九爷的衬衫。"我又挂回去，她走过来往柜子里看着。我拿出了爸爸的白衬衫，"小英姐，我爸爸的你穿倒是行的，可女生怎么穿男衬衫呀？"

"阿甘，你转过身去。"她说。

我就转过身去了。她脱掉了衣服，会不会脱掉胸罩呀？班里的女生都开始戴胸罩了，在有了灯光的篮球场跳健美操。白天不用灯光的，太阳又大又亮，爸爸总说银城的太阳都比过去大了亮了，体育课也开始跳健美操了。班长老说这是我的幸福时刻，叫“阿甘时刻”，因为全班都得跳，只有我可以站在一边看，尽情地看女生踢腿和衣里颤动的乳房，小英子最健美，有韵律。

雨水打湿了她的衣服，我想象着她会不会脱掉胸罩呢？班长有一副流氓扑克牌，上面全是光屁股女人，我只看到过一张，就又被班长抢走了。可我看见过光溜溜的小英子，班长只见过纸上的，肯定没见过小英子的。

“阿甘，你转过来吧！”她说。

我就转过来了，看见她穿上了爸爸的白衬衫。她穿上爸爸的白衬衫竟这样好看，两个乳房隆了起来，裙子也脱下了，露出来两条光芒万丈的长腿。我不太会形容，这就是最好的形容了，穿着男人白衬衫光芒万丈的小英子，“小英姐，咱俩玩过家家吧！”我兴奋地说。

“好，怎么玩？”她没有拒绝，居然答应了，凝视着我，一字一句认真地说，“我的生命差点只有三十天。三十一天以后我的每一天都是赚来的，是九爷给的，你想怎么玩都行，阿甘。”

“咱俩玩一家人，我是爸爸，你是妈妈！”我兴奋不已，“可是没有孩子呀？怎么办？”

她笑了，轻轻一笑，从书架上拿来粉笔，蹲在地上，画了一个孩子。小英子把孩子画得太大了，比我俩还大，我嚷嚷着说：

“太大了！我们俩哪会有这么大的孩子呀？”

“你躺下，阿甘。”

她先躺下了，挨着她画的人。我也躺下，不能压着孩子，隔开好多，分明太大了，哪是孩子，小英子在中间分明是画了一个大人。

我躺下，侧身看着她，小英子把手放在画中人的脸上，我一下懂了，她画了爸爸，她的爸爸。

这情景让我终生难忘。我爱我爸，她也爱她爸爸，可她三年级以后再也没见过她的爸爸，没有我幸福，天天守着爸爸。不，是爸爸天天守护着我，还有妈妈。

这样躺着对我来说没有意思，看见她眼睛里有泪花，因为我有爸爸吧，她也有呀，却见不到。在我家我要让她高兴才是，记得跟表姐玩过家家最开心了。我腿不好使了以后表姐经常来照顾我，星期天爸爸要陪客人，改成公司以后妈妈总加班，表姐来陪我，每次她说玩什么都行，每次我都要跟表姐玩过家家，表姐每次都答应了，说：“阿甘你真坏，又想玩打针了是不是？”

我点点头，我觉得玩过家家的核心是打针，表姐每次都让我打，趴在床上脱下裤子露出来她的白屁股，说：“不许扎疼了啊！祖奶奶，你要是会扎就好了！九爷会不会无后呀？那可怎么行！”

我不知道表姐说的是什么意思，反正我喜欢她的大白屁股，看着，然后假装在上面用棉球揉揉，表姐的屁股好有弹性，我就揉，老是揉，揉呀揉。表姐说："阿甘你赶紧的吧！弄得我好痒痒！"我说："表姐，都是先消毒再打针的！那天那个阿姨忘了给我消毒了，所以才把我给打坏了，表姐不要我表姐夫了，要去广州了是吧？我先给你消消毒，别着急呀！"

"能不急吗？我看看你有反应了没有？"表姐起来了，转过身，裤子掉下去了，把我拉过来推到床上，拽下来我的裤子，看着我的那里，惊喜地说："哈哈！你行呀阿甘？你可真行！"

我行，这很重要。

我喜欢表姐的笑，表姐的笑像清脆的铜铃声，被我摇响。过家家都该笑才对，原来也有让人哭的。我躺在小英子给我画的圈上，看着她，在我家，得让她高兴才是，说："小英姐，我们俩玩过家家吧，玩打针好不好？"

"什么？你要跟我玩打针？"她擦了一下眼睛，不想让我看见眼泪，还有些惊讶，说："阿甘，你都多大了？小时候也玩过打针，还记得？"

"当然记得！"我好高兴，看着她闪过泪花的眼睛，好像更亮了，说："小时候我老给表姐打针，表姐每次都让我打！"

"我才不呢！"她说，"我不跟你玩，不让你打！"

我就不说话了，可怜巴巴地看着她。

“那好吧，反正你也长不大！”她拽了拽白衬衫，才知道不对，然后翻过身去，白衬衫下面露出来了红内裤，她的屁股好高，说：“你来吧，阿甘！”

我好高兴，兴奋地坐起来，“小英姐，趴到我的床上去吧！打针都是趴在床上的！”

“有毒，男人的床有毒！”她不愿意，“我才不上当了呢！”

“上当？”我看着她，“打针玩怎么还会上当？有人用真的针给你打过呀？”

她站了起来，走到窗前，看着窗外。她穿着爸爸的白衬衫真好看，腿好长，白衬衫刚刚过屁股，腿显得更长了。雨小了，纷纷扬扬的雨好飘柔，落到玻璃上，慢慢滑落，像是窗户在哭呢，不，天在哭。

“小英姐，你怎么了？”我好难过。

“来！”她转过身来，看着我，美美地笑了，故意的，因为她知道她有两颗小虎牙，笑起来非常好看，还有两个小酒窝，向我招手，“快起来！真受不了你要哭的样子！”

我站起来了，她没再看我，看向里边的大木板床，转了身子，走向我的单人床，趴到了上面。

“你来，阿甘，使劲打！”

我走过去，“我不，干吗使劲打呀？”

“我该打！”她伸出手，抱住我的洋娃娃，说：“他们说九爷家可了不得了，富得流油，你家怎么会什么都没有呀？你倒是有个洋娃娃，你太像女孩了，你表姐的吧？你表姐也真是的，不知道你是男生呀？玩这个！”

“我还有呢！你等一下，我给你拿！”

我赶紧过去，蹲下，从床底下拽出纸箱子，拿出我的变形金刚，被我砸坏了的变形金刚，站起来，递给她看。

“这是霸天虎还是赛博坦人呀？”她回过头来看，“还真是变形金刚了，被你砸得我都认不出来了，他是谁呀？”

“奥特巴人呀？”我说，“爸爸本来要给我买汽车人的，可我妈妈不让买汽车人！”

“为什么呀？”她好奇地问。

“我爸爸到政府大楼上班以后，有一天妈妈带着我去洗澡，在过街天桥上看到了爸爸，我爸爸在马路上推汽车，孙书记的小轿车坏了，孙书记坐在车里不下来，让爸爸一个人推。”

“刘主任干吗呢？”她说，“你的刘叔叔没在吗？九爷总跟着他的。”

“在呢！用大哥大打电话呢！”

“那孙书记干吗还在车里坐着？大头的爸爸干吗不下来一起推呀？”

“妈妈知道，妈妈说孙书记是人民的公仆呀！”

她不说话，起来了，拿过变形金刚扔到了地上，“这个是赛博坦人，才不是威震天呢！”

她把她说的奥特巴人扔了，我不记得他是不是威震天，应该是赛博坦人，爸爸不会带回家来一个坏人的。

“快，我要给你打针！”我不关心扔到地上的是谁了，“小英姐，我先给你打，打完了你再给我打！”

“我才不给你打呢！”她指着变形金刚，说：“你踢他一脚，踢威震天，我就跟你玩过家家，让你打我的屁股！”

我说：“那好吧！”

我就踢了变形金刚一脚，然后转回身来，她还没有趴下，还不准备让我打。

“这个不算！”她指着变形金刚，“阿甘，你还得说，边踢边说威震天是个坏人，大坏蛋！”

我就踮着脚过去了，踢他，“威震天是坏人！大坏蛋！”

小英子高兴了，拍手。

“谁是奥特巴人呀？”我抬起头，看着她，感觉怪怪的。

“跟你说你也不懂！”她躺下了，躺在我的床上，抱起洋娃娃挡在脸上，“希望你以后能懂，也许吧！”

我走过来，看着她，她的胸脯起伏着，不知道为什么要用这么大的力气喘气，一次一次的深呼吸。我也不知道她为什么要穿红裤衩，是避邪吧？爸爸三十六岁的时候叫本命年，妈妈给爸爸做了一条红内裤，说避邪，还买了红袜子，说是踩小人。

红内裤爸爸穿了，因为拗不过妈妈，红袜子坚决不穿，说："哪有小人呀？我从来没遇到过！"妈妈说："'007'不是吗？就在咱家身边！那个姓黄的看不得别人比他家过得好，不是吗？"

爸爸叹了口气，"那好，媳妇儿你穿吧！反正咱俩的脚一样大，不，你比我的还大一点呢！"妈妈不高兴了，不干，说："我比你大，比你笨，比你傻，行了吧？听我的，必须穿，每天进大楼的时候还得说一句：'踩小人！'"

"我还得说一句'踩小人？'"

"要说！"妈妈很肯定，"咱们北山的小人多不多我不知道，反正你到政府那个大楼里上班好多老邻居都不爱理我了，政府大楼里小人肯定多！叫你九爷是嘲笑你呢！"

"阿西吧！"爸爸说，"爱笑就笑呗，总比谁看到我就哭强吧？"

"你真行，还说上外国话了？"

"好吧，外国话，刘主任爱说，我把谁陪高兴了要来投资，主任都对我来一句'阿西吧！'"爸爸紧摇头，"媳妇儿呀，你可真敢想，也敢说，你要我穿着红袜子每天进政府大楼先来一句'踩小人？'"

"我不管，他大舅说的！"妈妈说，"县旅游局一个领导每回到甜水湾就对他大舅说，九爷什么时候给你家打口深井呀？"

“别理他，雷校长的外甥！”爸爸说：“羡慕嫉妒恨咋尿的？给他姥爷家的井我还非打了！甜水湾的人抬举我，我多攒点钱再找上打井公司的关系，便宜点还不止打一个呢！”

爸爸要给姥爷家打口井，很深的深井，是爸爸的理想。小英子也知道九爷是一个有理想的人，一定是住在姥爷家对面的她妈妈说的。小英子的妈妈得了一种很甜的病，叫糖尿病。甜水湾的日子除了缺水，一天比一天好，小英子在学校也有出息，经常代表银城的小学参加这个比赛那个比赛的，不仅给教育局争光，也给银城长脸呢。她妈妈太甜蜜了，甜蜜过了头才得了一种甜病，现在不每天吃饭前给自己打针了，肚皮上装了一个可以自动打的针，妈妈回甜水湾还总让妈妈看，妈妈说：“这尿东西好贵吧？”小英子的妈妈说：“不要钱，县医院的大夫来家里给我弄的！”妈妈说：“小英子有出息了，真好！”她妈妈说：“是政府好！”妈妈说：“对，政府好！你们县医院更好！”

“小英姐，你不会得你妈妈的那种甜病吧？”我看着她说，“我妈妈说甜病会遗传的，你要是得了可就太好了，我每天给你打针！”

“你爸爸救我，你倒是方我！”她不高兴了，“我不让你打了，坏阿甘！”

她走开了，踢变形金刚，使劲踢了一脚她眼里的威震天。我都替威震天疼了，撞到墙上，好悲惨地摔了不来，散架了。

“你没有别的玩具吗？”她转回身，看着我，“你该有一个任天堂。”

“小英姐，你傻呀？”我也学她美美地一笑，“我们家就是！爸爸说现在谁家的日子都一天比一天好了，我家就是任天堂！”

“好个屎！”小英子也学会银城人都爱说的粗话了，很生气。

我不知道她为什么生气，一会儿高兴一会儿生气，像黄叔叔家的阿姨，一会儿走了一会儿又回来。“007”总说女人是最不可捉摸的，天下没有人可以把女人琢磨透。小英子像个女人，穿上白衬衫也有曲线，我说上六年级男数学老师老让我们画曲线呢，我就不捉摸了。

“小英姐，我的纸箱子里还有一把小木枪呢，爸爸给我做的，我给你拿！”

“不要！”她有点急了，“什么枪我都不想看！”

“那好吧！你见过枪吧，小英姐？是不是还玩过呀？”我点点头，说：“‘007’黄叔叔说女人都喜欢枪，都会有一把枪，越漂亮的女人枪越多！”

“真缺德！”她跺了一脚，“你们男的都缺德的！”

院子里传来了声响，有人进了院子，我嘘了一下，示意她别出声，她就不出声了，往下拽了一下白衬衫，走向爸爸妈妈里面的床，气恼地看了我一眼。我不知道说错什么了，看着她柔软的身子变得强硬了，边往里走边唰的一下拉上了窗帘，不准备看我抓小偷，她也没想抓。

那就由我来抓坏蛋，不是一个，脚步声有点零乱，电影里坏人的脚步总是零乱的，不像好人那样总是大义凛然。那就是两个以上的小偷公然进了我家的院子，大模大样地来偷东西。他们不知道我在家呢，在坏人眼里，我在家也跟没在一样，甚至视而不见，可从我家又能偷走什么呢？不会是来偷九爷和妈妈的床的吧？

小偷好像都不偷床，有一种小偷爱偷别人家床上的人，女人。我听妈妈一个人自己嘟囔过，黄叔叔从爸爸被叫了“九爷”以后老想把妈妈偷走，好像还有那个长着大龅牙的金总。

我不担心有人偷妈妈，他们偷不走的，我怕有人知道小英子来我家了想把她偷走，猛地一下拉开门，昂头挺胸地说：“小偷在哪儿？”

第十一章

不是小偷，反而是来给我家送东西的，两个人，穿着工作服，一个工作服上印着“万通开锁社”，一个工作服上印着“曼哈顿购物中心”，其实还是百货大楼，改名字了，拆了好多地方以后扩大了，这一扩就给扩到美国去了。

两个抬着一个好大好沉大木桶的人，一个说：“你个屎孩子！尿屎驴日的吓死我了，比屎的九爷还二！”另一个叔叔放下了准备撬我家门锁的工具，说：“家里有屎活的？省事儿了！我们不是溜门撬锁来偷东西的，我是开锁社的，又来开你家的锁，给你家送东西来了！”第一个叔叔又说：“我们老板安排的，政府办的刘主任送给你们家的大木桶，水管都接到你家屋里了，你妈妈可以屎的在家里洗澡啦！哈哈！”

我让开，看着他俩好费劲地把大木桶抬进了屋里，放在接到屋里的水管旁边，嘻嘻哈哈地笑着走了。他们没往里边看，看了也看不见，拉着帘子呢，没发现小英子，不知道我金屋藏娇呢！

我关上了门，刚才正好为他们开门，天下就有这样的事儿，永远不知道是碰巧了，还是设计好了的？刘叔叔让人送来洗澡的大木桶，开锁社的都来了，小英子一定也听见了，还没有看见。妈妈再也不用带着我去工农浴室洗澡了，何况那早已经不叫工农浴室了。刘叔叔知道妈妈讨厌哥伦布洗浴中心，那土耳其汗蒸房差点把九爷给蒸熟了。妈妈可以在家里洗澡了，水管都接到屋里来了，就是说，开锁的叔叔上午已经来过一次了。

我想先洗，不知道小英子能不能脱掉爸爸的白衬衫，再脱掉她想避邪的红裤衩，跟我坐到大木桶里一起洗呀？妈妈没有跟爸爸照过婚纱照，也没有举行过婚礼，好想跟爸爸洗一次桑拿浴，爸爸吓了一跳，然后笑了，“媳妇儿，你真行，连开始流行桑拿浴都知道了？”妈妈骄傲地说：“那当然！你是九爷了，我可得跟上银城的发展，别让你飞啦！”爸爸说：“怎么会呢！等我儿子上了大学。阿甘行的，一定能上大学的！媳妇儿，到时候我带你去洗桑拿浴，要洗咱俩就洗世界上最大的！”妈妈说：“最大的？去哪儿呀？”爸爸说：“大海！”

爸爸也想去大海，不是看海，不知道海会哭，爸爸要带妈妈去大海洗桑拿浴，不是有多浪漫，而是好悲切，说：“媳妇儿，看银城这发展速度，我跟着刘主任早晚有一天跳进黄河也洗不清的，到时候你把我撒到大海里！”妈妈一下抱住了爸爸，而且哭了，说：“我不让你去洗海！”

“洗海？”爸爸没有哭，笑了，“我说我们阿甘经常有飞来之笔呢，原来是遗传我媳妇儿的！放心吧媳妇儿，不会的，我能把控好自己，别老提着你那颗替我担忧的心！”

妈妈当然相信，相信爸爸能把控好自己，可叫了“九爷”就不好说了。刘主任给我家送来了大木桶，好大好大的木桶，妈妈一定不知道，爸爸肯定也不知道。我看见屋里的墙上还装了两个大插座，肯定也是刘主任安排好了的，也许刘主任还要送我家洗衣机吧？那样妈妈就不必再用手洗衣服了，别真再洗坏了妈妈那样漂亮的手。可能还会有一个大冰箱，刘主任一高兴保准会再送一个电冰箱来，所以插座都给安好了。我可以提前好多年给小英子买冰棍放冰箱里了，她再来我家，还会有冰镇的糖水桃罐头吃。

可我想洗澡，小英子一定也想洗，都被雨弄湿了，我家有了大木桶。

我拉开帘子，她坐在床边，没抬头，安静地看着书，多像是一幅画。我有些激动，不止一次想象过这样的情景，小英子等我回家，我爱的人坐在床边等我回家，这就是我总想象的未来呀，未来原来真的是可以画出来的。我要再想想，家里还该有什么？天气越来越热了，对，该有一个冰箱，我要买好多罐头冰在冰箱里面，她喜欢吃甜的，我就给她买好多好多的冰棍，还要有糖水桃罐头放在冰箱里冰着。我也喜欢吃糖水桃罐头，不知道现在的银城人开始变得娇气了，还是天气真的是越来越热了。我要和她坐在床上吃冰冰凉的糖水桃罐头，我盼着那一天，脱口就说：“小英姐，我盼着那一天！”

她放下书，慢慢抬起头，默默地看着我，说：“会有那一天的。”

小英子知道，她知道那一天，我太开心了！

“太好了！”我激动得想哭，“小英姐，我就盼着那一天！”

“不知道会怎么样，世事难料。”

她站了起来，把爸爸正在看的一个叫米兰·昆德拉的人写的《生命不能承受之轻》放回书架上，转回身来看着我。

“阿甘，你爸爸救了我和我妈妈一命，我是不会忘的。”她像大人那样叹了口气，若有所思地说：“将来有一天，如果可能，我一定会帮九爷的！”

不是帮我，帮九爷？我真的不知道她在说什么，又可气又可笑。

“小英姐，你要帮九爷？”我得告诉她，说，“我爸爸不要你帮的，有我妈妈呢！你帮帮我吧，让我抱抱你！”

“不，”她肯定地说，“不让你抱。”

“我要给你买罐头，买好多好多糖水桃罐头，你不爱吃罐头吗？”

“不。”

她又说了一声不，我有点发蒙，天下还有不爱吃罐头的人？

我又赶紧说："那我跟妈妈学烙糖饼，每天给你烙糖饼！"

她的眼泪缓缓流了下来。

这就是答应了，妈妈说过，爸爸答应跟妈妈结婚的时候，妈妈也哭了。她走到了门口，打开门，站在了门口，向西望，看着甘家旺的山。

好高的山，山那边是甜水湾。

我拧开水龙头，用也已经接好了的一根皮管子往大木桶里放水。好闷热，雨并没有下透，我看着地上小英子用粉笔画的人，蹲下身把她画的她爸爸给擦了。她没有一个好爸爸，没有我幸福，我有一个好爸爸。我爱我爸，她想从生下来就没有见过的爸爸，都说带着甜水湾的人去北京了，首都的人比银城更急着要房子。

爸爸不教六年级了，再也回不来了，教我们的语文老师说，房子就是家。爸爸不是这样教的，我还记得腿坏了以后到六年级教室等爸爸下课，就是钻到桌子下面让爸爸找不到我的时候，听到爸爸说房子不是家，那家在哪儿呢？爸爸说家在心里，心里才是家，家里有妈妈，一定也有一个爸爸。那时候小英子还没有转来，她一定听说了我是怎样不会好好走路的，可我还不知道她想找她的爸爸。爸爸才可以撑起一片天，她的妈妈得了甜病，老想吃饭，还老想喝水，她要撑起自己的天。这才是一个有主见的人吧，总想着未来呢，为了感恩，说有一天会帮九爷。

大木桶里接满水了，我看向门外，又下雨了，太阳雨，太阳在北山的山顶挂着呢，穿透了白云。银城的云开始变得白了，阳光照耀着小英子，她看着根本看不见的甜水湾，默默地站着，好像不知道下雨了，衣服湿了，爸爸的白衬衫贴在了她的身上。

多美呀，太阳雨中的她。

她转过身来，白衬衫湿了以后，里面的肉都露了出来，不知道白衬衫湿了会透明的，我看见了她的乳房，好丰满的乳房。小英子在送来大木桶以后把胸罩脱掉了，那就是知道我想跟她一起洗澡吧！

小英姐怎么那么聪明呢！

她站在雨中不动，我家干打垒房子虽然不是残垣断壁，可像屋里一样看上去让人想不到的有些清苦。这是不对的，银城的日子比起过去早已经天翻地覆，可没有人知道爸爸是要给姥爷家打水井啊！

小英子也不知道，她是傻了还是疑惑呀？站在门口向屋里看着。我走出去，拉了拉她的衣服，“小英姐？”

她跟我回到屋里，头发湿了，脸上全是水，我觉得好像也有眼泪。她为什么要哭呢？我不能问，妈妈说姑娘哭的时候不要问，就是想哭了而已，没有太多理由。我知道妈妈是在说自己呢，她的姐姐拿到抓的阄走了以后，那天也下雨了，妈妈忘了往炕里扫水，望着大姨的背影也哭了。

妈妈想让大姨到城里的啊，才写了两个都是“走”的纸阄让大姨先抓，为什么要哭呢？是后悔了吗？当然不是，更不知道后来会发生那样的事儿，就是想哭一会儿，于是就哭了。

“小英姐？我们洗澡吧！”

她同意了，说：“好，阿甘，你是弟弟，我给你洗。”

“我们一起洗吧！”我说。

她帮我脱去了衣服，我的衣服好脱，她真像个姐姐，肯定喜欢弟弟，我向天发誓这时候她还不知道已经有两个弟弟了，还有了两个妹妹，其中一个弟弟和一个妹妹就差几天，不是一个女人生的，都跟她有一半血缘，因为都是她爸爸的孩子。搞建设的爸爸真能干，我爸爸也能干，可还是不一样，她的爸爸每一次劳作都是为了自己的快乐，而九爷的每一次付出都是为了银城。爸爸消失了以后妈妈总说：“好人有好报的，九爷一定会回来的！”我就问：“妈，爸爸去哪儿了？”妈妈没有好气儿地说：“我哪知道！”我又问，没想到把妈妈给问哭了，我问：“妈，爸爸特受尊重，九爷是好人吗？”妈妈突然哭了，暴躁地哭着说了三遍：“我不知道！我不知道！我不知道！”

她帮我脱完了，我要帮她脱，她不让，转过身去，把白衬衫脱掉，又脱掉红裤衩，才慢慢地转回身来。

我想看，又害怕，赶紧闭上了眼睛。

“阿甘，你闭眼睛干吗呀？”

“我怕再长针眼！在甜水湾看见你光屁股回来我就长针眼了！”我还用双手捂住了眼睛，“就是你说的，看见不该看的东西会长针眼的！”

她笑了，摸了一下我的脸，说：“阿甘，我没有骗你吧？你看过了再看就不算了。”

“真的？”我赶紧睁开了，欣喜地说：“那让我好好看看你，小英姐！”

“看吧，我无所谓了，又是在你家，九爷的家。”她说，可她骗我，不想让我好好看，一只手捂住了乳房，一只手放到下面，挡住，说：“阿甘，我问你，你要告诉我真话，如果讲假话你会烂舌头的，不骗你！”

“你问吧！”我激动，大声说：“我要是讲假话就烂舌头！”

“那好，告诉我阿甘，你们家有地洞吗？”她靠近了我，身子快贴住了我的身子，把嘴靠在了我耳边悄声说：“比如床底下，九爷是不是挖了个洞呀？往里面藏东西？”

“哪有呀？”我瞪大眼睛，“你猜我家会有洞藏东西？藏什么呀？”

“真的没有吗？藏钱什么的，还有别的？我不知道，”她还是不太相信，“你带我看看，阿甘，我不会说出去的！”

我不高兴了，我家有什么东西要在床底下挖一个洞往里藏？再说了，谁挖得了呀？那可是个大工程，在花岗岩上挖洞容易吗？我们班教室后面，也就是北山上的一个洞还是爸爸小时候用凿子一点一点地凿，从三年级挖到四年级才在岩石上面挖出来了一个小方洞，外面罩了铁丝做的门里面养了一只小白兔，还被老校长发现把小白兔给炖了，爸爸哭了好几天。

她怎么想的？爸爸会在家里的花岗岩地上再挖一个洞？那得多辛苦不说，爸爸有什么可藏的呀？爸爸在政府大楼倒是想把自己藏起来，不接待客人的时候把自己锁在办公室里的九块小瓷砖上才叫了“九爷”的，爸爸知道小英子这么想准得疯了！银城的山像银城人一样硬，用榔头拿着凿子一敲一冒烟，就跟委屈了银城人似的会一问一蹦高！爸爸春天里看见两个陌生的叔叔进家来很平静，那就是不委屈。可我委屈，为爸爸，为九爷。

“阿甘，没有就没有吧，你哭什么呀？”

她相信了，相信九爷的床底下不会有一个洞来藏钱的，爸爸每个月发了工资都去甜水湾把钱交给大舅，攒够了钱将来好给姥爷家打口井。她拉住了我的手，说：“好了阿甘，别哭了！来，我是姐姐，姐姐给你洗澡！”

“我要跟你一起洗！”

她看着我，眼睛也有些变化，失望还是同情我不知道，答应我了，说：“那好吧！”

我和她一起坐进了大木桶里。她的手捂着胸，不想让我看她的乳房，我早就看见了，在甜水湾就已经看过了，那时候可没有现在大，才两年就长成了这么丰满，她的乳房好丰满，更好看了。

“小英姐？我不想让你当姐姐，不想做弟弟！”

“那你想让我当什么呀？”

“你当我老婆好不好？”我又兴奋了，爸爸总说人要有进取精神，尤其是男人。我是男人我高兴，就高兴地说：“我做你的老公，我们俩将来结婚！”

“结婚？好呀！”她答应了，微笑，也许是苦笑着说：“阿甘，如果我嫁不出去，到时候就跟你结婚！阿甘呀，你知道结婚干吗吗？”

“吵架呀？”这个我知道，“咱俩好，结婚住一起吵起架来就方便了！”

“噢，这样啊？我知道了。”她看着我，抬起不捂着胸的那只手，抚摸着我的脸，“阿甘，姐姐不会跟你吵架的，你好棒，又聪明，像你爸爸九爷一样！”

“我也不想吵，才舍不得呢，可不吵架结婚住在一起干吗呀？”

我看着她，在水里更美丽的她，有些难过，说："我害怕你会跟班长吵，明天下午放假，他还要带你走，我老看见你跟他吵架，他还要带你去看海！"

"看什么海？"妈妈突然回来了，一边推门进屋一边大声说，看到我俩坐在大木桶里，瞪大眼睛叫了起来，"天哪！"

还好没有雷声，要不就把我给吓死了。小英子也发出了一声惊叫，我也叫起来，还使劲地拍着水，溅起了一片片水花。

妈妈又打开伞，不是举起而是横过来，挡住我溅起的水花，还有眼睛，说："快穿上衣服！哪儿来的大木桶呀？你爸爸回来了？"

妈妈不知道家里哪来的大木桶，我一说妈妈就知道了，妈妈使劲点着头，没完没了。我记得妈妈跟别人不一样，点头是表示不同意，一边说："我就知道！我就知道！我就知道！"

真好，妈妈知道了，不再关注我和小英子为什么脱光了坐在桶里洗澡，可是没有完全洗成，我还没有往她身上抹香皂呢。我想给她抹的，想好了怎样摸，让她的脸、脖子和身上起好多泡泡，滑溜溜的，被妈妈给打断了，她回家是来看接水管的，好像也不是。

妈妈在屋里转着圈，妈妈也学会像爸爸那样转圈了，踱来踱去，等小英子穿好衣服，说："走，跟阿姨回甜水湾！"

"妈妈，回甜水湾干吗呀？你给小英姐烙馅饼，好吧？别老让她吃糖饼了！”

“吃！吃！吃！”妈妈跺了一下脚，从鞋里还滋出来了水花，妈妈回来得多急还把鞋都踩湿了，大声说：“你就知道吃！”

我想哭，可我长大了，不能当着妈妈的面哭，何况小英子也在，她们走了我才哭。

我哭得好伤心，因为妈妈无论多不高兴从来都没有说过我，妈妈只跟爸爸吵架，因为我。妈妈急急忙忙地回甜水湾，还把小英子带走了，不让我跟小英子在一起，也没准备给她烙馅饼，不知道急个什么。

我站在院子里，看到厨房门口也有了水管，还有亮晶晶的水龙头，下面接着桶，没有下水道。接到厨房里边的地上还有一根水管是尖尖的，我看不懂，爸爸回家一下就看懂了，告诉我那是为洗衣机准备的，政府为百姓想得真周全。就是说，我家要有洗衣机了，妈妈再也不用手洗衣服了。刘主任夸过妈妈的手，说手是女人的第二张脸，爸爸同意，爸爸叹了一口气，“儿子，你妈呢？”

“送小英子回家了，甜水湾。”我有点伤感，“妈妈抠门，怕小英子在咱家吃饭，可妈妈老给小英子烙糖饼呀，怎么就不心疼呢？妈妈越来越小气了！”

爸爸笑了，然后收住了，严肃地说：“儿子，不许这么说妈妈！”

我同意，可小英子第一次来，妈妈见到她就把她带走了，我找不到别的解释。

爸爸很高兴，拧开水龙头，又关上。再拧开，水哗哗地流进水桶，爸爸好开心，说："政府还真的是说话算话，十件实事做到北山了，连钱都不收了，刘主任居然没说，不想告诉我，我说今天不用我陪要买政府大楼的那个开发商呢，是让我高兴！"

我没有告诉爸爸，告诉九爷这些都是刘主任花钱做的，安排得妥妥的。妈妈肯定知道，才在没有下班的时间赶回家来看，又急匆匆走了，去把幸福的喜讯告诉姥爷和大舅，不用担心我们家的日子，给姥爷家打口水井的日子还会提前吧！

我知道，爸爸知道是刘主任做的这些个一定会生气的，必定要好好批评一下妈妈，我要妈妈给爸爸检查，抚慰一下我这颗受伤了的心。小英子，什么时候才会再来我家呀？还会同意跟我一起洗澡吗？黄叔叔总说时机不可错，错过了不再来。

雨停了，太阳明晃晃地挂在西山，照亮了爸爸的脸，也照亮了甘家旺，更照亮了甜水湾。

黄叔叔过来了，站在我家院子门口，不进来，酸溜溜地说："九爷接上水管了？"爸爸说："接上了，黄总吃了吗？"黄叔叔说："吃了！绿豆粥、窝窝头，苦苦菜，都是粗粮野菜，养生的，银城的日子一天比一天好，现在必须养生了！"爸爸笑了，说："那是，人没钱的时候玩命，有钱了就开始惜命了！唉，人就是矛盾了一辈子，到死才明白，有的人死也没弄明白。”

黄叔叔手里拿着大哥大，显摆着，说：“九爷可不死，不能死，不会死的九爷快成精了！我还指望着你呢，九爷跟刘主任说说，把哥伦布洗浴中心对面的菜店租给我吧，我要发展文化产业，再开一家录像厅。”

爸爸生气地说：“银城的国营菜店都叫北京来的两个兄弟的那家公司给包了，做超市，在全国开连锁店！国有资产就这样以正确的名义丢㞞的了，连粮店都消失了！”黄叔叔呵呵了一下，“这要你㞞的管？借调到接待办你还忧国忧民起来了？老实说九爷，你吃了多少？”爸爸说：“他妈去甜水湾了，还没吃呢！”

黄叔叔说：“装，跟我装！是锯就掉末，哪㞞的不一样？九爷分了多少？透透呗，老邻居了，我又不跟你借！你这有名的抠门九爷，就是吃政府的时候陪人才喜兴，我也㞞得跟你借不出来啊！”

爸爸不笑了，关上水龙头，看着黄叔叔，说：“是锯就掉末？你以为我在锯木头哇？你们这些人，就是也嫉人有笑人无！我家不就装个水管吗？还是政府出钱给装的，你们都装得早没赶上，我运气好赶上这拨了，你干吗呀老黄？”

“政府装的？你以为政府是你妈呀？不知道是你老婆她们的那个大龅牙金总花钱弄的？他这是投资呀！”黄叔叔龇牙一笑，说：“嘿嘿，九爷，那个金总就喜欢娘儿们，看了黄色录像带才知道床上那点事儿根本就不是一个姿势的！没有改革开放哪㞞的会知道？原来床上也有十八般武艺啊，过去一点都不知道，多少人这辈子就抱个黄脸婆趴在上面一个姿势啃了一辈子玉米，从小甜玉米啃成老玉米棒子啃不动了才知道还有那么多招式呀，这大半辈子算是亏大了！这就是你陪投资银城连锁健身房老板喝休克那回的贡献，办了卡往健身房跑的人都是练姿势呢，你以为你刚陪来的瑜伽馆干吗的？练软功啊！女人在床上太硬了不行的，那些个离婚的不是男人太软就是女人太硬！这是一门大学问，九爷这种残废哪懂屎的！那个大龅牙老金喜欢熟女，银城第一重口味，喜欢软的绵的，越软越绵越好，九爷别光忙着给刘主任当孙子了，看好你老婆吧！”

“你个屃屎驴日的！”

爸爸第一次当面骂“007”，脱下还是张处长送的皮鞋扔出去，一只皮鞋飞了出去，没打着，“007”说：“哈哈！没打着！”

我捡起地上一根接水管的废管头扔过去，飞舞着，打着了，差点戳进他的肚子里，幸亏他系着一根名牌皮带，正打中包了金的钢头上。我知道了，原来系名牌皮带的人都是防刀子一类硬器的，知道有人老想捅了他吧，爸爸就从来不系名牌牛皮带。九爷也有一条，刘主任送的，爸爸从来不系，因为都感谢九爷，没有人想捅九爷，他一直系着那条还是跟妈妈结婚前买的猪皮皮带，从大姨开的长途汽车上被流氓拎着扔下来的皮带，结实。

月亮上来了，挂在窗户上，厚厚的云彩像是飘浮在天上的海，我觉得可以这样形容，天海。我没见过真的海，海跟我没有关系，好像跟地球有关系，小英子说海的潮起潮落是地球的呼吸，地球也有呼吸的，可我只知道小英子的呼吸，深呼吸，在大木桶里洗澡的时候，不，上午参观展览的时候就有了。

学校让我们参观银城反贪展览，看见了那么多电视机、电冰箱，还有做饭的炉子。我见到了一个叫微波炉的盒子，是从管城市建设的副市长家搜出来的，还有中华烟和茅台酒。从财税局副局长家搜出了金项链、玉手镯，还有一辆摩托车。从城市建设规划局副局长家搜出了照相机、四个喇叭的录音机和可以到北京友谊商店去买东西的外汇券。他们都被判处了死刑一个个地枪毙了。怪不得刘主任吃妈妈做的拉面时总说银城要改一改，建筑是建筑，规划是规划，“财税局”也是不对的，不能左手收国家的税、右手发国家的钱，全办了，容易产生腐败。“能吃上弟妹做的拉面也够腐败的，就是幸福啊！幸福来敲门，谁又挡得住不开门呢？”刘主任看了妈妈一眼说，妈妈红着脸出去了。

妈妈还没有回家。爸爸坐在小书桌前写总结，也可能是接待计划，没准还写诗呢，不知道。银城有了一份新报纸，叫《银城晚报》，“203”表姐夫新结婚的姐姐是编辑，老约爸爸写诗。表姐夫想调到公安局去，爸爸只要跟刘主任说一声这事准行，可爸爸不肯，新姐姐就让爸爸给晚报写诗折磨爸爸，妈妈说是讨好九爷，在晚报上发表诗爸爸可以得到稿费。

可爸爸写的不叫诗，哪儿叫诗啊，李白才会写诗，还有杜甫，也有一个叫白居易的，中国有唐诗三百首传下来，爸爸的诗都传不出我家。爸爸不让别人看，一开始是为教妈妈识字学文化的，随着妈妈的公司迁到西面以后，妈妈倒是爱看爸爸写在笔记本上的诗了：

我喜欢简单的日子
简单的思想
看简单的娘儿们抹着简单的口红
穿着简单的衣裳

大家坐在一起说简单的话
吃简单的饭
喝简单的酒
跟简单的人成为朋友
走简单的路
不想让人指着背影说
这家伙不简单

我简单地笑笑

幻想

在这个复杂的国度里

简单地活着

我不知道这算不算诗，在《银城晚报》登出来以后“九爷”真有名了，出了政府大楼和北山，好多人喜欢。爸爸不太高兴，爸爸没有用“九爷”让表姐夫的新“表姐”拿走，爸爸给自己起的笔名叫“田一一”，一心一意做人，一心一意做事，因为一一，所以一一，好像就是这个意思吧，表姐夫支持新表姐，说：“九爷呀，就用九爷吧！常在河边走，哪儿能不湿鞋？九爷多写诗，多发表，发表诗是按行数计算字数的，每十行算一千字，九爷挣稿费才有的钱，都看得见，别人也就不会说什么了！”

爸爸怔怔地看着表姐夫。

“干吗这么看屌我呀？我穿警服不像警察吗？”表姐夫正了正帽子，说：“九爷不帮我有人帮，刘主任帮的，马上换届，刘主任要当副市长了，他在公安局也得有自己的人呀，九爷不懂这些！”

爸爸是不懂，刘主任到家里来一说九爷的事儿爸爸就懂了，刘主任说：“九爷呀，我当了副市长更不能把你调到市政府里了！还是借调，九爷的工资教育局发，都方便，不屌的招事儿，苦了你了，每年的先进教育工作者是没办法得了！我看到你的诗了，九爷可真是有才！九爷的诗没多少人看得懂，我懂，简单才不简单啊！九爷不简单，我不会，银城也不会对不起你的！好好干，阿甘他表姐马上带着美国大财团的先遣代表团来银城考察，九爷一定要陪好，你赶紧练一练飞，现在流行滑翔了，让他们好好看看我们银城的山和水，美国这个大财团重视投资环保企业，咱们一定要建成太阳能基地，国家支持我们银城的发展，发改委不光是为涨价找理由，为汽油不降价找借口，投资上百亿的银枫机场批下来了，九爷还要再陪好张主任，引进枫树计划，让银城的秋天开满红叶！张主任明天来，还要来家里吃弟妹做的拉面呢！”

张处长要来家里吃妈妈做的拉面，这不用准备，妈妈随时可以做，和好面省够时间就行。爸爸准备的要复杂得多得多，政府接待工作可是个细活儿，还真不是谁都干得了的，九爷现在早已经得心应手，刘主任当了副市长更离不开九爷了。爸爸最要准备好的是表姐带来的美国投资考察团，还有“银枫机场”，国家批下的银城机场连名字都起好了，不引进枫树林怎么行，可什么树到了银城都不好长啊，要是好长银城早该是绿荫葱葱了！

爸爸没有拉上屋子中间的帘子，妈妈还没有回来，爸爸坐在书架伸出来一块板做成的小书桌前，不是看书，也不是写诗，在接着做接待计划。刘主任今天才算跟九爷说明白了，九爷为什么不能调进政府办成为国家的正式公务员，因为政府不方便，好多事做了政府也是报销不了的，刘主任有办法找到企业去给报销，该政府花钱的也是哪个口的事哪个口的报销，牢牢控制在刘主任的手里，王书记兼着市长公开说为国家省了好多钱不说，还减少了腐败，提高了效率。

爸爸坐在夹在木隔板上伸出来的蛇管灯下，昏黄的灯光好幽暗，坐在灯下，九爷开始戴眼镜了。妈妈说爸爸的台灯是世界上瓦数最小的灯泡，可以省电费。我躺在床上看着爸爸，爸爸真的好瘦，开始相信妈妈说的，狼看到九爷吃掉九爷之前一定都会先落下泪来，哭一会儿再含着泪把九爷给吃了。

不知道是多晚，我被爸爸和妈妈吵架的声音弄醒了。主要是爸爸的声音，没想到爸爸会有如此强壮的声音，墙上的奖状和照片镜框都在颤抖，像是飓风掠进屋里席卷了我家，爸爸只重复着三句话："你干吗？你要干吗？你到底想干吗？"

妈妈柔弱地说："你小点声，别急呀！"

我坐起身，爸爸像一头被困住的猎豹在屋子里噌噌乱转。猎豹虽小，发起威来也足够吓人，甚至可以说是威武。他一把扯下了屋子中间的隔帘。我看见了风尘仆仆的妈妈，脸上全是汗，一缕头发贴在了脸上，坐起身，看见地上撒满了钱。

好多钱零乱地撒在地上，有的还湿漉漉的，我还看见了扣在地上的盆。爸爸为妈妈打好的洗脚水扣在了地上。爸爸每一声都问得很响，一声比一声高，惨烈地撞到墙上，然后弹回来也是落了一地，声音一定很疼。我不会形容，原谅我吧，希望像爸爸能原谅妈妈那样，无论妈妈做了什么。

妈妈又能做什么呢？妈妈做了什么激怒了爸爸？爱笑的爸爸发起怒来如此虎虎生威，是我没想到的。妈妈一定也没想到，蔫人发作更可怕，我真害怕爸爸控制不住了会打妈妈。当然，那是绝对不可能的，爸爸打自己，把身上的挎篮背心都撕破了，一边的带子吊在身上。

“他爸，你冷静一下！”妈妈忽然抱住了爸爸，哭了，怕爸爸把九爷自己给撕了，“你这是干吗呀？你听我说呀！”

“不许对妈妈这样！”

我大声叫着，哇的一声也哭了。

爸爸一屁股坐在地上，坐在了湿漉漉的钱上，抱住自己的头，断了的背心带子吊在肩上，他紧憋着，不肯发出哭的声音。我觉得爸爸会把自己憋死，却无能为力。那一刻我才知道了一件事，忽然明白一件事，人生最痛苦的莫过于眼睁睁看着世界上最亲的人痛苦，却无能为力，我又为爸爸哭，为九爷哭，哭得巨响，哇哇的，还真不如让自己死了。

可我不能死，我答应了爸爸，答应过妈妈，将来要到北京去上大学，还要把爸爸妈妈接到北京去，为爸爸妈妈养老送终。我还记得在甜水湾大舅给爸爸照片作揖祭拜时，嘴里还念叨“九爷长命百岁”呢！

爸爸长命百岁。爸爸能活到一百岁，我是多么幸福。

爸爸和妈妈闹意见从来不会超过一夜的，爸爸不会让它过夜，说那是丈夫的责任、男人的担当。我躺在床上，奇怪爸爸妈妈闹意见第一次不是因为我，而且这一回是爸爸主动闹的，我知道。我看出来了，妈妈一直处于防守，却丝毫没有示弱的意思，妈妈不示弱，也是第一次，我不知道要不要为妈妈高兴。没有答案，我对答案总是紧张。我总是奇怪，世界上所有的事情为什么一定要有答案呢？不可以没有答案吗？

爸爸只强硬了一会儿就败下阵来，眼睛不像两朵花，也不像妈妈说的葱头，有些呆滞、慌张，藏着惊恐，甚至还有委屈。看来无论什么事，第一次总是很难的，这是爸爸第一次主动生气，结果就是抱住妈妈哭了一阵子，开始收拾地上的钱，一张一张捡起来，抹平了，小心地码整齐。

我假装睡着了，翻过身，趴在枕头上，悄悄抬起头，看见爸爸帮妈妈脱去衣服。妈妈好委屈，不哭了，眼泪含在眼睛里打转。爸爸给妈妈脱衣服的时候知错了，抓住妈妈的手，让妈妈打他的脸。妈妈不打，说：“你干吗呀！”爸爸一下抱住了妈妈，声音颤抖地说:“你打我吧!”

妈妈不打,使劲往回抽着手,藏在了身后。爸爸想把妈妈的手抓过来打自己的脸上,两个人都很坚持自己的主张。爸爸靠在了妈妈身上,两只手伸向妈妈的身后抓住了妈妈的手,却扳不过来,没办法让妈妈打他的脸。然后妈妈突然一下紧紧抱住了爸爸,这回妈妈哭了,放声大哭。

我从来没见过爸爸妈妈抱在一起哭,这是第一次。

我可以翻过身,重新躺好睡觉了。墙那边传来黄叔叔打我已经不知道是第几个黄阿姨屁股的声音,传过来有节奏的啪啪啪三声响。又一个新黄阿姨大呼大叫,肉搏的声音,很疼吧,好像还有惊喜,不知道是快乐呢还是不快乐,三声过后黄阿姨开始咆哮了,“这就完了?你怎么跟NBA队员似的?看着有多尿的棒,这么不行?”黄叔叔急了,“我说你答应我以后见不到你了,你尿的还跑美国打篮球去了?”她说:“打你妈 × 篮球!你还真是个中看不中用的!我说银城的文化不行呢,有你这么个早泄局长!”“007”说:“我早辞职了,成立了银色文化传媒公司你不知道?马上要走向国际了!”她说:“你尿的好好在银城待着吧,别给世界去添堵了!”

黄叔叔真行,这回找了个打篮球的,KTV的不要了,文艺圈跳舞的也玩腻了，这回又找了个体育界的，随着银城的发展在发展，这回还真是不行了，自己以为很行的，往有更强功力的阿姨身上一上，还真是不行了。

黄叔叔真是奇葩，怪不得表姐说男人长得太帅了完蛋操，把英俊的表姐夫甩了，找了一个广东倒腾袜子卖伞的，都说挺丑的，又去美国找了一个更丑的大傻子吧？还没有进化过来呢，国家才二百多年的历史，哪儿有老师说的我们的五千年文化啊，野兽，必是野兽一样的人。刘主任又去了一趟南方，说那边开始流行天使投资人了，天使投资，表姐要带来的是野兽投资吧？

银城真是一个奇怪物种的聚集地，因痛而快乐，还咆哮。妈妈是喜是痛都是无声的，原来爸爸是生气妈妈去甜水湾跟大舅要回来钱，不知道大舅哭没哭，妈妈倒是泪水涟涟。我终于跟爸爸一起明白了，原来妈妈需要买一个洗衣机，还有电冰箱。

爸爸妈妈窸窸细语，我断断续续听懂了。刘主任花钱给我家接了水管，还留出接洗衣机的水龙头和电冰箱的插座。妈妈怕刘主任再给买个洗衣机和电冰箱来，跑到甜水湾跟大舅要回来好多钱，要明天先买了。

爸爸为发脾气后悔不已，我知道了，听见妈妈说怕爸爸掉进了坑里，人是无利不起早的，提到了拆掉好多房子正在建起的“银城大道”，还修了一个辉煌的非古非今、非中非洋的城门楼子，人们再到市中心，无论开车骑车还是走路都要从城楼下过了。妈妈还问爸爸那城楼门每天要来来往往过多少人？爸爸拉起妈妈的手，说都知道，进进出出的就两个人。

我有点害怕了，爸爸是算术不好还是脑子坏了呀？每天熙熙攘攘怎么会就是两个人呢？多年以后还是小英子告诉我了真相，原来天下所有的门都只过两个人的，一个为财，一个为利，偶尔也有第三人，是为义，那第三个人可能是九爷，肯定是九爷。

我着实听不懂了，小英子说九爷是无脑行善者，丢了自己，为的却是找不到的具体人，这些人有时在电视上被称为“群众”，有时称为“人民”，我着实搞不懂。找不到爸爸以后，小英子回来管所有人都叫“公民”了。她学法律专业最大的变化是说话开始不着调了，反正我越发听不懂了，但她出落得更漂亮了，身体里有一种神秘的力量催使我老想抱抱她，可我不敢，只能让自己在梦中坠落。

梦中的每次坠落都会被惊醒，在梦中进入了她的身体，软软的，柔柔的，流出了好多水，醒来更无助，更伤感，还更惊恐。

还是停留在那个夜晚吧，我关注着事态的发展，爸爸该给妈妈洗脚了，一定的，不知道爸爸能不能洗好妈妈的委屈和心情。墙上的表指针指向十一点，午夜有了些凉意。

银城好像比过去热了，还是变成大城市以后人变得娇气起来，对冷暖敏感了，在意了。不知道，我只知道现在真的是越来越热，黄叔叔家都装上空调了，把挂空调的架子上的螺丝从中间的墙伸到我家来，妈妈不生气，在上面挂了一把桃木做的剑，说是桃木剑可以避邪。甜水湾很多人家都开始挂桃木剑了，怕邪气进家，妈妈还拿回家来大舅做的一把桃木剑，说像是被遗忘了的甜水湾那样进不去邪气，爸爸扑哧一下笑了，悲哀地笑，可还是惹得妈妈不高兴了，爸爸知错了，赶紧哄妈妈，说："能进去！能！"

妈妈红着脸说："还能？进邪气？"爸爸立即纠正，"喜气！进喜气！"妈妈这才笑了，说："怪不得他大舅说九爷是喜神呢！你还真得是才行呀，要不他大舅岂不白拜九爷了？"爸爸窝心地说："我就怕这个！"妈妈安慰道："叫你喜神，拜九爷，是谢贵人呢！你又说不是我家的贵人吧？"爸爸就笑了，好无奈，无奈妈妈没有文化，只有爱，不是已经足够了，而是太幸运了，爸爸总说感谢甜水湾诞生了我的好妈妈。

爸爸妈妈拌拌嘴，让日子总是充满情趣。爸爸这回没问妈妈几点了，爸爸第一次主动跟妈妈吵架，却跟我没关系，事情就变得很奇妙，过去从来没有过。我假装睡着了，爸爸拿起盆，传来哗哗的水声，爸爸在接水，终于可以在家里接水了，为妈妈洗脚，我翻过身来了，睁开眼，大声说："爸爸，我不要带对钩的鞋了！"

爸爸怔了一下，明白了我的话，说："阿甘，爸爸一定给你买！

别着急，咱们听你妈妈的，先买洗衣机！”

我们家有洗衣机了，曼哈顿购物中心刚开门爸爸和妈妈就买了个洗衣机，把洗衣机抬上山坡，轰轰烈烈地回家，多么喜庆的日子，生活一天比一天有滋味。爸爸像是故意要惊动“007”黄叔叔，呼着号子跟妈妈把洗衣机抬进院子，搬进屋里。

黄叔叔果然被惊动，嘴里叼着一根牙签过来，进了我家院里，唏嘘不已，原来我家的比他家的高级，叫滚筒洗衣机，爸爸兴奋地说：“全自动的！老黄，你家那是双桶的吧？这边洗完了还得拿出来放到那边的筒里再甩干？我们家不用的，一条龙！”黄叔叔说：“九爷，全自动洗不干净衣服的，没有半自动的好，你屌的不懂！”妈妈笑着说：“可不是！九爷就是被卖洗衣机的丫头给忽悠的，谁不知道九爷好面子，没主见，就买了个滚筒全自动的，黄总比我家早用好几年洗衣机了，有经验，我们家就凑合着用吧！”爸爸说：“可不是！生活又不是上战场打仗，用全自动步枪把敌人一扣扳机全突突了，这过日子就是向自己开枪，一发一发的每枪都打准了才是！”黄叔叔说：“九爷枪法准，一枪就打出个傻阿甘来，哈哈！”

爸爸很生气，可爸爸是一个只想委屈自己的人，一涉及我，爸爸才会急，我不知道爸爸该怎样急。黄叔叔转回身扭着屁股要走，黄叔叔有男人中超常规的大屁股，肥嘟嘟。妈妈欢天喜地地大声说："快接上，赶紧的！"黄阿姨这时飘进了我家院子，高高的个头，真的是好高，还真是打篮球的。妈妈客套地说："大妹子是打篮球的吧？"她说："早就不打了，我是模特儿，银城第一模！"爸爸说："从北京来的？在北京混不下去了吧？"黄叔叔说："你个尿的九爷！混得下去能来银城吗？东北大妞，我要包装成中国西部第一名模阿丽娜走向世界，先去意大利，才轰炸法国，老外都喜欢小眼睛又没有鼻梁的，才东方，才中国！"阿丽娜闪着大红唇说："我出去就找一个在床上做体操的！你就是银城九爷吧？这袖珍个头儿，男人不看个头看鼻头，高鼻梁子没有用的，鼻头得大，老虎了！"

爸爸下意识地摸了一下鼻头，妈妈刚流露出来幸福就被打断。阿丽娜看着洗衣机说："九爷买的是全自动的？老虎了，一口气干到底！我家的那个走走停停，连续三下就他妹的歇 × 了！"

黄叔叔很生气，大声说："回家去，什么叫就三下？那不是为了更好的后三下吗？"阿丽娜说："你拉尿倒吧！那三下还是吃了春药的！"黄叔叔说："印度神油，你怎么老尿的说成春药？九爷才是春药呢，银城春药！买个洗衣机全世界都尿的知道了，赶明儿买辆汽车还不开到联合国去？"爸爸说："你们两口子快闭嘴，真敢想，还买汽车！"

"007"拉着黄阿姨就走了，对我家有了洗衣机还是全自动的很生气。

妈妈笑笑说："老黄该放音响了！"果然就传来音响的声音，好大的声音，黄叔叔像是弄了个广播站，传到很远，邓丽君挠人痒痒肉的歌，"美酒加咖啡，我只要喝一杯，想起了过去，又喝了第二杯。明知道爱情像流水，管他去爱谁！"

爸爸、妈妈和我都喝过咖啡，刘主任送给爸爸的，我们一家人美美地喝了，然后都睡不着觉，那天晚上坐了大半夜，开始探讨人生，假如不生活在银城，人生会是什么样？更好还是更坏？爸爸说生在哪里哪里就是根，爸爸生在甘家旺，妈妈生在甜水湾，我生在城关镇，我们都是银城人，好高兴，高兴得睡不着。

有了洗衣机，我不知道爸爸妈妈为何如此欢天喜地，分明故意张扬。黄叔叔让邓丽君软绵绵钻心扯魂的歌声恨不得传遍北山，然后突然不响了，断电了，爸爸刚打开洗衣机就跳闸了。

黄叔叔惊乍地跑过来，像大火烧了他大屁股似的冲进了院子，叫道："干屎呢？你们家给弄跳闸了，把君君愣给憋回去弄没声了！"

爸爸满脸羞愧，拿着保险丝冲出院子。妈妈搬着一个板凳追了出去，边喊："九爷，拿凳子！"

爸爸忘了够不到房东头的保险盒，妈妈记得。好多邻居围到我家外面，跳闸让人生气，于是就来围观，像围观到银城来的外国人似的，像看猴子，而外国人也惊奇地看银城人，不知道究竟谁是猴子，都很可疑地友好笑笑，长成这样，都对对方充满了同情，爸爸总说实际上是都没准备好呢。

我不知道要准备好什么，对于北山的人家来说至少是保险丝吧，除了我家。家家早就有了电视机、电冰箱和洗衣机，保险丝太细了，总是跳闸，只要跳闸断电都是爸爸去修的，如果没马上修好来电，一定是爸爸没在家。

来电了，邓丽君又开始唱，邻居们散去，黄叔叔看着我说："你们家一下就有钱了？"我仰起头说："那当然！昨晚还撒了一地呢！"黄叔叔咯咯地笑了，怪怪的，笑得我毛骨悚然。我老以为笑是一件自己快乐也让别人快乐的事，看来不尽然。

妈妈说："耽误你听邓丽君了，真对不住！"黄叔叔紧盯着妈妈的脸，"你没戴耳环，手上看着也干净，没戒指，把穷装成这屌样儿，又何必呢？证明九爷没贪？"妈妈怔了一下，吓了一跳，"老黄你说屌什么呀？"他呵呵笑了几下，出去了，边说："真会装屌的！"

美酒加咖啡，我只要喝一杯。邓丽君像用软软的手挠人痒痒肉的声音又响起。爸爸跑着回来了，说："这回好了，洗完衣服不用往死里拧了，在洗衣机里甩完拿出来抖几下就干了，你再也不用辛苦了！"妈妈好高兴，又开了洗衣机，啪的一声，电又断了。

黄叔叔在墙那边大叫道："干屎啥呀？能不能好好做人了？听会儿邓丽君都听不踏实！电带不动了，知道吗？都屎的怪你家！买什么洗衣机，还全自动的，废电知道不？叫了九爷还了不得了！"

原来电带不动了，北山这一片的电力带不动我家的洗衣机。黄叔叔又叫道："九爷，你别再给弄短路一把火把北山给烧了！好日子刚开始，可没人想陪你死屎的了！"

妈妈的脸唰的一下红了，羞愧得不得了。爸爸怔怔地伫立在门口，一动不动，好半天才转回身来，看着妈妈。

费了好大的劲，还有一个词叫"周折"，也就是折腾了半天，爸爸跟妈妈还真生了气，却买回来一个不能用的洗衣机。我看见了爸爸和妈妈的苦笑，烈日当头，太阳烘烤着北山，爸爸和妈妈蔫了。

变压器带不动我家用电了，爸爸不知道说什么，想安慰妈妈，说："都怪我！"妈妈快哭了，"怪我！怪他姥爷！怪他大舅！怪他姥姥！最怪的是他大姨！要不咱家早有洗衣机了！凭什么就带不动咱家的？"

爸爸拉上了帘，太阳还当头照呢，爸爸就把屋子中间的帘子拉上了，窗帘也拉上，我家好朦胧。我不知道"朦胧"究竟是什么意思，拿起《新华字典》一查就懂了，上面这样写着：朦胧，模糊不清：月色朦胧，暮色朦胧，朦胧的往事。还有一层意思是“神志迷糊”：醉眼朦胧，意识朦胧。

哈哈，《新华字典》上这不都是说我家呢吗？我家好朦胧，爸爸朦胧，妈妈朦胧，我也朦胧，我家上了《新华字典》了！

我出了屋，十一点再去学校，我告别小学时代了，老师不让我早去，早去了没有用，队列里没有我，不知道把我放在哪，我就先把自己放在家。为爸爸妈妈关上门，走出院子，顺坡爬上去，坐在我家屋顶，看着明亮而且开始刺眼的银城，有点小伤感。

多年以后，一九九九年的夏天我还这样在屋顶遥望，守望爸爸，他叫九爷，有名的九爷春天就走了，该是往回走了吧，走过了夏天和秋天，再不回来就入冬了，我怕爸爸会着凉，千万别冻着，好担心。九爷飞了，一定飞得太远，穿过千山万水回家来。哪有千山万水啊，千山有可能，万水连传说里都不会有，谁不知道银城只有一条河，它的名字叫黄河，像我知道北京就一个门一样，它的名字叫天安门。我高中毕业时答应过爸爸要到北京去上大学，当然还要带上妈妈，一起去看北京据说全世界都知道的门。看不见不知道有多暴躁的黄河，它在南山那边，没日没夜哗啦啦地向东流，流得好让人心疼。

太阳开始把我晒疼了，可我不想回屋去，在想我一直没有得到的东西，一种鞋，带对钩的鞋。

我还喜欢变形金刚，欢天喜地的时候，发现爸爸给我买回来一个坏了的擎天柱，不会变形，促销的。爸爸不懂变形，别说是变形金刚了，可爸爸看过卡夫卡的《变形记》呀，小英子四年级时就看，被班长抢过来扔出去，另一个同学接了再扔过来，在教室里扔来扔去，从来不会传给我的，班长说九爷就是一条大虫子，他爸爸孙书记说的，还说早晚要把九爷捏死。班长要把我捏死，总说我是膈应他的小虫子，老让我给他系鞋带，因为他带对钩的鞋带总开，让我给他系。

我不会再跟爸爸说我喜欢班长带对钩的那种鞋，我记得爸爸的眼睛笑成了两朵花，却是我见过的最难看的花。我让爸爸为难了。妈妈总说我长大了，要懂事，懂事就是不能让爸爸为难，我懂了，我记得我还想要美国阿甘那样的船，没准备下海，我把它放在书包里，爸爸说书包里不需要一条船。

爸爸是对的，忘了船吧，我怎么会需要一条船呢？小英子答应过有一天会跟我去看海，听海哭。海要是不哭就听她哭。我不知道算是怎么回事，明白了海跟哭泣有关。而黄河是欢畅的，唱着波涛汹涌的歌。我说过我不会形容，请你原谅我吧，还有一个词叫宽容，如果不能宽容我，是否可以宽容九爷呢？我跟小英子这么说过，小英子说：“不宽容。”

她很严肃，挺着小胸脯。小英子像表姐那样有胸脯了，老师总说跟班长老给小英子买肯德基吃有关，小英子有了乳房，跟吃肯德基的炸鸡有关，老师这么说的。

我不知道，只知道我把夏天给丢了，像春天那样匆忙。我记得在大木桶里小英子的脸红得像桃花，这样形容是有依据的，因为我离开小学时城关镇小学就有了桃花，班长说我们都可以有桃花运了，说完了指着我，“你没有！阿甘有个屎！”

班长居然知道我有个屎，好聪明，怪不得从小学一年级就开始当班长呢，从小英子转到我们班来到城关镇小学后他更是一副屎样儿了，总是跟我过不去。小英子不让我理他，小英子知道他爸爸总跟我爸爸过不去，离开银城的孙书记总跟银城九爷过不去。五年级为桃花盛开剪彩那天，张处长并没有来，张处长为银城做了那么多从来不张扬，要不是北京的干部呢！那天刘主任来了，为九爷来的，九爷把张处长引进的实验桃花园听爸爸的，放在了城关镇学校，漂亮的小英子作为学生代表上了主席台发言，还跟着刘主任到桃花园剪彩呢。

张处长上次来银城就要到我家来的，爸爸胃疼没吃早餐带着糖饼去政府大楼，不知道张处长头天半夜到了银城。刘主任在路上看到了爸爸，让爸爸陪着一起到银行宾馆陪张处长共进早餐，张处长就吃到了妈妈烙的糖饼，说好吃，刘主任也撕了一块儿说太好吃了。

吃完糖饼，一阵风把窗户吹开了，还有沙子刮进来，张处长吃臭豆腐喝蛋花汤的时候感觉到了牙碜，哈哈大笑，说银城真是一个可爱又幽默的城市。

爸爸同意，说银城虽然也有春夏秋冬，却没人可以看得出来，因为春天是秃的，刺眼，向哪儿看去都很光亮。银城人被风吹裂嘴唇的时候知道秋天到了，可冬天越来越不爱下雪，人们就看不到冬天。张处长赞同让银城绿起来，种树，种上可以有果实的桃树。

张处长回到北京热心地四处活动，为银城争取到国家科研项目，在银城搞了一块桃林实验园，种到了银城一中。我们的毕业典礼不会在桃园举行的，因为早已经过了桃花盛开的季节。

爸爸喊我回家，大声叫着阿甘，不知道我坐在房顶上呢。爸爸叫过好多声以后我才说："我在这儿呢！你转过身抬头就能看见我了！"黄叔叔出了屋，抬头看着我说："这屎孩子！"爸爸转过身来看见了我，大笑着，"哈哈，我儿子高高的！银城发展就是为了从你们这一代都能够高高的！幸福死！"

我低头看了一眼黄叔叔，又转向爸爸说："爸爸，黄叔叔没孩子怎么办呀？"爸爸说："咱只管自己家的事，快回家，你妈妈给你烙馅饼呢，一会儿带给你小英姐姐！"爸爸看不见这边院子里的黄叔叔，我可以看到，而且有了一些想法，笑哈哈地说："爸爸，你去黄叔叔家和模特睡觉，帮黄叔叔生一个小名模吧！"爸爸吓坏了，快哭了，大声说：“阿甘！可不敢瞎说！快下来回家！”

黄叔叔不见了，我拍拍屁股要走，又看见黄叔叔了，他手里拿着一个弹弓，瞄准了我，我又不是鸟儿，连跑都不会更别说飞了，他干吗要用弹弓打我呀？

嗖的一声，一颗钢球发出尖锐的声音从我耳边擦过，黄叔叔忘了我走快了像跳舞，我就在我家屋顶上摇摆，拍着手笑嘻嘻地说：“哈哈！没打着！”

小学终结日到了，六年级全体已经列好队在学校操场走完圈了，不知道是让学校再看看大家还是大家再看看学校，高兴或者不高兴，快乐还是不快乐，这都是一个放下的时刻，把得到过的奖状和表扬放下，谁拿过谁的本和笔包括男生揪过哪个女生的小辫子也放下。我再也不用给班长系鞋带了，班长要去省城上最好的中学，小英子和我还有一些同学去银城一中，大部分同学还在城关镇，上城关镇中学，一个终将乱七八糟毕业去乱七八糟高中的中学。谁都知道九爷陪过的人都把爱心赞助给了一中，包括一中很快就要有的灯光球场，比城关镇更好更大的计算机房，一中都不叫“计算机教室”而叫“计算机房”了。

然后就该我出场了，我不需要列队跟全班一起在操场走一圈。小英子走在最前面，举着一班的旗帜，班长跟她并排走，举着班旗，别的班的班旗都是图形，莫名其妙需要设计师解释才明白又难以置信的图形。我们班的“班旗”是一个字，一个“梦”字，不需要解释，谁一看都懂，梦一班，谁都知道我们是最有可能实现梦想的“梦一班”，通过主席台的时候第一个接受礼花，五年级的好多人拿走手里拧开“嘭”地一响，一飞冲天，五颜六色亮晶晶的纸花在天上绽放。九爷还拉来了赞助，主席台前面昨天就摆好了的朝天小钢炮，一起射向天空的冷烟火。

爸爸说就叫“冷烟火”，烟火是冷的，我以为天下的烟火都是热的，燃烧着上天在天上燃烧，九爷陪客陪来的工厂造的是冷烟花。爸爸不去看我们的毕业典礼，九爷已经为城关镇小学弄来了太多，爸爸不去参观毕业典礼我也不去，爸爸很高兴，说：“儿子，毕业照还是要照的，你十一点再去就行！”

我懂，我出现在毕业典礼上不够体面，万一有别的家长问我我去哪儿上初中爸爸不让说。刘主任都给办好了，我上一中没有必要张扬，九月开学我去就行了，妈妈也同意。她看着洗衣机发愁，忘了该给我烙糖饼了。

“妈妈，多烙两张糖饼吧！”我说，“我们班长马上就不在了，我给他带上，大头以后再也吃不着了！”

“这孩子！”妈妈吓了一跳，看着我，“什么叫以后再也吃不着了呀？真不吉利，阿甘，可不许胡说！”

“真的妈妈，多烙两张，”我很坚持，“我要让班长在离开银城前吃上糖饼！”

我要带四张糖饼，一张给小英子，一张给班长，一张给班主任，一张给自己，都是甜甜的纪念，纪念在最好的城关镇六年的小学时代。吃着糖饼去马戏团看马戏，爸爸看出来了，我的心思爸爸总能猜到，“儿子，阿甘呀，糖饼可以带，马戏团还看不了，明天才开始呢！”

就是说今天还不让看，明天才可以，爸爸不太喜欢马戏团，尽管马戏团在暑假的时候第一次到银城也不需要九爷出面陪。我想看马戏，妈妈边烙糖饼边说：“看什么看？咱们家就是马戏团！耍马戏的，买个洗衣机还不能用！”

爸爸挠挠头，不好意思地说：“对不起媳妇儿，都怪我！要是早点买，赶在老黄之前他家就不能用了，弄跳闸的总是最后一家，最后总是讨人嫌的！”妈妈说：“不怪你，怪你干吗？要怪就怪刘主任！”妈妈没有抱怨爸爸，我以为妈妈会抱怨九爷呢，没有，爸爸倒是抱怨上妈妈了，说：“媳妇儿你也别老这么说！王市长，现在还是书记了的王市长也是看着我过来的呀？为阿甘上学的事还批评主任注意影响呢！”

“他倒是会说！”妈妈用铲子敲着锅边，“九爷，我可得再提醒你啊，可别忘了张处长的话！张处长怎么跟你说的来着？同流别合污，玩物别丧志！”

爸爸的 BP 机响了，拿起来看，笑了，“还真是说曹操曹操就到！张处长飞到省城了，主任的车去接了，主任中午陪着张处长来咱家吃饭，吃我媳妇儿做的拉面！”

没吃着，张处长一直想吃妈妈做的拉面，可每次来银城都越来越匆忙了，妈妈和好面，做了羊肉汆子，等张处长来家里，没等来人。班长也没有吃我带给他的糖饼，他不吃，飞一般地离开我们今天毕业的学校。

第十二章

其实城关镇小学现在已经不是银城最好的小学了，最好的小学都跟土里土气的银城地名没关系，都叫国际化了的名字，英伦小学、乔菲亚特国际学校，都是外国人教英语，可刘主任还是肯定爸爸，管他们都叫外国民工。

爸爸笑笑不说话，无话可说，知道物业都开始不叫物业了，叫英式管家。爸爸说那些“英式管家”的祖宗们当年用大炮轰开了中国，原来是让他们的子孙到中国来做管家的。刘主任听到后哑哑地笑笑，说：“你行！九爷真行！”

妈妈给我装好糖饼还没忘了我说的不吉利的话，拍了我一下说：“阿甘，那不叫不在了，人家是跟着他妈妈去省城念中学，找他爸爸孙书记！”我纠正说：“孙副书记。”妈妈一下笑了，被我给逗乐了，“行，像你爸爸！孙副书记在银城当市委书记的时候，还兼着预备役的政委呢，兜里可是有手枪的，不像‘007’用弹弓打你，听到你胡说他的儿子不在了，非一枪崩了你！”

我没告诉妈妈，现在政府要让谁死也不都用枪了，跟北京接轨了，国家要杀了谁打一针就行了，无痛死亡，被执行死刑的人也没那么痛苦，不像过去被押赴刑场执行枪决那样惊恐，打上一针跟睡着了一样，只是不再醒来。当了刑警的表姐夫说也还让人看，不像银城过去在大山沟里枪毙人围得人山人海让人看，现在是坐在屋里通过玻璃窗向里面看，只有很少的人才可以看，即将长眠不醒的人并不知道有人看，躺在床上就是了，会有三个执行的人往死刑犯上每人推一针，哪个准备好了的针管里有致命的药警察自己也不知道，心理负担减轻了许多，即便代表国家执行杀人也不会是多么愉悦的，会好长时间不舒服。

表姐夫跟刑警队的人轮流去北京培训，他终于穿上了警服，却不太开心，因为公安局刚刚把绿色的警服换成蓝色的。我老以为表姐夫总让爸爸帮忙调到公安局去九爷一生气给弄成保安了呢，原来不是。爸爸说："不是我！是主任，刘主任马上要当副市长了，你可得好好干争口气啊！"表姐夫当然知道要争气，那天来家里不是谢九爷的，有别的事，说："不好争啊表姑父！谁当了市长谁就拆银城，刘主任还没上任管城建的副市长呢就开始拆了，我担心有人勾结境外势力在银城闹屎事！"

爸爸放下筷子，把刚想端杯喝一口的表姐夫的酒杯拿了过来，重重地放在桌子上，说："我说你怎么刚进公安局就学会扯屎蛋了？知道阿甘他表姐要来吧？他表姐带的还真是境外势力，投资财团！

你要保护好你过去的媳妇儿，不是夫妻了也不能成路人！我这儿还准备着呢，一日夫妻百日恩，百日夫妻似海深呀！”表姐夫笑了，笑得哈哈的，“表姑父你太土了，还九爷呢！还一日夫妻百日恩？开屎玩乐，那么多在银城宾馆开房的，睡完了还屎不认识呢！还百日恩，就没想认识，银城也开始流行一夜情了！”爸爸叹了口气，说：“银城宾馆不吉利，真不吉利，当年北京来的一个叫客山红的姑娘就是在那儿出的事！”表姐夫说：“客山红？”爸爸说：“那会儿还没有你们呢！别说了，刘主任想拆了银城宾馆，王市长说再等等，孙书记恋旧，每回到银城来检查工作还喜欢住屎那儿！”表姐夫说：“刘主任也矛盾啊！太多开发商看屎上那儿了！孙书记的套房还是当市长的时候刘主任给弄的，刘主任刚从甘县调到政府办，会办事，他心里挺怀念孙书记的，孙书记当市长的时候正好迎来改革开放，那时候银城作为国防企业重地，孙书记已经为后来打下基础了！”

“你还知道得挺多？”爸爸把酒杯又推给表姐夫，说：“知道太多不一定是屎好事儿，你是不是想告诉我刘主任心里有点怕孙书记？孙副书记？”

表姐夫端起酒杯，一口干了，说：“怕我！”

“怕你？”爸爸刚拿起筷子又放下，“你说刘主任怕你？”

“九爷就别问屎的了！”表姐夫又给酒杯倒满了，端起来，说，“九爷不是说知道太多屎事不好吗？放心吧，刘主任要跟我成铁杆儿，要不也不会把我调到公安局的！来，干了这杯，谢九爷！”

我大声问：“表姐夫，你长针眼了吗？”

“长针眼？”他看着我，“阿甘，什么叫长针眼？我干屎长针眼呀？”

“你看见了不该看的东西！”

我把“007”表姐夫吓到了，表姐夫把爸爸吓到了，那又是谁吓到了表姐夫？不对，是表姐夫也吓到了刘主任吧？所以刘主任才把表姐夫调到公安局去了，是这样的吗？

我弄不明白，不关我的事，我和表姐更亲，比表姐夫亲，何况“007”已经不是我表姐夫了，他跟《银城晚报》的副刊部主任结了婚，比英俊的表姐夫大三岁，女大三抱金砖，在辈分上还是刘主任的亲小姨，刘主任管表姐夫叫姨父也是应该的。九爷跟银城官场上的人一点关系都没有，所以表姐夫才管九爷叫“实力派”吧！

爸爸不认为表姐夫还当上了刑警队的副队长跟九爷有关系，都是表姐夫自己努力的结果，要不银城人现在都开始说“愈努力，愈幸福”呢！

要努力，可妈妈怎样努力也没有办法让洗衣机转，一开就跳闸，我家住的北山还跟不上银城的发展。原来一个城市的发展首先要拆，然后要有电，不知道国家电网的人喜欢玩什么？到银城考察怎么多给点电，玩电的才惹不起，九爷别没陪着玩什么再给电死了。

爸爸去政府大楼等候张处长了，刘主任主持一个会议才没有去省城的机场亲自去接张处长。张处长这回来得也很突然，在北京登机了才打电话，下来“指导”工作，希望各忙各的，不全因为银城发展了主要精力开始转向城市。张处长是代表农业部关怀银城的发展，也就是代表国家呢，就是代表自己银城也不会忘了张处长的，当然，也忘不了九爷。

我走进了喜气洋洋的学校，这是我最后一次走进我的小学，小英子也是，班长也是，我们六年级的都是。教室里好热闹，哭的哭，笑的笑，都拿着上面带锁的笔记本互相写下自己的话，然后把笔记本锁起来，想打开的时候再打开，小学成长的秘密。

我的秘密不用写，也不用锁，我甚至不需要一个笔记本，大家都能记住阿甘，我是银城的小阿甘，九爷是银城的大阿甘，班长总这样说。

忘不了小英子三年级来到我们班以后，一下课就跟着班长和全班同学跑出去。她从来不会在教室里陪我，只是老悄悄地看我，我一看她她马上就扭过脸去。教室里空荡荡的，总是只留下我。我以为班长带着小英子和同学们出去踢毽子或踢足球，凡是需要身体运动的游戏都没有我，可我终于知道他们是去教室后面玩游戏机，玩超级玛丽。老师不让带游戏机到学校，班长把游戏机藏在教室后面山上的岩石洞里了，爸爸上四年级时凿出来的洞，爸爸在里面养过小白兔，班长往里藏任天堂。我也想玩超级玛丽，班长从来不带我，说我不需要玛丽，将来要有可以让我玩的，也是一个残废玛丽，没有眼睛的，要不就是没有屁眼儿的。

城关镇小学的教室像军营，一排一排的红砖平房。六年级在最后并列着两排，教室后面是隆起来的花岗岩大山，还有一个防空洞，爸爸说很快要在里面建成形体房一类的教室了，我们是赶不上了。

这里二十多年前不叫城关镇小学，那时候叫“银城子弟学校”，从小学到高中都有，一共才上九年就高中毕业了，小学五年，初中两年，高中也只上两年，还是春季升学。改革开放以后银城全改回来了，跟北京跟全国都一样了。我知道“超级玛丽”就在那个小黄盒子里，班长给小英子她们女生玩的，他带着男生玩打仗的，魂斗罗。

其实也都是围着看班长玩，他有两套游戏机，班长不让我看，不许我过来。小英子告诉过我，班长的爸爸讨厌我爸爸，班长就有理由讨厌我。我不知道为什么，爸爸没去政府大楼上班前我和班长是朋友啊，我还老帮他系鞋带呢！

班长二年级开始鞋带就总是开，每次都是让我来给他系，我在过街天桥上看见过爸爸给他爸爸推车，班长说九爷给孙书记推车是应该的。妈妈说政府大楼里的人都叫公仆，但不包括爸爸，九爷不在那个系统里。妈妈找不到一个准确的词形容爸爸，叫政府三陪也不对。刘主任到家里来吃妈妈做的拉面时批评过妈妈，国家干部都是为国家做事的，而国家是为了人民的。

妈妈红着脸认了错，没埋怨爸爸什么时候把她的话给说了出去，又切了一盘刘主任爱吃的猪皮冻，说:“主任，我错了，以后可不敢这么说了！”刘主任说:“放下吧，说就说了，咱们又都不是外人！”然后拿起筷子，说:“我喜欢你的皮，亮晶晶，白皙皙，有弹性！”爸爸说:“猪皮冻。”刘主任说:“可不猪皮冻嘛，九爷想尿哪儿去了？”爸爸端起酒杯，说:“我错了，罚一杯！”刘主任说:“罚三杯！”爸爸说:“罚六杯！”

爸爸一口气干了六杯，一点不醉，更清醒了，说:“主任，谢谢你给我家装的天花板，上面还画着云，我有两重天啊！”刘主任很高兴，高兴地说:“九爷，心宽天地就宽！可无论天地有多宽，都要装在心里，成大事的在心不在嘴！”

小英子好漂亮，在我家的大木桶里洗过澡以后更漂亮了。我不知道那算不算洗澡，洗澡是要搓泥的，小英子这样干净，身上怎会有泥呀。她看到我的书包就知道我又给她带糖饼来了，因为今天没有人带书包，班长带头好疯狂地把好多书都给撕了，扬起来，课本的碎片在教室里飞舞。小英子冷冷地看着班长，又看我，我拿起书包，从里面取出来糖饼，递给他，说：“班长，你就要走了，吃了糖饼再上路吧！”

小英子扭过脸，“我去！”

班长打掉了我递给他的糖饼，说：“永别了，阿甘，我再也不想见到你了！为了忘却的纪念，你再给我系一次鞋带吧！”

小英子又把脸转回来，又说了一声：“我去！”

我们都不知道班长要去了，不是去省城，而是去天堂。一点征兆都没有，要是说全没有也不对，班长说了一句让人印象深刻的话，他说：“我等，在一个地方等九爷！我想我一定会去看他，那地方可是阴森森的冷！”

不知道他说的那地方是哪儿，小英子看见我蹲下身子要给他系鞋带，噌的一下站了起来，刚想阻止我，班长仰起头，伸出一根手指向她摆动，来回摆动，她就没说话，憋红了脸，转身出去了。

我帮他系上了左脚的鞋带，这时候该有掌声，果然就有了，同学们一边整整齐齐地鼓掌，一边整齐地喊：

“阿甘！阿甘！阿甘！”

我抬起头来，看见小英子站在窗户前正往里看，她泪流满面。

过去她是不哭的，三年级的时候班长让我系鞋带，她的脸上没有表情。班长有一双特别大的鞋，鞋帮上有一个对钩，一只上有一个大对钩，肯定是老师判作业时帮孙书记的儿子顺便打上去的。那鞋带又宽又长，班长不喜欢弯下腰自己系，说：“阿甘，帮我系上鞋带！”我说：“我不。”班长就笑笑，说：“真傻，我付你报酬的，你喜欢吃糖吗？”我当然喜欢，就说：“喜欢。”班长说：“那好，去买绿箭，两块五一包，给你五块钱，买两包，一包送给你！”

我就去学校门口的小卖部，阿姨说只剩下一包了，找了我两块五。我回到班里，把找回来的钱交给班长，说：“就一包了，我吃，找给你钱。”同学们傻乎乎都笑了，一个很胖的同学说：“这家伙哪儿傻呀？”班长说：“他才不傻，像他爸一样看上去傻乎乎的，心里贼㞞精！鸟人一个，我爸爸说的，银城鸟人！”小英子看着我说：“阿甘，你可别咽下去了！”

这是她来到我们班以后跟我说你第一句话，关于糖，甜的，能吃不能咽。我第一次知道有一种糖是能吃不能咽的，班长说：“阿甘，没㞞事，咽就咽了，粘到肠子上就给你肚子拉一刀，把口香糖从盲肠里取出来！给你扎坏腿的那个阿姨不打针了，当医生了，从北京学习回来当上了法医！”

这我知道，刘叔叔的表妹那次教训太深了，刘叔叔后来也生气，请那时的王市长亲自打招呼，让他的表妹从头再学，送到了北京，回来以后在银城公安局当警察，叫法医。银城好漂亮的法医，却是专门检查死人的，刘叔叔要给表妹深刻的教训。

由我引起，却与我无关，我要幸福，幸福就是有一双班长那样鞋帮上带对钩的鞋。五年级的时候我才知道带对钩的幸福鞋叫“耐克”，跟电影里的阿甘一样，也是从美国来的。

我一年级以后对很多事情知道得都比常人晚一些，总期盼着爸爸能给我买一双幸福鞋，像班长那样的幸福鞋，鞋帮上有对钩，怎么走和走到哪儿都是对的，因为鞋上带着大对钩。

小英子希望我能拒绝班长，不帮他系鞋带，她一来我们班就喜欢看我，班长一到这时候就老让小英子看他。小英子不同意，看脖子以上的我，说：“阿甘你真好看，像个女孩呢！”

她把我说成像女孩，这让我不高兴，回家我就让妈妈给我剃成光头。妈妈摇头笑着不同意，说：“我们阿甘就是漂亮，皮肤好得像妈妈，眼睛也像，老有一汪水似的，长大可不要太多情了！”

妈妈怕我长大了会多情，我不知道长多大了才算大，对“多情”开始知道一些。小英子的爸爸很多情，当过铁道兵，从工头做起，到年根结不回账跳楼结束，证实了发展总是要流血甚至会丢命的。小英子不知道有几个妈妈，爸爸跟亲妈妈离婚了，说是离婚不离家，我不懂，知道她只有一个爸爸，可就这一个爸爸已经实在太多。她不喜欢，总对我说：“阿甘，你爸爸真好！”

后来她不这么说了，上到五年级以后再也没有这么说过。九爷总到学校来，每次来都能带来一些东西，有一次陪着一个人来学校转了几天，给我们建起了银城小学里的第一个计算机教室，那人还在学校操场的大台子上跟九爷一起唱歌，爸爸唱："我叫王小义"，那人唱："我叫买买提"，然后他们俩一块儿唱："我们两个在一起真像亲兄弟，亲呀亲兄弟！"那人后来因为吸毒被关起来了，强迫戒毒。班长总后悔，说他爸爸孙副书记没有发现九爷吸毒，九爷就是银城毒品，自己上钩了，幸亏没有贩毒，抓住了一定会枪毙了九爷。

班长带对钩的鞋越来越大，朝窗户外对小英子大声说："英子，你知道吗？我答应阿甘了，等看海回来我就把鞋送给他！因为沾了海水以后鞋就成咸的了，给他！"

我好奇怪，班长看海回来鞋怎么就成了咸的呢？就问班长，"班长，怎么会是咸的呀？"

"你懂个屎！快系鞋带吧！"班长说，"九爷不是想当公仆吗？他给我爸爸推车，你给我系鞋带，当公仆就开始啦！"

我说："我不开始。"

班长说："真傻，当公仆又不丢人！美国公仆还要给自行车打气呢，不是你说的吗？"

是我说的，不，表姐说的，表姐去年就想回银城一次，打电话跟我爸爸说的，说她刚到美国的时候有一天在马路上骑自行车，车胎忽然没气了。这时候一辆警车开过来，表姐好害怕，警察还是把自行车和表姐都弄到了警车上，问清了表姐住哪儿之后，开车到了家门口，表姐知道要倒霉了，警察估计是要知道她住在哪儿之后再把她带到警察局去。

警察下了车，把自行车也搬下来了，神奇地从警车里拿出一个气筒子，扭着大屁股给自行车打气，打完气，开车要离去。表姐不明白，赶紧说："谢谢你了！"警察说："不用谢。"表姐还是缓不过神儿来，又说："你没事儿吧？"警察吓了一跳，又推开车门下来，向表姐敬了一个礼，说："我来晚了吗？"

表姐吓了一跳，怎么又把警察给招下来了？我们传统的文明里真是招事儿，后悔多嘴，迷瞪中紧张地说："我不知道！"

警察站直了，又给表姐敬了个礼。表姐以为他要掏枪呢，在银城看 CCTV 时总看到美国警察这个样子，惊恐地说："你要干吗？"

"小姐，你的自行车没气，责任不在我。还有，不要到高速公路上骑自行车，你是我遇到的第二十九个在高速公路上骑自行车的中国人了，前面二十八个都没有投诉过我。"

原来居然是表姐把那个警察给吓着了，以为他的服务不周全呢！表姐在电话里笑了，说："哈哈！原来美国警察比银城九爷还要傻！"

"这孩子！"妈妈听完爸爸说有反应了，很生气，"怎么说话呢！"

爸爸说："出了国的都这样，这是表达爱我呢！出了国的人才更爱祖国了，刘主任的媳妇儿老想带着女儿回来，主任不让，说太忙没有时间照顾她们娘俩！"

我知道，美国警察远远不如银城警察，美国警察只是给自行车打气，银城警察还会擦亮了它。

去年国庆节的时候，班长有了一辆钛合金做的山地自行车，那自行车又轻骑起来又快。那天只见班长骑得飞快，冲向站在十字路口指挥交通的警察没停住，一下把警察从屁股后面给撞了一个大马趴。

国庆节警察刚刚换上新警服，穿着新警服的警察气急败坏地从地上爬起来，一脚踢开自行车，拧住了班长的耳朵。班长说："你拧我那边的耳朵吧！"警察一愣，"啥屎的？你说啥屎的？"班长说："我妈也是左撇子，刚拧完我的这只耳朵，你换只手，拧我左边的！"

班长聪明，警察跟他妈一样也是左撇子，换了右手就没有左手有劲不会拧得那么疼了。警察刚想抽他，一辆小轿车开过来了，在马路中间停下。警察认识政府的车。政府的车号都是一百号以内的，何况又是政府办刘主任的车。警察赶紧放开手，知道是刘主任在车上，还放下了车窗伸出头来。警察赶紧敬了个礼，慌张地问："刘主任呀？他是你的儿子？"刘主任说："他要是我儿子，生下来就把他塞尿盆里了！”

警察一下放心了，心疼新警服，绝不能接受指挥汽车左转弯时有人骑自行车撞到他的屁股上，还给撞了个大马趴，扬起手就给了班长一个大耳光。刘主任这才边升玻璃窗边慢吞吞地说：“他是你们局洪政委的儿子。”

警察像被雷击了一样，呆呆地站在那儿，一动不动，脸色通红，一下又惨白，红一下白一下，吓傻了，才知道那个耳光打了银城交管局洪政委的儿子，也就是原先的市委书记现在省纪委孙副书记的儿子。他此时此刻恨不得上天入地，大队长知道了非给他十个大耳刮子不可，大队长要是真抽他耳光就好了，就怕大队长不抽，他多想找抽啊！

班长捂着脸说：“谢谢你，警察叔叔！”警察叔叔说：“兄弟，不用谢！”班长听到管他叫兄弟，问：“你没事儿吧？”警察快哭了，“我没屌事儿！你呢兄弟？大侄子？要不我认你做干儿子吧？可我担不起呀！”班长说：“你屁股太大啦！看看我的山地车撞坏了没有？”

不管坏没坏，警察扛起来他的山地车，走了三条街，一只手还一直拉着班长的手，很亲切，请班长吃冰激凌。班长吃冰激凌的时候，警察把他用腿踢过的地方用手小心地擦了好几遍，还买了条毛巾把山地车擦了两遍。班长说："哥们儿，你比美国警察好！"警察笑比哭还难看地说："是吗？我好屎哪呀？"班长说："美国警察只给自行车打气，你还擦亮了它！"警察笑笑，站直了，骄傲地说："那当然，我是中国警察！"

班长很高兴，又说："我鞋带开了。"

警察说："便民措施里没有帮群众系鞋带儿这一条，可我是银城警察，我给你系上！"

班长说："不用了，这事儿由阿甘做。"

警察说："好，让美国佬帮你系鞋带！"

班长说："不是美国那个阿甘。"

警察说："那是哪儿的阿甘？"

班长说："银城阿甘，大傻子，还说将来上一中呢！"

警察说："他上个屎！借调到政府办那个被人叫了九爷的儿子吧？"

班长说："就是，两个大傻子！"

警察说："仨呢！九爷的老婆也傻乎乎的，不喜欢调到总裁办公室偏爱在车间拔鸭毛！跟我妈一个车间，我妈是车间主任，他妈老跟我妈套近乎，还给我妈织过两条围脖，就因为我姐是一中的教导主任，他想上一中！没屎的门！"

班长说："你真够哥们儿！我回去告诉我妈！"

警察说："兄弟，再来一盒和路雪吧？"

班长说："不，来俩吧，大盒的，好吃！我还得给小英子一盒，她是我女朋友，爱吃甜的！"

我专门带来的糖饼，班长不吃。小英子为我脸红，看着我又从书包里拿出来一张，那张被班长给打掉到地上了。看见我又拿出来糖饼班长跳了起来，好像我要让他吃屎，大声嚷嚷着"滚开滚开滚开！"然后他就滚开了，不是真滚，是跑，出去找小英子。

我知道我再也见不到班长了，可我喜欢他脸上有和小英子一样的酒窝，比小英子的大，不明白他的脸怎么也可以那么大，两个耳朵又太小了，像老鼠。班长是一个让人过目难忘的人，我知道他是一个说话算话的人，掷地有声，比如让我给他系鞋带，相信他带着小英子看完海以后一定会把变成了咸的带大对钩的鞋送给我，就怕他的鞋没变咸，那就是没有看见海。

我有一种预感，他看不见海。他比我还确信我写的作文不是我写的，两首诗。老师把它挂在了教室后面的墙上，说是阿甘留给母校的纪念。

第一首：

醉了青春

苦了岁月

饿了梦想

空了钱囊

考语文，老师对我的作文没有什么期待，告诉我写四句话就行了，分行写，看上去像诗。我哪会写诗呀？老师鼓励我，“阿甘你行的，让你毕业必须写，可别把我的年终奖金都弄没有了！”

老师看了半天，以为我是写她呢，有本事的老师好多都出去办公司了，可老师爱教育，除了不爱我。校长一会儿把我的考试成绩不计入她的考核一会儿又忘了，像爸爸越来越看不懂的教改，老是反反复复的，爸爸离开学校五年多了，教育变化快。刘主任说连教育部部长可能都没搞懂，别说九爷了。

老师有点惊讶我分成四行的四句话，开始求我，说：“阿甘，阿甘求求你了，这两节课你不用写作文，再分成行写！多写几行，我拿给校长看。他还生不生九爷的气我不管，你好好写证明我的语文教改有方，期末拿个大红包！特别奖！把我这些年的损失夺回来！”

于是，我就写了，想一想“007”黄叔叔，他拿弹弓打我，送给妈妈长筒袜，每天抹得喷喷香，我想我就进入了他的身体，不，我才不会进入他的身体呢，抹得再香也好臭，我前面用他，就一句，还是借爸爸的眼睛吧，写下：

洗好澡，喷上古龙水

像是等待一次约会

果然来了

一只苍蝇在我周围欢欣鼓舞

原来它也喜欢男人的味道

世道真是变了

苍蝇变苍龙

老师抢了过去，瞪大眼睛。我把老师给吓到了，看得浑身发抖，绝非本意，谁让她让我写诗呢！

小英子偏说老师是激动的，她说：“阿甘，都说你是报应，九爷认了，可九爷不怕，暂时输了自己，终要赢了命运。”

我就问：“为什么呢？”

小英子说那是她听到我的人生第一问。我问人生并不多，不会问，不想问。小英子第一次告诉我，说我长得英俊，是我大姨的灵魂附体，接受惩罚，来这个世界还债的。这真奇怪，太奇怪了，她还说九爷要为甜水湾还一笔本不属于他的债，大姨不该带走那么多生命，那一车甘家旺的男人。

我不懂。我要能懂就好了，小英子说班长懂。班长给山地车打满气，要带小英子去看马戏团，我说过有老虎和狮子，爸爸说的。他问："阿甘，有狗吗？"我摇摇头，说："没有狗，等动物园建起来了会有狼。"

"现在就有，九爷就是银城的狼，还是北京那个张处长的哈巴狗！"班长说，然后叫声小英子，"英子，走，我带你看大老虎去！"小英子不走，还跺了一下脚，对班长生气地说："你干吗骂九爷是狗呀？"班长也生气，说："九爷就是张主任的狗，我妈说的，我爸才没当上副省长！"我说："马戏团还在搭大棚子呢，不让看。"班长跨上自行车，不理小英子了，对等他的一帮男生说："走喽，去看大老虎啦！"

班长骑上自行车飞快地走了，后面跟着一串骑自行车的同学，哗啦啦地冲出校园。班长骑在最前面，刚出校门就听见哐当一声，小英子发出一声尖锐的叫声往校门口跑，边哭边跑。

这是我最后一次看见班长，他死了，被一辆小汽车撞死在学校大门外的路口。班长没能穿过马路，他带对钩的鞋过去了，只过去了一只。那辆撞飞班长的小轿车是躲闪了班长的，可还是把班长撞得飞了起来，小轿车从墙上冲了进来，只进来半个车头，张处长从车里飞了出来，飞进校园，一头撞在他为银城引进的桃树上。

我好难过，我想再为班长系鞋带，我喜欢为你系鞋带啊，班长！他的名字在世界上消失了。小英子告诉我，曾拧过班长耳朵又打了班长一个嘴巴的交通警察后悔得不得了，老说打班长两个耳光就好了，更不该帮班长擦亮山地车，如果不那样，班长再不会骑山地车总是飞奔。

爸爸知道后一下就哭倒在办公室里，弄翻了椅子，摔倒在九块地砖上，身子超越了九块砖，哭得惊天动地！

都说没想到九爷的哭声会那么大、那么响，哭断肝肠。

张处长牺牲在了银城。

第十三章

发生这样的大事之前有征兆，爸爸感觉出来了，对妈妈说："动物园可能建不成了，要来个什么马戏团！"妈妈问："怎么会呢？不是把人都搬走了吗？"我也问："怎么会呢？那些人还要搬回来？没有房子啦！"爸爸脸上出现了痛苦的表情，我不习惯爸爸这个样子，妈妈已经习惯了，说："九爷，别这样！"

爸爸在屋里转起圈子来，像电影上那种能左右局势的人的样子，倒背着手，在屋里踱来踱去，然后想起自己并不是能左右局势的人，什么也决定不了，就不转了，说："我没尽职，没接待好客人，不敢进去，害怕往那个火盆上泼水时的蒸汽！客人必是不开心，一个人闷头在里面坐着，两个小时没出来，我真怕他把自己蒸熟了，就喊他，他出来了，说这里还是个澡堂子，不是专业桑拿浴，温度不够！我知道他是说桑拿屋不行，可银城的有些温度太高了。把动物园拆了搬走，是要腾出好地方来给房地产公司搞开发，北京专家很讨厌这些，想帮银城留住老动物园，才故意挑洗浴中心的毛病！"

爸爸把事情说清楚了，专家不认为变成大城市的银城急于建一个动物园，爸爸觉得是自己把事情搞砸了。爸爸不知道张处长会到学校去接我，我也没想到。九爷等张处长的时候在办公室接待一个搞文化产业的人，天达集团的老板，那人要在银城建电影院，不是一个，在百货大楼改成曼哈顿购物中心以后加出的楼层把整整一层都盖成电影院，银城一下就多了十几个电影院，太惊人了！“可以有这么多电影院？还都挤屎一起？对不住，屎是银城土话，人人说话嘴上都爱挂个屎，我经常也冒屎出来，对不住啊！”

那人说没关系，嫌政府大楼那片地方太小了，要再找个地方建起银城新中心，商业为王，地标性的天达广场，那里面在最上面的一层还要有二十多个电影院呢！小的坐十个二十个人，大的上千！爸爸越听越兴奋，差点亏待了大老板，赶紧要叫刘主任到小会议室来，大老板问：“刘主任？干吗的？”九爷忙说：“政府办主任，马上要当副市长了！”

“副市长？叫你们市长来，还有市委书记！”大老板并非故意轻蔑，爸爸知道这可是遇上大人物了，也为银城而来，在九爷心里再大的人也大不过北京的张处长，张处长为银城什么都不要，每回都是送项目，就连吃饭还要来家里，那叫一个亲切踏实，所以全国农业不吭不响地蒸蒸日上，哪像教育部的一个什么人物牛×烘烘的，政府五套班子全出面一起毕恭毕敬地接待，想抓好教育能够批一所大学，那人是来视察教育的，结果只谈幼儿园的建设发展，还真是教育部的，更关心基础教育，可银城建几个怎么建幼儿园真不劳国家教育部操心了。刘主任看出了爸爸的不屑，第一次批评了爸爸，说："九爷，要注意态度，教育部也屌的不容易呀，国家开会，中央电视台的新闻里你啥时候看见有教育部的镜头了？卫生部的领导偶尔给个镜头还没有脸，借个近景脑壳也是拍发改委，你不是报摄影班学照相了吗？懂得特写、近景、中景和全景了吧？"爸爸生气地说："主任，我没学！"刘主任问："干屌的不学？"爸爸说："我就听了一课，那老师说学摄影玩单反，直到下课我才听屌懂了，那人是说要想破产就玩单反！"刘主任笑了，"九爷，瞧你，这屌事还让你为难？"爸爸赶紧说："主任主任，我还是买个滑翔伞赶紧练练飞吧！阿甘他表姐要来了，让美国人看看我们甜水湾后面的大峡谷，比美国大峡谷还震撼！这要是开发出来了就跟科罗拉多大峡谷齐名了，世界上的中美姊妹大峡谷，银城可真就有文化产业了，代表国家呢！"

刘主任惊叹不已，当面承认爸爸进步了，九爷的努力和付出也有收获，大收获，而且是不可代替的。爸爸使劲点点头，刘主任才同意九爷放下照相机，背起滑翔伞，九爷要会飞，会飞的九爷。

爸爸一直后悔没能陪好北京的动物专家。动物专家说动物就该在山上，该把北山的银城人都从山上搬下来，还动物一个家园，然后做文化产业中的旅游经济。

爸爸一个劲儿地点头，想起接待过那个做“文化经济”的老板，开始知道文化是一个大产业，上到卫星，下到鞋袜，给爸爸上一课，九爷半天才听懂，是要做一个滑翔伞项目。“人穷的时候革命，有钱了就惜命！”九爷记得那人甩了一下披肩长发，说：“中外人类文明发展史都是这样的，穷的时拿菜刀，富裕了玩天空，就是要飞，一飞冲天！”

爸爸不知道什么叫飞，倒是知道了随着银城的发展，过去陪来银城投资的人玩的东西都太土了，从陪张处长斗棋开始，才短短五六年已经是天翻地覆，要像鸟儿一样，鸟儿虽小，玩的可是天空。

爸爸知道了，新动物园是建不起来了，省里一个叫发展与改革的委员会没批准，谁来银城看猴子呀？刘叔叔那天来我家苦笑着说：“银城要搞一个经济开发区，没有经济开发区的城市就不是好城市，专家说得对，谁会到银城来看猴子！”妈妈说：“可不是，我们的祖先就是猴子。”爸爸摇摇头说：“猴子变的。”妈妈说：“还是猴子呀！”刘叔叔笑笑，肯定地说：“随着人类的发展，人究竟是怎么来的早晚也得推翻！地球人没准是乘着风来的，还要乘着风去！”

爸爸明白了，说：“我明白了，飞是文化产业，银城经济的增长点。”刘叔叔好高兴，说：“九爷陪了这些年客人，是先当学生，后当先生。”爸爸红涨着脸说：“不，我是先当学生，后当好学生。”

妈妈对爸爸说：“九爷别整天瞎忙了，管管你儿子吧，他开始追求名牌了！”

妈妈提到了我，实际上是提到了我们班长的鞋。

爸爸把班长的鞋拿回家来，孙副书记听说他儿子本来要把鞋送给我的，属于他儿子的遗愿，一定要让我穿上，从行走的意义上说依然可以看见他儿子在银城行走。爸爸听到后呜呜哭，妈妈也哭，我哇的一声也哭起来。

我想班长，穿上了大头的鞋，果然很大，太大了，我就想，班长如果活下来，将来一定是一个巨人。

爸爸哭够了，说：“阿甘，你恨过班长吧？你该知道你错了，从小要学会爱。”

我不高兴了，我从来没有恨过班长，只是不喜欢帮他系鞋带，现在，我还需要系这双鞋的鞋带，是为自己系了。我说：“爸爸，我恨你。”

爸爸很惊讶，问：“为什么，儿子？”

我说：“我要你当澡王！你不学会洗澡，我们就没有动物园！我们要是有了动物园，班长就不会急着看马戏团，班长要是不急着看马戏团就不会死！”

爸爸明白了，眼泪唰的一下又流下来，想抱住我。我不要他抱，推开他，说："我要动物园！"

妈妈泪流满面，支持我的想法，埋怨爸爸说："这都什么事儿呀！"

班长死的那一天，小英子也哭了，她一哭就不会喘气，住进了医院。爸爸急火攻心，也住进了医院，黄叔叔到处跟人说九爷是因为张处长死了才晕过去的，跟我们班长的死没关系。

这话传得沸沸扬扬，妈妈急了，要爸爸一定要解释，别让孙副书记听到记恨了。爸爸摇摇头，好痛苦，说没办法解释，人做事不能靠解释，凡是需要解释的事就都不会是好事，总解释的人也都不是好人。

小英子住了好长时间的医院，而且住到了省城的人民医院，爸爸给送走的，我要去看爸爸不让，到了九月开学的前两天才把她接回来。爸爸把小英子接到了我家，说她不能回家。

这个我知道，银城人都知道，甜水湾没有水，一有就大发了。这个夏天忒屃的热，银城百年不遇地闹起洪水来，黄河泄洪把甜水湾给淹了。我看她，想好好看看她，她不让我看，让我看电视。我就从从银城电视台的《银城新闻》看到了孙副书记，省纪委的孙副书记到银城来检查工作，表情严肃，很庄重，不笑，一个多月就苍老了，已是满头白发。

好可怜，不，好难过，小英子脸色没有七月来我家的时候好看，有点发白，还老捂着肚子。我不知道她怎么了，不是因为发现了哮喘病才住院的吗？怕银城不会治，爸爸还用刘主任的车送到了省城。我就问：“小英姐，你干吗老捂肚子呀？”

“捂了吗？”她有点紧张，而且生气，“我哪儿有捂肚子呀？阿甘你老看我干吗呀？”

“你好看！”我幸福地说：“小英姐最好看了！”

“好看个屎！”

“哈哈！”我拍起手来，“你也会说屎了！小英姐说屎好听！”

“我说你没事儿吧？”她真生气了，“阿甘，姐姐以后不会了，不会再说那个脏字！记住了，也不许你说！”

“好的小英姐！”我答应了，“咱俩都不说那个‘屎’字，咱俩干屎事吧，让我抱抱你！”

我没有想到，她也没有想到，可就是这样了，她抬手打了我一个耳光。

“小英姐，你打我？”

我委屈，哇的一声哭了。

她慌了，一下紧紧地抱住了我，说：“对不起！对不起！我不是故意的，没想到！”

然后她哇的一声哭了，哭得好响，比班长死的那天还响，更委屈，更悲伤。我不哭了，哄着她，两只手一起给她擦眼泪，可她的两行眼泪像断了线的珠子似的我接不过来，慌张地说："你打我吧！让你打，我不哭！小英姐你也别哭了！"

她推开我，想跑出去，被绊倒了。

我趴下去，不是要拽起她，而是抱住了她。

她让我抱，只是把脸扭开，怕我亲她的嘴。我亲到了她的脸，亲到了泪，吧唧了一下嘴，说："咸的？小英姐，你的眼泪也是咸的？我听见你哭了，海没哭，你哭了，小英姐你比大海还深呀！"

我记得小英子的眼神，她的眼神，看着我，好奇怪的眼神。

然后她说别的，是爸爸接她的时候买回来的滑翔伞，还没有打开。

"北山要有滑翔伞了，九爷就可以飞了。"

"我爸爸干吗要飞呀？"

"九爷得飞！"

"那好吧！我和爸爸一起飞，明天也带你去好不好？"

她久久地看着我，眼里浸着泪水，不知道为谁哭。

张处长的骨灰留在了银城，九月的一天，那个金色的黄昏，爸爸按张处长早就说过的话，如果有一天死了就一定把他留在银城。张处长爱银城，钟爱滚滚向东去的黄河，爸爸抱着张处长的骨灰盒就飞了起来，把张处长的骨灰撒在银城，留在黄河。

那是爸爸第一次飞，九爷飞了起来，抱着张处长的骨灰盒。

我总是忘不了那个情景，爸爸走了以后总会想起九月那一天，我会回到那一天的。

爸爸坚持把张处长的骨灰留在银城，等张处长爱人的意见，张处长的爱人带着农业部科技组去西藏了，还没有回复消息。爸爸先出的院，刘主任给接回来的，妈妈做好了菜，酒也备上了。刘叔叔看了一眼妈妈罩上了床单的洗衣机，笑了笑，说："我打过招呼了，给九爷家这片换个变压器，电就带得动，不会跳闸了！政府要为老百姓办十件实事，最大的实事儿是要北山有电，弟妹的洗衣机就不是摆设了！"妈妈说："那多不好，要换就都换，刘主任，不，刘市长！"爸爸说："副市长。"

刘叔叔哈哈大笑，说："九爷可真是银城的大宝贝儿，怪不得张处长越来越喜欢你屎的了！政府不就是服务于百姓吗？何况又是九爷需要？弟妹呀，你是怕我给九爷行贿才急忙买个洗衣机吧？哈哈，哪有副市长给借调到政府办的小学老师行贿的？不过我得给北山弄电，把变压器都换了，可政府没那么多钱，等把甘家旺也扩成市区就行了，那么多的地能开发出多少房子呀？咱们银城就靠土地收入补充财政了！感谢九爷，感谢弟妹对政府工作的支持，必须先为你家这片电力增容，马上先换变压器！"

爸爸说："主任啊，不，刘副市长，我喜欢挑水，挑水是为了锻炼，锻炼是为了更好的服务。”刘叔叔喝多了，从爸爸住院九爷就让我叫刘主任刘叔叔了，刘叔叔脸红扑扑的，说：“九爷，你总挑水是不是为了前列腺啊？挑水对前列腺有好处？我没有当过老师还真不知道！”妈妈也不知道，惊奇地说：“银城又收了一个县？这也发展得忒快忒大了呀，都快到省城了吧？”刘叔叔笑得前仰后合，“弟妹你太可爱啦！”爸爸不好意思地说：“媳妇儿，前列腺不是县！”妈妈说：“叫前列县又不是县，那是哪儿呀？”

刘叔叔放下筷子，说：“弟妹，不讨论这个了！换上新变压器，你家的洗衣机就不是摆设了，手可是女人的第二张脸！弟妹的皮肤这么好，手又这么漂亮，可再也不能用手洗衣服了，再给洗坏了！”爸爸摇摇头说：“洗不坏的。”刘叔叔说：“女人是地，男人是牛，没有耕坏的地，只有累死的牛，哈哈！”爸爸说：“媳妇儿，快给刘副市长下面吧，再喝可真多屎的了！”刘叔叔说：“别给我下套就行！”爸爸急红了脸，说：“下套？怎么会呢？那我屎的成什么人了？”刘叔叔挥着手说：“那我跟弟妹下棋，来一盘！”

爸爸难过地说：“刘副市长醉了。”刘叔叔说：“醉个屎！”然后用手指着妈妈，“太像了！一模一样！我不知道！我当年在县委宣传部，你姐姐糖饼才烙得好，所以我不让你做糖饼！不吃你做的糖饼！好几次要跟你姐姐下棋，都摆好了愣没敢下！倒让甘家旺的那几个混蛋给下了！要不是为了银城的大发展，不是，要不是因为九爷，我永远不会出让土地让开发商去开发甘家旺的！甜水湾谁都别想动，给我永远保留那个样子！”

爸爸和妈妈吓了一大跳，不是晴天霹雳，因为晴天霹雳还不够，不足以形容妈妈和爸爸的表情。爸爸的眼睛瞪得像个牛眼，比牛眼还大，妈妈张大了嘴，妈妈的嘴从来没有这么大，愣张成了那样大像要吞下牛，看着刘叔叔晃晃悠悠站起来，然后扑通一下栽倒了，刘叔叔醉倒在我家。

夏天过去了，秋天也走了，冬天来了，银城下了第一场雪。元旦前，爸爸跟刘叔叔去了省城。孙书记是正书记了，省纪委第一书记了，要让孙书记看到和吃到张处长为银城引进的圣女果。孙书记肯定没见过彩色柿子椒，还有长不大的小黄瓜。张处长几年下来为银城的发展添了许多白发，总说国家不会忘记农民的，张处长走了。银城也不会忘记孙书记，爸爸也不会。

妈妈提着一大袋东西上过街天桥，雪好大，妈妈还是没拽住我，我一下又出溜了下来，回到了台阶下，没想到撞了正要上过街天桥的阿姨，就是给我一针打坏了腿的阿姨。她穿着警服大衣威武又好看。阿姨不记得我了，看了好一会儿向她道歉的妈妈才认出了我，盯了好半天，认出来了我是被她弄坏了的作品，从兜里掏出一百块钱，塞到我手里就上天桥了。

妈妈吓一跳，追上天桥要把钱还给阿姨，好多人围着看，还以为警察抓了一个小偷呢，没人能看懂是怎么回事儿。妈妈没有还上钱，阿姨躲着不拿，妈妈不会要阿姨的钱，又带我去买了毛线，决定给阿姨织一条围脖，让爸爸送给阿姨。

在北山下看见了爸爸，爸爸坐着刘叔叔的小汽车从省城回来了，从车上拿下来一个大袋子扛在肩上，妈妈大声问："你扛的什么呀？"

爸爸四下看了看，没看到有人，才放心地说："白跑了，孙书记不收！孙书记说看到银城冬天的新鲜蔬菜了，真好，他放心了，为银城高兴，可就是不要，让拿回来，纪委书记怎么能收礼呢？孙书记还批评了刘副市长，政府是为人民服务的，首先要廉洁！"妈妈听懂了，说："那你还敢扛回家？"爸爸叹了口气，"刘副市长怕丢人，不能让王书记知道了没有送出去，我又不算政府的人，说就算是给我的年终奖了，还是特别奖，非让我拿回家，把我和张处长引进的菜一起给送到山下了！"

妈妈说："九爷呀，我看你这是跟刘副市长攻守同盟呢！你这就是进了你说的什么圈子入了道了吧？"爸爸紧摇着头，说："一袋子小西红柿和小黄瓜算哪门圈子哪个道！"妈妈说："我看是！刘副市长的那个表妹见到阿甘非塞给一百块钱，我就给她织条围脖吧！咱可不能占便宜，你说过你九爷无论哪个圈子也玩不起，咱不玩！"爸爸使劲地点点说："媳妇儿，你说得对！"

我家和刘叔叔的关系越来越近了，爸爸和妈妈晚上倒是睡不着了，老听见爸爸和妈妈的叹气声。妈妈索性不睡了，织了一晚上的围脖，元旦的早晨织好了。新的一年就这样来了，妈妈还要加班，下班回来爸爸看见了妈妈的手，愣了一下，问：“你的手怎么了？”妈妈把手藏到了身后，说：“没事儿，冻着了。”爸爸心疼地说：“媳妇儿，你让我看看！”

妈妈躲着不让看，说：“你非看我手干吗呀？”爸爸说：“刘副市长不是说了，手是女人的第二张脸吗？”妈妈把脸就伸向了爸爸，“那你就直接看脸呗！我好看吗？”爸爸说：“好看，我媳妇儿是大美女！”妈妈说：“还真是的，女人幸福或者不幸福，发迹还是倒霉，原来还都在长成什么样的脸上！”

妈妈说出这句话，爸爸很高兴，“媳妇儿可了不得，进步了！”妈妈骄傲地说：“那是，也不看看我是谁？九爷的媳妇儿！”我好高兴，拍着手，“妈妈是九奶奶！”

妈妈吓了一跳，说：“阿甘快闭嘴！我才不当九奶奶呢，九爷是银城的孙子！”爸爸的脸一下拉了下来，眼睛像被一脚踩扁了的葱头。

我长大了，会调节气氛了，说：“先当孙子，后当爷爷。”妈妈知错了，哄着爸爸，说：“咱不当爷，啊？九爷呀，叫了九爷你命中注定是小人物，当好孙子就平平安安了！平安才是福，对吧，九爷？”

爸爸立马得寸进尺，“媳妇儿，给我点钱。”妈妈说：“你要钱干吗？”爸爸难为情地挠着头，“我可不能像陪动物专家那样再搞砸了！”妈妈说：“现在流行打保龄球了是不是？”爸爸说：“就是这个！我得学会打保龄球，好好练练，陪好客人！”

妈妈说：“九爷呀，银城现在流行火化了，你不会也把自己给烧一回吧？”

爸爸好尴尬。妈妈说归说，会给爸爸钱的，“我给你钱，去练吧！九爷个头儿小，重心低，真能成为一个球王呢！”爸爸笑了，说：“我就知道媳妇儿会支持我的！多给我点钱行吗？我得定做一个球，那些球窟窿眼儿都太大了，最小号的我手伸进去都晃荡。我得定做一个顺手的，刘副市长说要给我定做一个，咱们得抢在他之前，你说是不是媳妇儿？”

爸爸下山了，妈妈从院子里抱一盆雪回到屋里，用雪擦手，妈妈的手被冻伤了，我不明白，问：“妈妈，你怎么会冻坏了手呢？”妈妈笑笑，说：“别告诉你爸爸啊！我得找点事做，挣钱，才不要姓金的给我呢！他整尿不了我！他给我关上一道门，我自己开一扇窗！”

这句话我懂，老师说的，老师总说上帝为谁关上一道门一定会打开一扇窗，在银城叫天无绝人之路。

上帝给我关上了两道门，就打开两扇窗吧。我进了银城一中，政府有的会刘叔叔也让九爷列席了，不能参加的会刘副市长会告诉九爷三五句，都跟银城发展有关，跟要来银城的客人有关，就是说，跟九爷要做的事有关。

这足以让爸爸感动了，成为银城除了公务员以外掌握信息最多的人。爸爸偶尔跟妈妈说银城是个“信息不对称”的城市，妈妈听不懂，我也不懂，“对称”就像妈妈摆在桌子上的两个花瓶吗？两个一样的花瓶，原先中间是收音机，刘叔叔有了大电视机后就把小彩电送给我家了，妈妈拒绝不了，把电视机摆在了花瓶中间，很对称，可好像不好看，有一天妈妈拿掉了一个花瓶，不再认为摆两个“对称”的花瓶是美，懂得了残缺也美，才美。

我就不懂了，“残缺”怎么会是美呢？爸爸笑了，提到了维纳斯，少了胳膊的维纳斯才美，多少人想给维纳斯接上胳膊，然后把自己都给吓着了。妈妈笑了，说九爷就是银城的残缺，原来“残缺”不一定是少点什么，多点什么也是。政府大楼里多了一个九爷，也属于“残缺”，因为没有编制，爸爸又不听刘叔叔的话参加全国公务员考试，怕去考也考不下来，“公务员”不考斗棋喝酒交谊舞、唱歌桑拿保龄球，那是爸爸该做的事。

我也残缺，很残缺，大声问爸爸，我的残缺美不美？爸爸的眼睛像葱头，说：“阿甘好美，英俊！没有人说我们阿甘残缺，要是有人说你直当没有听见！”妈妈说：“我不要阿甘残缺，都怪你！”爸爸不说话了，直愣愣地看着大床。

爸爸妈妈有了一张硕大的床，占据了半间屋子，刘叔叔送给我家的床，莲花床。小英子来我家，看见了刘副市长送的莲花床，真的像一朵“莲花”，默默地说：“出淤泥而不染，所以才送莲花床。”

我不懂，没听懂，问：“小英姐，你什么意思呀？”

她看了我一眼，说：“没意思！”

“没意思是什么意思？”

她不回答我，问：“阿姨呢？她们公司又引进了新设备，改造车间呢，放三天假呀？”

我不知道，总想知道妈妈的手为什么会冻伤？车间里有暖气，妈妈说搬迁叫了公司以后的新车间有大暖气，总是热气腾腾的，怎么会冻伤了手呀？后来才知道因何冻伤。

我知道爸爸都不知道，不知道那天妈妈被金总叫到了办公室，不管妈妈同不同意，说过完元旦必须调到办公室当秘书。妈妈看见了好大的办公室，里面还有一间大屋子，看见了传说中的大玻璃窗，不是人们说的两个，而是一个，玻璃窗里能坐人，里面还有一把椅子，金总拉开办公室的电动帘就看见了，还看见大屋子里有一张大床，圆的，像一朵莲花，不用妈妈坐窗户里让他欣赏一会儿，要妈妈直接躺上莲花床。

金总说妈妈只要躺到莲花上就会应有尽有的，原来那是一张魔床。妈妈不肯，说喜欢家里一米五的宽床，一米五宽已经足够宽了，两米长的床对爸爸来说已经太长了。金总不关心妈妈和爸爸的床，要妈妈脱掉衣服，说妈妈就像一朵莲花，妈妈才是银城的莲花，而他最爱莲花，今天一定要采莲，还好让妈妈洗个澡。

屋里原来还有洗澡的地方，一个是淋浴喷头，一个是还冒着泡泡的大澡盆，金总放满了水，扭了一下开关，大澡盆就像是翻江倒海，还翻着白色沫沫的浪花。

妈妈抱紧了自己，怕被金总给拽掉了衣服，瞪着那张居然还会动的大床。改成公司后好多人躺上去过，办公室女主任、女会计、女秘书，还有女司机，都是结了婚丰腴的女人。妈妈比起那些个女的太瘦了，腰还不到一尺九，金总激动万分地说一定要搂一搂莲花腰，采莲花蜜。

妈妈快哭了，往出跑，发现门是电子锁，锁上了，打不开。金总脱成了光屁股，两腿中间夹着比麻雀还小的鸟儿，居然还愣愣地抬起头。妈妈故意哈哈大笑，把金总给笑毛了，一下耷拉下去，呵斥着把妈妈赶了出去。

门啪地一响，开了，妈妈拉开门，金总说不许妈妈再来了，不是办公室，连公司的大门都不许再进，银城也开始下岗分流了。

妈妈下岗了。

妈妈眼睛浸着泪，哭了好一阵子，抬起头，看了一眼工厂，管它是不是叫了公司呢，走进了银城的斜阳，脸上不再有泪水。

妈妈走进一家洗车房，一句话不说拿起布就擦刚刚被水枪喷过的一辆小轿车，那叫一个麻利，于是找到了一份新工作。老板同意妈妈第二天来上班，妈妈有一个条件，就是早上八点上班，下午五点下班，老板一下懂了妈妈的意思，这是要瞒着家里人下岗了。他已经收了三个下岗女工了，看妈妈干活这样利索，答应了妈妈，没几天妈妈就冻伤了手，回到家怕爸爸发现，每天回来用雪擦。

金总发现了妈妈在哪儿，有一天开着新买的本田来洗车，刁难妈妈没擦干净，正好表姐夫也来洗车，表姐夫开的不是警车，买了一辆好小好小的叫奥拓的小汽车，银城最小的小汽车了，也没有穿警服，看到姓金的欺负妈妈，上去就把金总暴揍了一顿，连本田轿车都给砸了。

被一顿暴揍打得鼻青脸肿的金总用手机打了 110 报警，一辆警车马上拉着警笛呜呜叫着就来了，下来了两个警察，看到表姐夫啪的一下立正，敬了个礼，“队副，啥屎情况？”表姐夫说：“这尿屎驴日的，带回局里好好审审哪儿来的钱买车？还他妈的日本车！查屎的！”

脸肿成肉包子的金总一下明白了，怕是要后悔三辈子，他也是见过世面的，还想挣到一下，“刑警队有什么了不起？没看我的车挂黑牌吗？我是合资……”还没说完下巴上又挨了一脚，仰天喷血，表姐夫上去又踹了一脚，说：“小心哪天我一枪崩了你！”那两个警察看傻了，一个说：“副队长，人家报警，你也不能这样执法的，跟队副提个小意见！”

“提意见是屎的好事！”表姐夫撇了一下嘴说，“我这不是刚加入公安不久吗？要屎的适应一下！”

爸爸这才知道妈妈原来早就下岗了，每天到洗车房去上班。刘叔叔知道后不动声色，送来一张大床，莲花床，说妈妈就是一朵莲花，银城雪莲。爸爸和妈妈都有新名字了，一个叫“九爷”，一个叫“雪莲”，都是刘叔叔给起的，送床那天刘叔叔这么一叫把妈妈吓了一跳，说：“刘副市长，我姐姐叫雪莲啊？”刘叔叔说：“是吗？那你姐姐太刚烈，硬雪莲，你柔软，软雪莲！”

妈妈是软雪莲，刘叔叔看着妈妈，说：“柔软，柔软也是一把杀人的刀啊！”

爸爸不说话，刘叔叔偏要问，说：“九爷说是不是？”爸爸说：“我家不需要这么大的床呀？”刘叔叔说：“雪莲需要，滚床单，政府可以出证明的，你俩别戴套套了，再生一个，听话！”

第十四章

我知道了，“套套”跟生孩子有关，可爸爸妈妈只要我，没听刘叔叔的。春天里爸爸走的时候，一定准备好了要告诉我什么是套套，还没说就走了，走进了银城的夜晚。五彩缤纷的银城，九爷走了，不见了，失踪了，爸爸已经有了手机，打的时候老是打不通，中国移动一个女的告诉我已关机。再后来，告诉我已停机。再再后来，还是那个女的告诉我没有这个手机号码，怎么会呢，莫非中国移动一直在骗我？

爸爸这回真的是飞远了，不见了，而且惊动了北京，北京知道九爷在哪儿。

我好高兴，就要见到爸爸，经过银城开始越来越炎热的夏天，爸爸晒黑了吗？会不会胖了一些？妈妈说男人就该壮一些，练不出腹肌上的八块肌肉也可以胖一些，看看政府大楼每天进去出来有影响的人，哪个不是大腹便便，谁像九爷那样轻飘飘的？

妈妈老说怕刘叔叔打个喷嚏把九爷给喷飞了。刘叔叔当副市长后，爸爸很少跟刘叔叔一起出入大楼了，刘叔叔坐黑色奥迪出入了，爸爸不会被刘叔叔喷飞的，要飞也是自己飞，怪不得刘叔叔，是九爷自己的事。妈妈每次这么说爸爸都点点头，表示同意，说："媳妇儿说得对，哪能怪别人呢？路都是自己走的。"

妈妈说："那就好好走！九爷，说心里话，我真喜欢这张大床，不睡在上面真不知道天下还有这样的床，美国的，怪不得美国是世界老大，晚上睡得好，白天当然就精神了，在全世界巡逻，银城要是有海还不得也到银城来？"

爸爸摇摇头，又点点头，说："刘副市长说得对，人们可以花二十万买辆汽车，却不愿意多花钱买一张好床。人这辈子有一半时间是在床上的，宁可省衣节食买辆车，也不愿意给自己买张好床，该真花钱的地方偏偏都舍不得了。"

妈妈说："有多少人愿意花上万块钱买张床啊？话可以这么说，也就是说归说，你说刘副市长干吗对你对咱家这么好呀？就因为你是九爷？"

爸爸挠挠头，"媳妇儿，好多事不能多想的，什么都明白是不是也不对呀？日子还真就没法过了呢？会不会怪怪的了呢？"妈妈没听懂，说："我没听懂，什么意思呀？"爸爸叹口气说："我就这么一说。当老师那会儿给学生讲鲁迅的《立论》，鲁迅写了一个人生了孩子都来祝贺，有人说这孩子将来要当官的，有人说这孩子将来要发财的，主人很高兴，可有一个人说这孩子将来要死的，把主人气坏了。”

妈妈也气坏了，涨红着脸说：“什么玩意儿！谁不知道人早晚都得死，用他说？按他那说法岂不是人都是为了死才活着？那老头叫鲁迅？老鲁对说这话的人骂得好，骂得对！”

爸爸瞪大眼睛，事情不是这样的，妈妈只上过小学三年级，没学过也不知道鲁迅，摇摇头说：“鲁迅是批判说假话的人呢！什么将来当官发财的太虚伪了，鲁迅赞扬说真话说这孩子将来要死的人。”妈妈说：“他有病吧？人家来祝贺孩子满月，图个吉利，他什么意思呀？”爸爸吓一跳，说：“媳妇儿，你太吓人了！”

我不同意，拍拍手说：“妈妈，你太可爱了！”

妈妈可爱，又漂亮，刘叔叔把妈妈安排到银城电视台了，不是正式编制，合同工，负责看仓库，叫资料室。爸爸说：“还是看仓库嘛！这不好，不是看仓库不好，是刘副市长给办的这件事，我真怕让人说闲话！”妈妈说：“谁人前不说人？哪人背后无人说？”爸爸惊讶了一下，“媳妇儿去电视台看资料库可真不得了，还长知识了？”

妈妈说：“最大的知识是好好做人！人正不怕影子斜，对不对？九爷好好干，赚够钱给他姥爷打口井，我就到甜水湾看井去，让大家都有水喝！不过我得先买个冰箱，大冰箱，你别生气，刘副市长那天说要给咱家买个冰箱，我们要抢在他之前！你看来了，送来了！”

真的送来了，可是不像卖电器的，分明是总上北山收破烂也收旧家电的老罗，背着一个大冰箱进来了，好大的电冰箱。爸爸瞪大了眼睛，一眼就看出来是个旧的电冰箱，放下就走了。

妈妈把一块儿早就准备好了的钩花布蒙在了冰箱上。爸爸说：“电冰箱可得有专门的插座，幸亏刘副市长早就给装好了！”妈妈说：“不用！咱家的冰箱不插电！”

爸爸笑了，“冰箱不插电？银城还没发展到这个地步吧？有不用电的冰箱了？”妈妈说：“你真傻，能用的冰箱我能花一百块钱买来吗？”爸爸一下就懂了，“媳妇儿真棒！我太幸福啦，你可真是银城第一媳妇儿！”

妈妈也高兴，说：“别贫了！你赶紧去三轮车上拿冰块，我跟老罗说好了还送大冰块呢，放进冰箱里，要不还真的就不能叫冰箱了！”爸爸欢欣鼓舞地说：“媳妇儿真聪明，马上！”

爸爸欢快地出了屋，从老罗的破车上取来冰块，我家有了名副其实的“冰箱”，不插电，不知道刘叔叔能不能看得出来？

小英子看出来了我家的大冰箱，像我一样激动，手心都出汗了。她一激动手心就出汗，不是热汗，冰冰凉，眼睛里含着泪，像断了线的珠子滚滚落下，拉住了我的袖子，边哭边说：“阿甘，等我将来有本事了，我一定要帮九爷！帮你们家！”

妈妈又带回家好消息了，在电视台看资料库近水楼台先得月，知道银城电视台要重播《渴望》了，一九九〇年播《渴望》的时候我家还没有电视机呢，现在有了，拦不住刘叔叔非要送，我们一家人兴高采烈地围在电视机前看。妈妈老问爸爸："你说，慧芳跟宋大成能好吗？你看大成有多爱慧芳呀？"爸爸说不知道，电视剧就靠这个吸引人勾人心思的。我知道，说："妈，像爸爸爱你，刘叔叔也爱妈妈，就像大成爱慧芳！"

妈妈差点急了，拧着我的脸蛋，"阿甘，不许胡说！"我高兴地说："我爱小英子！"爸爸大声说："都是不可能的事！明天晚上看新闻，我上《银城新闻》啦！"妈妈说："有这事？九爷算哪根葱？还上电视了？"

第二天，我和妈妈早早地坐在电视机前，《银城新闻》六点半开始，我和妈妈六点就坐在电视机前守候着，爸爸六点二十才回家，也不好意思地坐了，一起看了十分钟广告。先是日本马桶，妈妈说有一天搬下山住楼房的时候，一定买一个小日本的脱脱，日本人把全世界都伺候得很舒服，也要让日本人好好伺候一下银城人拉屉屉。然后是肯德基，有肯德基一定有麦当劳，在银城凡是热闹的地方我总能闻到炸鸡诱人的味道，有一天我一定要吃到肯德基，还吃麦当劳。

我的脖子都发硬了，眼睛也看酸了，爸爸还没有从电视上出来，还看到了妈妈原先在的公司的广告，羽绒服广告，“穿穿就温暖！”金总被表姐夫揍了一顿以后给揍醒了，听说办公室的玻璃窗还在，里面的椅子没有了，也不再进去女人，装了一面大镜子，不是照人的，上面喷着“三个代表”的金字。看来有的人还真是欠揍，一揍就给揍清醒了，进步了，跟上时代的步伐了。

妈妈扭过脸去，不想看，一看到这个广告就烦，连鸭子都不吃了，可我爱吃鸭子，想吃烤鸭。爸爸说一定会让我吃上一次烤鸭，后来我经常想，爸爸会不会是到北京去给我买烤鸭了？那也不能去这么久呀？一去还就不回来了。

爸爸知道妈妈一看到羽绒广告就伤心，拥住了妈妈的肩。我递给了妈妈毛巾，妈妈破涕而笑，高兴地说：“我们阿甘长大啦，真是越来越懂事了，快看九爷上电视了！呀，出来了！”

我使劲揉眼睛，为看清爸爸，一闪而过没看到爸爸。妈妈说看见了，刘叔叔站在王书记后面，爸爸站在刘叔叔后面，妈妈看到了爸爸在电视里晃了一下，失望地说：“九爷，你怎么就晃一下呀？”爸爸不好意思地笑笑，说：“可不就是晃一下嘛！”妈妈说：“那也不简单了，能晃一下也不简单！”爸爸嘿嘿一笑，说：“人嘛，谁到这个世界不是晃一下呢！”

爸爸这句话让人印象深刻。“印象深刻”像“长足发展”一样，开始频繁使用，大人物对要夸赞的人或事说“印象深刻”有一种不卑不亢的劲头，而“长足发展”属于可喜但还不是特别值得骄傲的。

第一次上高三我就理解了“语境”这个词，每个人都有自己的圈子，圈子里有自己的语境，语境构成气场，气场决定形态，形态定位人生，也就是说人在什么圈子里决定你是谁，屎招苍蝇，蝴蝶恋花。老师夸赞我学习有了深度，但第二次考大学的复读生老师说平均下来也就提高了二十分左右，而我肯定在那二十分里。校长说因为九爷才有了灯光球场，银城一中做点牺牲也是应该的。

在复习政治的时候我开始弄懂毛主席说的“要奋斗就会有牺牲”这句话，老想起爸爸在电视上晃过一下。秋天来了，一九九九年这个让人难忘的深秋。第一次坐爸爸为银城赢得的汽车，车身上喷着“全国文明城市”的醒目大字，爸爸没坐过，这辆中巴是春天从北京开来的，爸爸也是春天走的。

爸爸不知道这辆“银城骄傲”的中巴车座椅很舒服，软软的，车厢里飘逸着牛皮的味道，张处长让刘叔叔送给爸爸的牛皮鞋的味道。我大口地呼吸，闻出车窗前一个香水瓶发出的味道截然不同，两种味道混杂在一起，一会儿牛皮味强一点儿，一会儿香水味很刺鼻，交替出现，刺激着我的鼻子。

我对味道很敏锐，小英子说身体有缺陷的人都会有特长，上帝为你关上一个门就会打开一扇窗。我不了解上帝，上帝好像会英语、法语、德语、意大利语和西班牙语什么的，现在也开始能听懂汉语，还知道银城话了，能听懂大人小孩男人女人嘴上挂着都喜欢说的“屎”字。表姐来信说表姐夫约翰想在银城建一个大教堂，这被刘叔叔制止了，他让九爷回信告诉表姐转达给约翰，欢迎美国财团先行考察团到银城参观访问，银城为美国客人开放甜水湾后面的世界第一大峡谷，如果想投资赚钱就干点让银城能看得见、闻得着、吃得到的幸福项目，属于文化和哲学范畴的事银城都有，就不劳美国人费心了。

刘副市长检查了爸爸写给表姐的回信，点点头，说九爷的字真是漂亮，以后写信就不用笔和纸了，美国人预见二十一世纪是一个“信息高速公路”时代，叫互联网，已经开始兴起了，用不着到二十一世纪就可以用“电子邮件”写信了，可惜了九爷的一笔好字，硬笔书法，好可惜。他让九爷把“世界第一”这句话删掉。刘叔叔说美国不喜欢别人第一，再说银城大峡谷是不是“世界第一”不是不好说而是不重要，谁的鞋舒不舒服自己的脚知道就行了，我们对世界说了太多历史，地球上有什么新发现我们的专家学者都能从我们的历史上找到，开始推广各行各业的“责任制”有学者都能从《红楼梦》里找到，说王熙凤管理大观园的时候这个制度就有了。我们总陶醉甚至迷恋于历史不太好，虽然经常让全世界无话可说，“其实很多时候好多屎事自己知道就行了，比如足球是我们老祖宗发明的叫蹴鞠，可在当代世界又有什么用呢？银城要组建个足球队估计一百年也踢不出省城去，就不如拿来英国发明的乒乓球去打败世界，让全世界心服口服才是硬道理，打到全世界都不玩了也不怕，我们可以健身呀？”刘叔叔说：“我们的文化对世界多有点贡献才好，才是硬道理，九爷就是硬道理，约翰他们要自己带着滑翔伞来飞，九爷就先练好内功自己先学飞，等他们来的时候不仅陪好客人，要让美国人看看九爷比他们一点不差，而且飞得更好！”

爸爸惊讶了，九爷好吃惊，刘副市长真不是白给的，其实政府大楼里还真都是些有才华的人，他们大都低调，不像爸爸还有了“九爷”绰号，爸爸不仅佩服刘叔叔，还有点难为情了。刘副市长说银城人要幸福，爸爸同意，刘叔叔把老婆孩子早已经送到美国去了，爸爸的爷爷说当年打过长江去解放全中国时，国民党当官有本事的都把老婆孩子送到台湾去了，妈妈吓得馅饼都掉到地上了，“九爷，可不许胡说！”

爸爸擦着脸，虚汗在脸上流个不停，那是个冬天。妈妈说：“你干吗呀？”爸爸说：“我不干吗。”银城遭遇了百年不遇的寒流，屋里的炉子显得没什么热量了，爸爸居然出了满脸汗，擦个不停。

银城“百年不遇”的事越来越多，连溜达进我家的耗子比我小时候看到的都肥了。胆大妄为的耗子居然公然在我家花岗岩地上溜达，转两圈才知道我家没什么可吃的，进错了门，深感遗憾，悻悻地走了。不知道它从哪里进来，也不知道它往哪里去，妈妈叹口气说：“猫有猫道，鼠有鼠道，九爷啊，咱可要走正道啊！”爸爸放下咬了一口的馅饼出去了，关上了门。

爸爸走的前一天晚上，有预感，对妈妈难过地说：“我就是过河的卒子，只能进，不能退。人生就是下棋，走错一步就完了，我这回可真尿的是要飞了！”

天蒙蒙亮的时候，爸爸坐到了我床前，我醒了，看见爸爸笑了笑，两只眼睛跟花没关系，像两个葱头，一夜就变老了的葱头。爸爸不说话，一直抚摸着我的头，爸爸后来说到了春天，银城的春天来了，爸爸好高兴，有谁不知道九爷眼睛笑成两朵花的时候就是为了银城的春天呢？“春天完了是秋天。秋天过后是冬天。”爸爸默默地说。爸爸好久好久不当老师了，语文是退步了，竟说出这种有逻辑没意义的话，是要考考我吗？我坐起身，说“冬天过去，春天就又来了！”

“真好。”爸爸笑了笑，九爷看上去一夜老了许多，凝视着我，好像有点舍不得，是舍不得冬天走，还是舍不得春天来呢？

这是个秋天，已经进入晚秋，满城的红叶，银城终于可以看见四季了，不再用身体感受季节的变化，冬天会下雪吗？爸爸春天的时候说过，银城会迎来二十世纪最后一场雪，在洁白中迎接千禧年，告别过去，终将迎来一个新时代。妈妈不知道“新时代”是什么意思，我告诉妈妈就像新衣服，妈妈一下就懂了，说：“人都是旧的好，衣服才是新的好！”妈妈停了一下，自言自语地说：“刘叔叔怎么就成旧人了呢？”

我没懂，九爷成为银城有名的“球王”，差点去北京参加全国保龄球大赛，刘叔叔让爸爸去，爸爸坚决不去，看来只要用心就没有什么做不到的，爸爸说好多事能坚持重复一万遍就会是“专家”。我愿意相信爸爸，但不能告诉爸爸我就是走十万步一百万步也依然不能走好，我知道这样说爸爸一定会难过，刘叔叔不想让九爷难过，能帮的地方总是在帮我们家。

车身上喷着血红大字的车飞快地驶进银城，一日千里的银城，为迎接千禧年开始张灯结彩，天黑以后银城会亮起来，银城亮起来，华彩无限。新建的电视塔直入云霄，银城电视台好威武，每天报道着银城的消息，说着银城一日千里的事。再往前，一片低矮的建筑，把头的就是妈妈曾经工作过的洗车房，马上也要拆了，好多房子都写满了“拆”字，春天就写上去了，爸爸走之前被遮挡起来，上面画着“银城新天地”的图画，可是到现在依然没有变化，停止了。

不知道这是要去哪儿见爸爸，九爷到底在哪里？

面包车里两种截然不同的味道交替出现，悬挂在车窗前的“出入平安”晃来晃去。视野好开阔，阳光下的银城这么好，这么美，银城在动，不，是车在疾驶，美丽的银城像电影一样闯入我的眼帘。

我看见了枫树林，红叶飘满银城，把银城染红，飘荡红叶的银城是我的家。我没办法离开银城，在银城一中读了四年高中，从第一次上高三开始就没有什么新课，都是为考大学做准备。我一下就懂了，像那些每天早上风雨无阻开始跑步重视健康的人都是为了死准备的，所以每天不停重复。

银城也在重复，同样的楼建了一座又一座、一片又一片，都建到北山后面另一座北山里去了，银城越来越大，我都不知道哪儿是银城的边际了。有钱的人开始往出搬，刘叔叔说穷人才住在城里，有钱的人搬出城，更有钱的住在机场旁边，我知道了，这样逃跑起来更方便。刘叔叔瞪了我半天没说话，爸爸说：“不许胡说！”妈妈也说：“不许胡说！”刘叔叔苦笑了一下，“阿甘，那叫流通方便。”

我懂了，人像货物一样也是需要流通的，流通得越快经济越发达，而且变得越发奇妙了，对有钱的人来说钱已经变成一个形容词，钱不多的人钱是一个动词，只要一动就发展了，流通起来会皆大欢喜，还能解决各自的债务。老师居然听不懂我说的，她只会照书讲课、照本宣科，我就跟她打了一千块钱的巨赌，到学校门口的食品街做个实验，不过她先得借我一千块钱。我知道她刚开支，钱包里有一千块钱，她居然同意了，不知道这一千块钱将是我的，因为她必输无疑。

我拿着一千块钱兴致勃勃地出发了，小英子比老师还好奇，可她比老师对我有信心，十几个同学一起跟来，我要用这一块钱请大家。这条街就是为银城一中建的，冷清了大半个冬天，今天开学我早上来学校的时候，听到各商铺互相讨债互相嚷嚷，听明白了，好多人都相互欠对方一千块钱，这个问题我能用老师的一千块钱解决。

我让小英子帮我一个忙，告诉饭馆的老板给我们做菜的时候一定慢一点，最好做不成，给我十分钟就行，因为我们吃不成，老板不会不满，因为我在帮他，帮他在“流通”中清理债务。

小英子相信我，全力配合我，对我从未有过的好奇。我嚷嚷着一千块钱包桌，小英子的任务是盯着后厨把锅碗瓢盆再洗一遍洗干净，拖点时间，我先交给了小老板一千块钱，小老板很高兴。这时总给他家的店送肉的来了，小老板还上了欠送肉的一千块钱，送肉的到门口还上了杀猪的人的一千块钱，杀猪的又还上了不叫车队改叫物流公司讨债人的一千块钱，物流公司的人来到店里还给老板一千块钱。我摆摆手说不吃了，小老板没生气把又收回来的一千块钱退给了我。我大摇大摆出来了，解决了他们吵了一早上的债务问题。老师惊呆了，夸我太厉害了，伸手想拿回那一千块钱，那哪儿行，我说这是我赚的，女老师扑通一下栽倒了。原来我们输在了教育上，最可怜的是老师，对老师要好一点，我扶起来老师，把一千块钱还给老师，说："我逗你玩呢！老师你以后别逗我们玩了啊！"

老师快哭了。

小英子热泪盈眶，居然拥抱住了我，同学们一起叫我，喊着我的名字："阿甘！阿甘！阿甘！"

我笑了，我是阿甘我高兴。

一架飞机从头顶上掠过，腾空而起，机场就在西边。我不明白为什么不叫"银城机场"而叫了"银枫机场"呢？一定跟九爷为银城赢得的枫树有关，如此美丽的枫树林，跟九爷会飞有关，银城人也不会忘了北京来的张处长。

刘叔叔本来说好了要带九爷一起为银枫机场剪彩，可是没有剪成，爸爸看见刘副市长由两个人陪着上了飞机，他倒是在银枫机场还没有剪彩就坐上飞机飞走了，飞到北京。小英子暑假回来告诉我，刘副市长到北京住进了秦城，她看上去好高兴，开心，脸上挂着笑，那秦城就是一个好地方，才让小英子高兴。

我不知道秦城是什么城，刘叔叔比爸爸早走几天，小英子却告诉我九爷去不了北京，就是去了也住不进秦城的。这我懂，九爷在政府大楼上班并不属于政府里的人，省纪委的孙书记都快忘了九爷是借调到政府办的，一开始就是他决定的。在政府大楼上班并不意味着是政府里的人，就跟开飞机的飞机并不是开飞机的人一样，这个我懂。北山的人都快搬光了，他们都下山到城里买了房子，还有人买了小汽车。刘叔叔亲自领导投标建可以通向北京的高速公路银城段，听说开上高速公路的汽车也是要花钱的，银城市政府从第一批为老百姓盖好房时就很有钱了。“007”黄叔叔也很有钱，住进了比银枫机场先开张的大别墅里，却不在家好好睡觉，开着大奔要试一试刘副市长建的高速公路率先开通的银城段结不结实，有人看见夜晚的时候大奔在高速公路上震荡，大奔的大灯晃晃悠悠，被一辆疾驶的大货车给撞飞了。原来黄叔叔也会飞，赤身裸体地飞，银色文化传播有限公司投拍的电视剧的女一号光着屁股陪他一起飞，从大奔里飞出来，两个肉光光的身子在银城之夜发出了最后的闪耀。

小英子在我第二次高考前又回到银城，带着她的教授，她管全国有名的大律师叫老板。她的“老板”还是全国人大法律方面的顾问，没来我家，去了甜水湾，离开前才到学校来看我，要我好好考，再参加一次高考，追随她到北京上大学，如果还没有大学要我，她说我也能去上大学的，帮我安排一种“自考”“或“成教”文凭的民办大学去。我不知道什么叫“民办大学”，她告诉我就是私立学校，跟“公办大学”相对应，还是她的老板在全国“两会”提出的。很多代表不认为国家需要“民办大学”，她的老板掷地有声地说全国每年有一千多万人考大学，国家大学招收不了太多的学生，把没有考上大学的高中毕业生推向社会，改革开放以来西方腐朽的东西也进来了，政府是多盖监狱好呢还是鼓励民营企业作为举办人投入教育好呢?

于是有了掌声，就是说我考不上大学也有学可上，到北京去找她。我好开心，到民办大学很快就可以知道什么是“套套”了吧？银城一中举行成人礼的时候老师不给我们发套套，民办大学该发套套了吧？如果能到北京上大学，我一定要问问亲爱的教授什么是“套套”？我想民办大学的教授们一定会教给我的。小英子走前我到银城宾馆去看她，她的老板看了我一眼回到自己的房间去了，我看到她哭红了眼睛，不知道为什么?

我没有问，女孩哭的时候不要问。我想撒尿，进了洗手间，看见洗手间的墙上贴着“禁止卖淫嫖娼”亮晶晶的牌子，盥洗池上却摆着一大盒避孕套，这就是高中班长说的我们的成人礼学校该发给我们的“套套”吧？可为什么墙上挂着亮晶晶的公示牌和下面摆着的杜蕾斯放在一起呀？撒完尿出来我就问小英子这算怎么回事呀？真的是有些事能说不能做，有些事能做不能说吗？她瞪大眼睛看着我，说：“阿甘，你真傻呀？”

不，我不傻，我才不傻呢，问：“小英姐，你特恨银城宾馆吗？”

她愣了一下，“阿甘，你知道什么了？净胡说！”

“你不恨银城宾馆，”我说，“你恨刘叔叔，在北京秦城住着的那个刘副市长，是不是？”

她急了，有些急，“阿甘！不许胡说！”

“我才没有胡说呢！”我举起右手，“小英姐，我发誓不告诉别人，我爸爸把你从省医院接到我家的时候，你的身体里少了一件女人最重要的东西，你没有子宫了！”

“你妈妈告诉你的？简直是疯了！”她真的急了，大步走向门口，拉开门，“出去！”

“小英姐？”

“滚！”她大声说，“你给我滚！快滚阿甘！”

我好难受，伤心，小英子生气了，我知道她不会让我到北京去上大学了，再也见不到她了。

可是我爱你，真的爱你呀，小英姐！

第十五章

我放不下她，知道她的“秘密”不是妈妈告诉我的，是表姐夫来家里看妈妈时告诉妈妈的，被我听见了。那天表姐夫到银城宾馆去给还没有当副市长的刘主任送内部观摩的电影票，知道刘主任没在政府大楼一定在过去孙书记的办公室，结果撞上了他不该看到的，小英子被脱得赤裸裸躺在床上，手里还拿着一个新的控制血糖的自动注射器，泪流满面。

表姐夫跺了一脚，刘主任从卫生间出来，没有惊慌，一定是小英子那会儿想跑。他忘了检查锁，一边擦着头发一边说：“是该跺一下脚上的土，银城的尘土还没有治理好，甜水湾的女孩爱干净，小英，去冲一下澡。”表姐夫不知所措，刘主任说：“别这样，我要把你调到公安局去，你不是想当警察吗？做公安工作可是要有保密原则的，你从部队复员回来的时候偷了一盒子弹，想干屌的？”表姐夫吓了一跳，惊恐地说：“刘主任，你知道这屌事？”刘主任笑笑，“你在银城，组织上有什么不知道的？私藏子弹，还是部队打靶的时候偷的，你到底想干屌什么？”表姐夫又跺了一下脚，“我女朋友，就是阿甘他表姐，我回来探亲看见她给阿甘买女孩玩的洋娃娃，我想给阿甘用子弹壳粘个坦克，刘主任是怎么屌的知道的？”刘主任严肃地说：“把你的屌收回去！我就要当副市长了，公安局里得有屌的自己的人，你到刑警队先当副队长！”

今天进教室的时候，老师正在讲文综题，老师说小英子忙不过来，上大一的时候就加入了教授全国最著名的律师事务所，常常义务进行法律援助，有这样的才女，小英子读完博士以后一定会回到银城，当她最想当的法官。如果当不上法官也会成为大律师，银城的法制会越来越好。

我高兴，又难过，小英子不理我了，永远不会理我了，再也见不到她了。爸爸早就跟我说过，知道得越多未必越好，我记住了。老师让我赶紧回家，爸爸有消息了，不知道银城把九爷给藏到哪儿了，现在知道了，九爷被藏到了大山里。

车越开越快，出了银城向北，进山以后路上没有车了。我好激动，终于可以跟妈妈一起见到爸爸了，怎么能不像妈妈那样激动呢？妈妈抑制不住地哭，喜极而泣是有的，我没有劝阻妈妈，让妈妈好好哭一哭。爸爸说过，哭有时候也是一种享受，可以排却痛苦，像爸爸见到刚刚认识的妈妈上了甘家旺的山，祭奠完随着大姨一起死去的一车人以后，到了黄河边爸爸大声哭过，妈妈一定也是这样哭的。

我不确定会不会上大学，全国那么多大学没有一个肯要我，那就是我不该离开银城。我爱银城，像爸爸那样，为她生，为她死，如同爷爷那样快乐地死去。爷爷老说他当年是飞奔革命，终有一天真的是飞了，从甘家旺的山上飞起来，坠向山下，还唱着银城那支古老的歌谣。

妈妈说我就该留在银城，生在银城就该死在银城，像爷爷那样，能死在故乡该多幸福呀，我要幸福，我的幸福就是有一个好爸爸，银城九爷，我爱他，妈妈爱他。我敢大声说出来，妈妈不敢，原来爱是不必说出来的，总挂在嘴上说爱的都不是好人。我爱小英子，好想她，只能藏在心底，妈妈让我知道了真爱不必说出来，藏在心里就行了。

我对小英子的爱只能藏在心里了，就要见到爸爸了，心里暖融融。妈妈的哭声太大了，那会儿震动了红叶，银城铺天盖地的红叶动起来，抖起来，飘起来。现在震动了大山，把一群鸟儿惊动得飞了起来，头上顶着红颜的客山红，是在燃烧中飞翔吗？客山红，银城好多人都知道的故事，爸爸还没有跟我讲过，有一天我一定会知道的。还有银城一座神秘的山上，对着银城一九四九年的第一个大烟筒的一座坟墓，坟墓上有一棵不知道怎么长出来的树，上面系着一个铃铛，风一吹，铃儿就响叮当。

我看见银城的红叶飘起来，跟着车飘进了山谷，在天上空灵地飞翔。像爸爸那样飞，九爷飞起来，撞上了枫树，原谅爸爸吧。九爷被红叶弄伤了，我看到成千上万数不清的红叶飘满银城的天空，有一片红叶上带着九爷的血，银城能原谅九爷吗？九爷会飞，与红叶共舞。

车钻进了大山里。山，明晃晃，亮晶晶，光秃秃，刺痛了我的眼睛。上山，又下山，曲曲弯弯，上上下下不停，终于看见了好高好高的围墙，上面还挂着整齐的网。

好威武的建筑，气势磅礴的房子会在大山里，好奇怪，爸爸在一个奇怪的地方，那就是九爷太重要了，不知道要为银城做一件多大又多神秘的事。从春天到深秋，银城飘满红叶时我才知道九爷在哪儿，妈妈不哭了，睁着惊慌的眼，不知道妈妈为什么要惊慌？该说惊喜才对，因为这地方好威武，还有武警站岗呢，原来九爷在一个有人守护他的地方。

雄壮的大铁门，没看见有人开门，车到跟前两扇大铁门自动开了，里面有一排一排的平房，哈哈，太像我们学校了！银城学校都是这个样子，只有银城一中开始盖楼房了，校长说二十一世纪银城会有楼房校舍，不过我看不到了，还说九爷可能也看不到。去年冬天九爷陪同北京来的一个瘸腿领导考察一中，刘叔叔说九爷能陪好教育部的瘸腿领导。领导上主席台的时候全校同学都笑了，因为有一条腿没上去，掉在了台阶上。九爷扛起了那条腿，教育部的领导跟没事一样，习惯缺条腿了，用一条腿蹦上了台阶，在麦克风里豪迈地说：“世界是你们的，也是我们的，但归根结底不是你们的！”校长吓了一跳，说：“错了，毛主席说的是归根结底是你们的！”领导说：“所以要好好学习好好高考呀？对不对？你们想拥有世界必须听我们的！我们急呀，必须挑起中国教育的重担！”爸爸赶紧上前，把他的那条假腿双手递上去，说：“给您腿，怕您一条腿挑不动，挑得动怕也走不远的！”爸爸的声音从麦克风里传了出来，操场上响起此起彼伏的笑声，小英子没有笑，快哭了。我看见她真的是泪流满面。

汽车停下，我激动不已，使劲地揉着眼睛，那是谁？小英子！我居然看见了如此亭亭玉立的小英姐！我想叫她，没敢开口，心慌得没有站稳，扑通一下摔倒了。

她过来扶起了我。她穿着紧身高领毛衣，外面套着马甲，胸脯比夏天回来时又高了，起伏不定。小英姐头发长了，扎着一个马尾刷，更漂亮、更女人，也更干练了。

“阿甘？”

她叫我的名字，我激动不已，哇的一声哭了。

“不哭，阿甘！”

她知道我会哭的，伸出手，拉住了我的手。

小英子身上有一种味道，飘过来，也可以说是溢出来，还有一个词叫弥漫，轻轻扬扬地弥漫，很香，花的味道。好多种花，有玫瑰，有茉莉，还有我一定没见过的花。她一定进过百花园，才被染香。爸爸把春天和夏天全都给丢了，九爷就是在这里又陪着北京来的人研究种花吗？千禧年，银城迎来二十一世纪的时候，不仅秋天红叶满城，一年四季都会万紫千红，不仅有了绿色，更是百花开满银城。

真好，银城的未来有多好，又要见到爸爸了，我好激动，怎能不激动得想哭，“爸爸在哪儿？”我大声说，“小英姐，九爷在哪儿呢？快带我去！”

她看了我一眼，目光显得很疲惫，青春刚刚开始，青春也疲惫了吗？我读出了小英子目光中有些哀怨，更迷人，带我去见爸爸，我的心为她醉了。有点要分心，感觉怪怪的，她的手心很湿，出汗了，冰冰凉。

“阿甘，我带你回家。”她温柔地说，“不，你带我回家。”

“不，我要看爸爸！”我大声说，“我要见见九爷！”

一个头发有些花白的人推开驾驶室的门，下了福特轿车。他穿着一件立领的长大衣，系着一条带格子的围脖。刘叔叔也有一条这样的围脖，妈妈说叫巴宝莉，可还是没有从挂着京 A11002 牌照车上下来的人更有风度。

我看出他风度翩翩，还有一个词叫“气宇轩昂”，有一种特别的气质，这个目光敏锐的人，气场强大的人，闪动着犀利的眼神，一看就是一个让人信任的人，皱纹很多的脸上写满坚毅。我不知道该怎样形容，冥冥中感觉他和小英子好像有某种关系，不，和我，要不他干吗用那样的眼神看着我呢？

我想起来曾在银城宾馆见到过他，小英姐的老板在这个深秋又来银城了，是为爸爸吗？为九爷而来？

他的目光里有期待，还有同情，充满刚强，我不知道，但相信这个人一定跟爸爸有某种联系，他一定认识九爷，从北京来的，开着车来，一路向西到银城。

“老板，”小英姐说，“我去了啊？”

“去吧！”他说，看着我，“要是找到了第一时间给我打电话，也许还来得及！快去吧！”

我不知道干吗不让我见爸爸，这么急着去我家干吗呀？莫非我和妈妈白这么远跑来了，春天里带走九爷的人已经把爸爸送回家，送九爷回了家？

表姐夫穿着威严的警服，脱下大衣披在了浑身颤抖的妈妈的身上，我才觉出有点不对劲，妈妈怎么会激动成这样？给我打坏腿了的那个阿姨急匆匆地过来了，对小英姐的老板说：“您好，教授，是用注射，我们银城第一个用注射的！”

她要给爸爸打针？爸爸病了？不能让这个阿姨给九爷打针，我害怕，快哭了，大声说：“不要你给我爸爸打针！”

“希望不打这三针，江英，快去！”小英姐的老板拍了我的肩一下，说：“阿甘，你行的！”

他说我行的，我不认识他，小英姐的老板为什么说我行呢？那个阿姨为什么叫他教授呀？我还没有考上大学，除了爸爸妈妈从来没有人说过我行。我行，很重要，我真的行，春天里爸爸走了以后，有一天妈妈拉住我的手，说：“阿甘，我们去找爸爸，路上又渴又饿，爸爸给你留下了两个苹果，你会怎么办？”我肯定地说：“我会把两个苹果都咬一口。”妈妈叹了口气，有点伤心，忍住，说：“好吧，儿子，你是阿甘，甜水湾的老话说，人的名字还真能给叫出气场来的，所以你叫阿甘，你爸爸还真是九爷了！”我没听懂，“妈，什么意思？”妈妈说：“意思就是两个苹果你都吃了，你爸爸知道了会高兴的，建设新银城，就是为了下一代啊！”我搂住妈妈说：“妈，我先咬一口，看看哪个甜，我要把最甜的苹果给妈妈！”妈妈怔住了，好半天后哇的一声就哭了，紧紧抱住了我，“我的好阿甘！像你爸爸，我不后悔！”

下起了小雨，纷纷扬扬的秋雨，弥漫在银城的天空。还有太阳，太阳很亮，照耀着银城，太阳雨。这辆爸爸为银城赢得的“全国文明城市”的车又开回来了，打着双闪，两个灯都在闪，风驰电掣地往我家开，又要回到我家，我带回来小英子，带她回家。

车上响起了歌，司机放的音响，声音好大，也好听，周华健的歌，爸爸也唱过，在学校为我举办过成人礼的时候，爸爸为我唱支歌，唱得好好听：“亲亲我的宝贝，我要越过高山，寻找那已失踪的太阳……”

九爷是歌王，有独特的嗓音，也就有了自己的味道，妈妈知道后哭了。妈妈是高兴地哭，因为姥爷倒把九爷当成了儿子。一九九九年的春节姥爷家有了一口井，姥爷家的水井好棒，出来的都是热水，冒着热气，升腾在甜水湾。

大车初二，大舅一定要妈妈带着九爷回家，多少年妈妈都没有在初二的时候回过娘家了。那天的雪好大，我和妈妈站在山顶往下看，从姥爷家看见了热气，热气从一口井中像一条白龙腾空而起，缥缈地升向天空。怎样一个情景啊，美丽，不，是壮观，壮观也不对，是震撼。

妈妈忽热抱住了爸爸，“你真棒！我说他大舅非让我初二回来呢！”

妈妈哭了，爸爸没哭，眼睛像葱头，抱住妈妈，一只手拉住了我。

原来一口井足够了，一口井要打多深才能够打出来温泉，够所有的甜水湾人用了，大舅说真的没有白供九爷。爸爸第二天早上头发里出现了白丝，我还以为是甜水湾的雪花没化呢，妈妈说：“九爷？这咋回事呀？”爸爸说：“雪落在头上没有化，这辈子怕是也化不了了！”妈妈忽然不说话了，经常一夜不睡，在莲花床上坐到天亮，一直到春天，爸爸走了，妈妈就一个人坐到天亮。

刘叔叔去北京之前妈妈就不在银城电视台了，在银城最大的洗车房，也不用手洗车了，用的是一种机器，银城第一座用机器洗车的洗车房。妈妈连机器都不用管，有人管，还都管妈妈叫老板。妈妈蒙了，去找刘叔叔。她看见刘叔叔坐在一辆黑色奥迪里从政府大楼出来，这次没有坐在后面的右座上，那是刘叔叔的专座，这次坐在中间，一边一个脸上没有表情的人，从车里扔出来一双拖鞋。

妈妈认识这双拖鞋，是小英子的妈妈给刘叔叔做的布拖鞋，刘叔叔说喜欢穿布鞋。司机也不是那个司机了，把车开得飞快，向北，奔向大山的那一边，今天要剪彩的银枫机场。妈妈把布拖鞋拿回洗车房，点着了烧了，把自动洗车房也差点烧了，幸亏表姐夫开着警车过来，把已经快傻了的妈妈背了出来。

“表姑，你干屎的？”表姐夫喊着。

“不干屎的，你别叫我表姑，我不是！”然后妈妈炸裂了似的哭出来，“他害了我们一家！还祸害了小英子！九爷完了！”

表姐夫说：“表姑表姑！你喊尿的干吗？”

小英姐靠在我的肩上睡着了，车里回荡着歌声：

我要越过海洋

寻找那已失踪的彩虹

抓住瞬间失踪的流星

我要飞到无尽的夜空……

太阳被厚厚的云彩遮住了，山顶映出一抹红霞，浓浓的羞云遮住了北山。下起了毛毛雨，绵绵秋雨，这样一个晚秋，雨未落地，已然变成细小的冰粒，不是摔落，洋洋洒洒飘在地上。

下了车，我拉住了小英子的手，她让我拉。绵绵的手，我领略到了一种温暖，不，是从未领略的柔软。又带她回家，我的思绪有点像这绵绵秋雨，欣然飘落在家里的那张莲花床上，刘叔叔送来的占据了半间屋子的床。

我的心头涌过一股热流，看了一眼她，成人礼那天她就是一个含苞欲放的少女了。多年以后，我拉着她绵绵的手想到了床，有欣喜，更莫名地想哭。

我激动起来，下车后使劲走，加快脚步，可怎么走也走不快，有点像在街上跳舞的人。大街上的一种舞蹈，叫“街舞”，我看见过，好多人在曼哈顿购物中心广场扭曲着身体，在狂躁中舞蹈。不知道爸爸会不会这种舞蹈，爸爸会的，一定会，从叫了九爷以后就开始扭曲了。

我羡慕本来能好好跳舞的人偏偏喜欢扭曲，还张扬着手，前后左右地走，停住的时候全身上下跟踩了电门似的颤抖。有人喜欢颤抖，也有人喜欢看别人颤抖，爸爸说人类从爬行到直立行走经历了太久，所以要好好走，站直了，别趴下，莫颤抖。

在迎接北京来人视察银城评选“全国文明城市”的时候，爸爸看到 CCTV 上的街舞大赛，原来新型“文明城市”不是街道有多干净，而是街上有多少人起舞。爸爸为陪好北京又要来的人要到广场上去学街舞，万一北京领导想跟银城一起共舞呢。这被刘叔叔坚决制止了，刘副市长说银城很来电，但不能像踩了高压电似的在街上乱舞，爸爸一下就懂了，那不是中电而是中邪了。九爷没中电，没中邪，中枪了。妈妈总说九爷把自己扭曲了，从心里开始就扭大发了，纵有万千解释，也无助于改变后果。

还是这座山，北山，看不出有什么变化，不像爸爸那样老去。九爷在这个春天好像一下就老了，添了许多白发。爸爸竟然有了白发，但没有刘副市长多，刘副市长是在银枫机场剪彩前一夜间长满白发的，总往下掉，遮盖住他那宽大的总是亮晶晶的大脑壳，坐在莲花床上几个小时都不说话，眼神总有些迷离，迷离的刘叔叔是个谜。

轻漫的雨，洋洋洒洒，这个秋天有点冷，还有些凄婉，或者悲凉。不知道爸爸是不是回家了，脑海里只留下九爷走那天的背影，残影，始终不肯离去，不肯飘散。北山还是北山，水房像是古董，如同银城出土的文物留在了北山。

北山已经没有多少人家，买房子住进叫了各种名字的社区，没人想过九爷，早把九爷给丢了，另一个词叫遗忘。忘了九爷吧，不会有尘封的记忆，不会像废弃的水房留在北山成为银城最后的记忆，也只有住在过北山的人才记得，我也难以置信，爸爸和妈妈，还有我，吃了小小水房竟然快二十年的水。

起风了，雨没有了落处，在空中慌张地飘，飘来飘去，该落到我家的，轻轻扬扬地飘进我家的院子里，那一地亮晶晶的冰粒。小英姐拉紧了我的手，快走几步，知道钥匙在哪儿，依她所想，抬起手从门框上取下了钥匙，回头看了我一眼，用凄婉又有些感叹的表情看了我一眼，把钥匙插进锁里。

“进去吧，阿甘。”

她让我进，好像这是她的家。我抚摸了一下她的脸，冰冰凉，衣服也湿漉漉的，说：“小英姐，你湿了。”

她用奇怪的眼神看了我一眼，我不知道是什么意思，看见她的脸上像天上飘过的彩霞。她推开门，走进屋里。

我又一次感受到她的韵味，轻婉的律动，抚心的摇摆，心一阵乱跳，还热了一下，和脸一样热。我进屋，回身关上了门，然后打开空调。我家的空调有冷风，也有暖风，妈妈买的二手空调有点响，我家的温度带响声。

我脱掉外套，看着衣服湿漉漉的她，说："你就是湿了，脱了吧，小英姐。"

她苦笑了一下，"傻阿甘，你能好好说话吗？"我好委屈，问："怎么了？"她抚摸了一下我的脸，说："傻阿甘，不这么说行吗？"我委屈地说："本来就是嘛，你就是湿了！"她热乎乎地说："好吧！真被你给打败了，我投降，不说了行吗？"

我就不说了，看来有些话是不可以说的，她真的是一个大姑娘了。她说："阿甘，别这么傻乎乎地看着我，钱呢？"

"你要钱啊？"我转过身，开心地说，"好！你等着！"

她居然从后面踢了我一脚，踢到我屁股上，虽然不重，我还是伤心了，转回身看着她，"你干吗呀？"

她忽然抱住了我，难过地说："你要知道干吗就好了！"

"我给你拿钱，我家有！你等一下！"

我听见她长长地叹了口气，在她的叹息中走向莲花床，蹲下，从床底下拽出一个老式大皮箱，小英子这才快步走过来，比我还兴奋，说:“阿甘！太棒了！就是要找到钱！找到钱九爷就有希望了！”

“当然有钱，就在爸爸的箱子里！”我边打开老皮箱边说，“我总能从爸爸的衣服兜里翻出钱来！”

我拿出中山装来，爸爸早就不穿了的中山装，从兜里翻着。小英子坐在莲花床上，傻乎乎地看着我，有点泄气，“别翻了！箱子里还有什么？”

“不让你看！”我说。

她一下兴奋了，起身蹲到我旁边，我赶紧盖住箱子。

“让我看看！”她目光炽烈，“就看一下，求求你了，阿甘！”

“那好吧！”我打开箱子，“还没凑够呢！”

“多少？”她有些激动起来，说:“不会吧？他们会没有找到？”

“找到了，我还没凑够呢！”我贴近她的耳朵，悄声说，“我不让那些来我家的叔叔告诉我妈，他们就都没说，替我保密！”

“保密什么？”

她快速掀开箱子里的衣服，好兴奋，又喜悦，我为她的兴奋和喜悦高兴，甚至也激动起来，看着她把六年级的课本、辅导教材和笔记本扔出来，然后看见了我藏在底下的口香糖。

“大头班长说将来要给你九十九朵玫瑰，我要给你九十九包口香糖！”我难过地说，“小英姐，还差一包呢，只差一包了！”

她怔住，看着箱子里的九十八包口香糖，突然哇的一声哭了，没想到她会哭，还跟个小女生似的，是因为不够九十九包哭，还是太欢喜我为她藏起来的礼物呀？她喜欢甜的，小英姐从小就喜欢。

“小英姐，你别哭了！”我慌张地抬起手，擦着她的泪，“就差一包了，一会儿妈妈陪爸爸回来我就要钱，买来送给你！”

“不差了！”她哽咽着说，“你就是！”

我怎么会是口香糖呢？她才是，她喜欢糖饼，喜欢甜的，所以她才是甜的。

她忽然抱住了我，把我扑倒在地上，还亲了我，软软的舌头伸进我的嘴里，像我小时候吃过的奶油冰棍，甜的，滑溜溜，还有点冰冰凉。

“我们上床吧！”我大声说。

没有，她不想上床，说等一下，让她哭一会儿。小英姐要哭一会儿，我同意了，女人真爱一个男人的时候，其实不是笑，会哭的，总想哭，这个我懂，我知道，比如妈妈，妈妈爱爸爸，所以总哭。小英子也爱我，所以才哭。

“阿甘，拿斧子来！”

这是要干什么？爱到极致就是要动斧子了吗？银城电视台有一个《银城家庭夜话》节目，女主持人不会好好说话了，除了播报银城新闻。电视台和广播电台的好多主持人都不会好好说话了，卷着舌头的港台腔，软绵绵的，女主持人调停夫妻别离婚的节目，更像是要挑拨两口子到动了斧子才好，两个相爱的人就是为了方便吵架才结婚住在一起的，到了被主持人逼得挑拨到这个样子还真就不能住在一起了。不知道到法院离婚排到多少号了，“007”号之前的前辈们像银城第一批骑摩托车的人一样都已经不在了，这种想让两口子和好的节目越来越火，离婚的就越来越多。

我吃惊地看着她，我梦想将来才要住在一起的，还没住一起呢她就要找斧子了，梦想就是碎了，碎了一地。

“快点，阿甘！”她站起来，伸出手把我也拉起来，着急地说：“拿斧子！该想到钱藏在哪儿的，警察不知道，九爷也不知道！快，把刘景贤送到你家来的莲花床劈开！”

“刘景贤？”我迷惑，问，“刘景贤是谁呀？谁是刘景贤？”

“刘主任！你的刘叔叔！刘副市长！”她拿起包，从包里拿出来一个手机，掀开手机盖，有些激动地拨着号，放到耳边，通了，她大声说：“老板！我肯定能找到刘景贤把巨款藏屎哪儿了！你告诉他们快来！老大，你要赶紧想办法停止执行！”

怎么都来我家找钱呀？刘叔叔飞到北京以后，警察就来我家找钱，没有找到。过几天又来了好多人找妈妈，说是要打井的钱，原来甜水湾的井不是九爷打的，爸爸还没有赚够打一口井的钱，原来是刘叔叔让人打的。也不是，刘叔叔只是跟建银城大桥的人说了一句，姥爷家就有井了。如果通往北京的高速公路不出事，那座跨过老龙湾雄伟的黄河大桥不被一辆货车给压塌了，建桥人的也不会来我家要钱的。

我不拿斧子，动斧子应该还很久远，她看出来了，双手捧住我的脸，说:“阿甘，找到钱九爷就可以回家了，证明你爸爸是被诬陷的！你能懂吗？”

不懂，我摇摇头。

“刘景贤干吗送你们家床？还是这么大的莲花床？”她有些激动，声音颤抖地说:“你们家不需要这么大的床！九爷不需要！”

这我知道，爸爸怎么会需要这么大的床呢？九爷也不需要。她为什么这样抖啊？小英子的身子一直在抖，我记得那一天小英姐就抖，抖个不停。

那天的天好蓝，爸爸把小英子从省城医院接回我家，第二天打着滑翔伞的大包上北山，带着我和小英子，登上我家往上，再往上，登上了高高的山顶，爸爸怀里还抱着张处长的骨灰，登上了高高的山顶。

爸爸要飞起来，九爷会飞，会飞的九爷要像鸟儿一样翱翔天空，好迎接表姐归来，还要把张处长的骨灰撒进黄河，也许撒到甜水湾后面的大峡谷，九爷不仅飞得高，还要飞得远。

到了山顶，我看见小英姐的眼里噙满泪水，拉紧了我的手，看着激动的九爷，也很激动，我也激动起来，看着爸爸。

爸爸把自己捆好了，抱着张处长的骨灰盒，回头看了我一眼，朝小英子笑笑，然后大声说："我要飞了！"

等待飞的人很多，排起了长队，好多好多的人都在等待飞翔，银城人开始热爱飞翔。一个教练在教大家如何飞起来，就是使劲往山坡下跑，要快，然后就飞起来了。

我说："爸爸，带上我吧！"

爸爸说："儿子，等你再长大一些。"

我已经知道很久了，长大需要一些时间，我有时间长大。

爸爸准备好了，教练惊讶得不得了，"是九爷呀？"爸爸说："真难听！什么九爷？我姓田，我叫田地！我儿子也姓田，叫阿甘！阿甘的爷爷也姓田，他老说他是一只鸟，还真就飞走了！"

教练说："九爷真要飞呀？九爷你太轻了！"爸爸抚摸了一下怀里的骨灰盒，说："我可不轻，我抱着呢，抱着银城最重的人，我飞！"

爸爸蹲下身，把脸贴在了我的脸上。爸爸把感动传染给了我，我又把感动还给了爸爸。我和爸爸脸上都有感动的泪。

爸爸说："儿子，我飞啦！"

爸爸好激动。我知道，九爷要飞了。爸爸又拉住小英子的手，说："英子，他们叫我九爷，九爷什么都不是，长大了别学我，你对阿甘好一点！"小英子使劲地点点头，说："您好好走，不，好好飞！"

爸爸是怕高的，可九爷必须有信心，大声说："我飞啦！"

我握紧双拳，看着爸爸飞快地向山下跑去，这正是我长大以后一定要做到的，看着爸爸一路向下狂奔，正是我计划中的未来的奔跑，我有理由激动。小英子拉住我的手，浑身发抖。

"停下！"教练在追爸爸，高喊着，"九爷快停下！起风了，有超强气流出现！不能飞！"

爸爸不停，九爷没有听见，听见了也不准备停。

爸爸已经飞起来，九爷飞起来，我听到了一片掌声。

九爷在掌声中高高飞起，飞得那样高，驶向了很远的地方，我看不见他了。九爷消失了。

也许爸爸飞出了银城，飞过了黄河，飞过了甘家旺，飞向了甜水湾，飞向了世界上还没有多少人知道的银城大峡谷。

我看向远方，一望无际的天空，没有起风，没有刮大风，那就是大风还没有到，快来了。但是飘起了雪花，九月的雪花，越来越大，漫天飞舞，伴着爸爸飞翔，爸爸飞进了雪花里。

我泪流满面，泪流满面地看着爸爸飞翔，九爷飞走了。

第一部完。

请关注陆涛银城系列第二部《剧终》

图书在版编目（CIP）数据

会飞的九爷 / 陆涛著. —北京：作家出版社，2016.12（2018年5月重印）

ISBN 978-7-5063-9318-8

Ⅰ. ①会… Ⅱ. ①陆… Ⅲ. ①长篇小说－中国－当代 Ⅳ. ①I247.5

中国版本图书馆CIP数据核字（2016）第326659号

会飞的九爷

作　　者：陆　涛
责任编辑：兴　安
特约编辑：苑浩泰
装帧设计：旺忘望
特约策划：华视图书工作室
出版发行：作家出版社
社　　址：北京农展馆南里10号　　**邮　　编**：100125
电话传真：86-10-65930756（出版发行部）
86-10-65004079（总编室）
86-10-65015116（邮购部）
E-mail:zuojia@zuojia.net.cn
http://www.haozuojia.com（作家在线）
印　　刷：北京旭丰源印刷技术有限公司
成品尺寸：150×210
字　　数：201千字
印　　张：20
版　　次：2017年4月第1版
印　　次：2018年5月第4次印刷
ISBN 978-7-5063-9318-8
定　　价：45.00元